마담 보바리

MINI BOOK
CLOUD
LIBRARY
31

마담 보바리
-1-

Madame Bovary
A Tale of Provincial Life

귀스타브 플로베르 지음

이재호·이한준 옮김

생각뿔

차례

1부

Madame Bovary
A Tale of Provincial Life

1

자습실에서 공부하던 중, 교장 선생님이 평상복 차림의 신입생 한 명, 그리고 큰 책상을 든 사환과 함께 들어왔다. 졸고 있던 학생들은 얼른 일어났고, 공부에 열중하던 우리는 깜짝 놀라 자리에서 벌떡 일어났다.

교장 선생님은 우리에게 그냥 가만히 앉아 있으라고 손짓을 보냈다. 그러고는 자습 교사에게 나지막이 말했다.

"로제 선생님, 여기 이 아이를 잘 부탁합니다. 2학년 반에 배치되었어요. 한동안 지켜봐서 성적이 좋고 품행이 단정하다고 생각되면, 제 나이대로 상급반에 진급시키도록 하지요."

출입문 뒤 구석진 자리에 서 있었기 때문에 잘 보이지 않았지만, 그 신입생은 열대여섯 살 정도의 시골 출신으로 우리 중 누구보다 키가 훨씬 커 보였다. 머리는 마을 교회의 성가대 사람처럼 이마 위로 가지런히 잘라 촌스러웠고, 무척 수줍은 표정이었다. 어깨가 넓지 않음에도 까만 단추를 단 녹색 상의는 어색해 보였고, 소매 깃 사이로 드러난 손목은 빨갛게 보였다. 멜빵을 꽉 매어 추어올린 누런 바지 아래로 파란 양말을 신은 발이 빼꼼히 나와 있었다. 징이 박혀 있는 구두는 허름하고 낡아 보였다.

우리는 교과서를 읽기 시작했다. 신입생은 다리를 꼬지 않았고, 팔꿈치를 세워 턱을 괴지도 않았으며, 설교를 듣기라도 하듯 단정한 자세로 우리가 읽는 소리를 열심히 들었다. 2시

종이 울리자 선생님은 신입생더러 아이들과 함께 줄을 서라고 말해 주었다.

우리는 교실에 들어갈 때 학교 모자를 마루에 집어 던지고는 했는데, 이는 모자를 손에 들고 있는 것이 거추장스러웠기 때문이다. 그러니까 교실 문에 들어서자마자 벽에다 때리듯이 모자를 의자 밑으로 힘껏 던졌던 것이다. 그것은 우리의 관습 중 하나였다.

그렇지만 그 신입생은 이러한 행동을 보지 못했는지, 또는 우리처럼 할 용기가 없었는지 몰라도 기도가 끝날 때까지 단정하게 모자를 무릎에 올려놓고 얌전히 앉아 있었다. 신입생의 모자는 털모자, 창기병 모자, 빵모자, 수달피 모자, 보닛 모자 등 온갖 모자를 모아 만든 것처럼 복잡해 보였다. 볼품없는 그 모자는 초라함의 극치에 달하듯 가엾고 한심해 보였다.

살대에 의해 부풀려진 타원형의 모자 아랫단에는 노끈 모양을 한 둥근 줄이 세 번 감겨 있었다. 붉은색을 띠는 벨벳과 토끼털은 마름모꼴로 그 위에 둘러져 있었다. 모자 꼭대기에는 다각형의 자루 같은 것이 달려 있었는데, 마분지가 받치고 있는 모양이었다. 그 자루에는 가늘고 긴 끈 끝에 금실이 달린 술 장식이 매달려 있었다. 모자는 새것이었는지 차양에 반짝였다.

"일어서 봐요, 신입생."

선생님이 말했다. 신입생이 일어나면서 그의 모자가 떨어졌다. 이를 본 모두가 웃음을 참지 못했다.

그가 몸을 숙여 떨어진 물건을 들어 올리자, 옆에서 한 학생이 팔꿈치로 그것을 떨어뜨렸다. 신입생은 다시 모자를 집었다.

"그 투구 좀 치우지, 학생."

선생님은 농담을 던지듯 말했고, 학생들은 웃음보를 터뜨렸다. 가엾은 소년은 너무 당황한 나머지 모자를 손에 들고 있어야 하는지, 아니면 바닥에 놓아야 할지, 아니면 머리에 써야 할지 어찌할 바를 몰랐다. 자리에 앉은 그는 다시 모자를 무릎 위에 올려놓았다.

"일어나게."

선생님이 다시 말했다.

"이름이 뭔가?"

신입생은 아무도 알아들을 수 없을 만큼 빠르게 이름을 웅얼거렸다.

"다시 한번 말해 봐."

그는 당황스러운 목소리로 다시 이름을 말했지만, 학생들이 떠드는 소리에 묻혀 버렸다.

"좀 더 크게 말하게."

선생님은 큰 소리로 말했다.

"좀 더 크고 정확하게 말해 봐."

그러자 신입생은 단단히 마음을 먹었는지, 입을 더 크게 벌려 마치 누구를 부르기라도 하듯 큰 소리로 소리쳤다.

"샤를 보바리요."

그러자 소동이 일어났다. 함성이 커지고 모두 떠들어 대면서 "샤를 보바리, 샤를 보바리." 하고 소리를 질렀다. 그러다가 좀 잠잠해졌다 싶으면 몇몇 학생이 그의 이름을 중얼중얼 거렸고, 꺼지지 않은 폭죽처럼 여기저기서 참지 못하고 킥킥 거렸다.

선생님이 조용히 하지 않으면 벌로 숙제를 내겠다고 말하자, 차츰 교실 안의 소동이 진정되었다. 샤를 보바리라는 이름을 안 선생님은 학생들이 이 이름을 천천히 발음하게 했고, 철자법을 말하게 한 뒤 다시 한번 발음하라고 했다. 그리고 그에게는 공부 못하는 아이들이 앉는 교단 옆자리에 앉으라고 말했다. 하지만 신입생은 앞으로 나아가려다 갑자기 머뭇거렸다.

"무얼 찾는 건가?"

선생님이 물었다.

"제 모자……."

신입생은 겁먹고 불안했는지 주위를 둘러보며 웅얼거렸다.

"모두 시 500행을 쓰도록."

선생님의 엄한 목소리는 마치 포세이돈의 꾸지람이 거친 풍파를 가라앉혔듯 다시 소란스러워지려는 교실을 조용하게 만들었다.

"모두 조용히!"

모자 안에서 손수건을 꺼낸 선생님은 이마를 닦으면서 말했다.

"신입생, 자네는 '리디쿨루스 숨'이라는 말을 20번 쓰게."

그 의미는 '나는 우스꽝스러운 사람입니다.'라는 뜻이

었다.

선생님은 좀 누그러진 목소리로 이어 말했다.

"신입생, 모자는 걱정하지 마. 아무도 훔쳐 가려고 하지 않을 테니."

교실은 다시 잠잠해졌다. 모두 노트에다가 시를 적어 나갔고, 신입생은 두 시간 동안 정숙한 자세로 흐트러짐 없이 앉아 있었다. 가끔 펜촉에 맺힌 종이가 얼굴을 때려 잉크가 튀었지만, 그는 손을 올려 조용히 닦아 내고는 다시 눈을 노트로 향한 채 꼼짝도 하지 않았다.

오후 자습 시간이 돌아오자 그는 책상에서 사무용 토시를 두 팔에 낀 다음, 자질구레한 물건들을 치웠고 노트에 정성스레 줄을 그었다. 우리는 그가 모르는 단어가 나오면 꼼꼼하게 사전을 뒤적이고, 열심히 공부하는 모습을 보았다. 이런 성실한 태도가 인정을 받았는지 그는 하급반으로 떨어지지 않게 되었다. 그는 문법은 잘 이해했지만, 세련된 문장을 구사하지는 못했다. 그의 부모는 돈 때문에 그를 학교에 일찍 보내지 않았고, 그저 마을의 신부님이 라틴어 기초를 가르쳐 주었던 정도이기 때문이다.

군의보(軍醫補)로 일했던 그의 아버지 샤를 드니 바르톨로메 보바리 씨는 1812년 어떤 징병 사건에 연루되어 군을 떠날 수밖에 없었다. 그러자 그는 매력적인 풍채와 얼굴로 그에게 반한 어떤 내의 상인의 딸로부터 6만 프랑의 지참금을 받았다. 잘생긴 얼굴에 허풍쟁이인 데다가 박차를 요란스럽게 내고 다니던 그는 구레나룻에 콧수염을 길렀고, 손가락에는 언제나 반지가 끼워져 있었다. 늘 화려한 옷만 고집한 외판원처럼 쾌활한 성격에다 늠름하고 당당했다.

결혼한 그는 일단 2~3년 동안은 아내의 재산으로 먹고살면서 좋은 음식만 골라 먹고 늦잠을 잤으며, 큰 도자기로 된 담뱃대로만 담배를 피웠다. 저녁이면 공연을 한 번이라도 본 뒤 집으로 돌아왔고, 뻔질나게 카페를 오갔다.

그런 와중에 장인이 돌아가셨는데, 그분은 유산을 한 푼도 남기지 않았다. 이에 화가 난 그는 제조업에 뛰어들었지만 손해만 보자, 농촌으로 내려가 농장 경영을 하게 되었다. 하지만 그는 면직물 직조나 농사일에 대해 아는 것이 없었다. 그는 밭갈이에 필요한 말을 자기가 탔으며, 판매를 위해 만든 사과 주스를 담그면 팔기 전에 자신이 다 마셨고, 닭장에서 제일 큰 닭을 잡아먹었다. 또한 돼지를 길러 나온 기름을 사냥용 신발을 닦는 데 써 버렸고, 얼마 지나지 않아 그는 자신이 사업에는 재능이 없다는 것을 깨닫고 모든 사업에서 손을 뗐다.

그리하여 1년에 200프랑을 내기로 하고, 코 지방과 피카르디 지방 경계에 자리 잡은 곳에서 반은 농가이고 반은 주택인 집을 얻었다. 울적한 마음과 회한에 시달리면서 하늘을 원망하고 세상을 시기하던 그는 여생을 조용히 보내야겠다고 생각해 마흔다섯 살에 세상을 등지고 집에서 틀어박혀 지냈다.

그의 아내는 예전에는 그에게 콩깍지가 씌어 있었다. 그녀는 남편을 무척 사랑했기에, 그의 말에 무엇이든지 복종했지만 그럴수록 남편의 마음은 점점 멀어져만 갔다. 명랑하고 쾌활하고 애교도 잘 부렸던 그녀는 늙어 가면서 아주 까다로 워지고, 심하게 바가지를 긁었으며, 신경질적으로 변해 갔다. 그녀는 남편이 마을의 젊은 처녀를 숱하게 따라다니고, 밤마 다 술집이나 온갖 못된 곳을 돌아다니다가 독한 술 냄새를 풍기며 집으로 돌아와도 불평 한마디 하지 않고 혼자 괴로워 했다. 하지만 그녀의 자존심이 갈기갈기 무너지자, 이제 그녀 는 반항하기 시작했다. 그녀는 말없이 분을 삼키며, 죽을 때 까지 무서운 분노를 가슴에 간직한 채 입을 닫아 버렸고, 계 속 돌아다니면서 일 처리를 했다. 소송 대리인을 찾아가거나 재판장으로 가서 약속 어음의 지급 기일을 알아냈으며, 지급 기한을 연장받기도 했다. 집에서는 다리미질과 빨래와 바느 질을 했고, 일꾼들을 부리며 장부를 정리하는 일을 했다. 그 럼에도 남편은 자기 알 바 아니라는 듯, 언제나 잠과 술에 취 해 게슴츠레한 눈으로 집에 들어왔다. 또한 잠에서 깨어나면 그녀에게 욕하거나 재떨이에 가래를 뱉으면서, 난롯가에서 담배를 피워 댔다.

그러다가 사내아이가 태어났고, 양육을 유모에게 맡겨야 하는 상황에 이르렀다. 얼마 후, 다시 부모에게 돌아온 아이 는 왕자처럼 응석받이로 성장했다. 어머니는 아이에게 잼만 먹여 키우려 했고, 아버지는 아이가 맨발로 뛰어다니도록 했 다. 마치 자신이 진보적인 지식인이라도 되는 양, 짐승 새끼 들처럼 벗고 다녀도 아무런 문제가 없다고 주장하면서 말이 다. 어머니의 성향과는 달리 아버지에게는 유년기의 남자아이는 사내답게 키워야 한다는 남성적인 이상이 있어, 아들이 좋은 체격을 갖추려면 스파르타식으로 단련시켜야 한다고 주장했다. 그래서 아이를 찬 방에서 재우고, 럼주를 들이켜게 하고, 종교적 의식이 치러질 때면 욕을 퍼붓는 것을 가르쳤다. 하지만 천성이 얌전했던 이 아이는 아버지의 이러한 노력에도 아버지의 뜻을 잘 받아들이지 않았다.

어머니는 항상 그를 자기 옆에 붙어 있게 했다. 아이에게 마분지를 여러 모습으로 오려 주고 재미있는 이야기도 들려주며, 구슬프면서도 명랑하게, 아주 상냥하게 끝없이 독백하면서 아이를 대화 상대로 여겼다. 또한 늘 고독했던 그녀는 자신의 꿈과 허영심을 아이의 머릿속에 심어 주려고 애썼다. 또 아이가 어른이 되어 높은 지위의 사람이 되기를 바랐고, 성장해 아주 잘생기고 키가 큰 데다 재주가 좋은 토목 기사나 법관이 되기를 원했다. 그녀는 직접 아이에게 글 읽는 법을 가르쳤고, 집에 있는 낡은 피아노로 노래를 배우게 했다. 하지만 학문 같은 것에는 별로 관심이 없는 보바리 씨는 모든 것이 다 쓸데없는 짓이라고 종종 말하곤 했다.

사실 그들에게는 아이를 공립 학교에 보내 공무원을 만들거나, 가게를 차려 주어 장사하게 할 밑천이 거의 없었다. 그래서 남자란 뭐니 뭐니 해도 배짱만 좋으면 된다는 말을 종종 했다.

보바리 부인은 그런 말을 들을 때마다 입술을 깨물었다. 이런 부모들의 바람에도 아이는 제멋대로 굴고 마을을 이리저리 돌아다녔다.

아이는 농부들을 따라다니거나 날아가는 까마귀에게 돌을 던지면서 놀았다. 도랑 옆에 달린 오디를 따먹기도 하고, 막대기로 칠면조를 지키기도 했다. 거두어들인 건초를 말리거나 숲속을 이리저리 뛰어다녔으며, 비가 오는 날에는 교회 문간에서 돌치기를 하면서 놀았다. 또한 축제가 있으면 성당지기를 졸라 종 치는 일을 자신이 대신 맡아서 굵은 밧줄에 온몸을 실어 밧줄과 함께 몸을 흔들거리는 것을 즐겼다. 그는 떡갈나무처럼 쑥쑥 자랐고, 손이 억세고 혈색도 좋은 사내아이로 성장했다.

아이가 열두 살이 되었을 때, 그는 어머니의 바람대로 공부할 수 있게 되었다. 마을 신부가 공부를 시켰는데, 수업 시간도 짧은 데다 아이도 제대로 따라가지 못해 별로 도움이 되지 않았다. 신부가 시간이 아주 많거나 세례와 장례식 중간중간 시간이 빌 때 수업을 진행했던 것이다. 가끔은 저녁에 삼종 기도가 끝나고 나서 외출할 일이 없을 때는 소년을 불러 공부를 시켰다. 신부의 방에 올라가서 자리를 잡으면 날벌레나 불나방 같은 것들이 촛불 주위에 달려들었다. 소년은 곧잘 졸곤 했다. 그럴 때면 신부 역시 두 손을 배 위에 얹은 채 졸다가, 입을 크게 벌리고 시끄럽게 코를 골곤 했다. 또 신부는 근처에 사는 환자에게 임종의 성체를 가져다주러 갔다가 돌아오는 길에 들에서 장난을 치며 노는 소년을 불러 설교를 잠깐 늘어놓은 다음, 나무 그늘 밑에서 동사의 변화를 가르치는 경우도 있었다. 비가 오거나 아는 사람이 옆으로 지나가면 수업은 끝났다. 아무튼 신부는 소년에게 만족스러운 미소를 보내곤 했고, 어린애가 기억력이 퍽 좋다고 칭찬하기도 했다.

소년의 어머니는 그를 더 이상 이대로 놓아두어서는 안 된다고 강력히 주장했다. 아버지는 창피하기도 하고 귀찮기도 해서, 별 반대 없이 아내의 말대로 그러자고 했다. 그리하여 소년은 첫 영성체를 받을 때까지 1년만 기다리기로 했다.

그리고 반년이 지났다. 샤를은 이듬해에 루앙에 있는 중학교에 진학하게 되었고, 10월 말경 생 로맹 장날에 학교로 갔다.

지금 우리 동급생 중에서는 아무도 그를 기억하고 있지 않다. 성격이 온순한 그는 쉬는 시간에는 잘 놀고, 자습 시간에는 열심히 공부하며, 침대에서는 푹 자고, 식당에서는 맛있게 음식을 먹는 아이였다. 그의 보증인은 강트리 가의 철물 도매상으로, 일요일에는 가게 문을 닫고 소년을 기숙사에서 데리고 나와 배 구경을 시켜 준 다음, 저녁 7시만 되면 식사 시간에 맞추어 학교로 데리고 갔다.

매주 목요일 저녁이 되면 소년은 붉은 잉크로 어머니에게 장문의 편지를 썼다. 그러고는 역사 노트를 보며 복습하거나, 자습실에 놓여 있는 아나카르시스의 다 낡아 버린 책을 읽었다. 산책 시간에는 학교의 사환 아이와 이야기하면서 친해졌다.

그는 열심히 공부했고, 반에서 중간 정도의 성적을 거두었다. 한번은 박물학 과목에서 우등상을 받기도 했다. 하지만 4학년 말쯤 그의 부모는 그가 의학 공부를 하게끔 대입 자격 시험을 독학으로 준비하라면서 학교를 그만두게 했다.

그에게 어머니는 오드로베크 강가에 사는 염색업자인 친척의 집 5층에 있는 방을 얻어 주었다. 어머니는 아들의 하숙비에 대해 이야기를 나누고는 책상과 의자 두 개를 샀고, 집에서 낡은 벚나무 침대를 가지고 왔으며, 작은 난로를 하나 샀다. 아들이 따뜻하게 지내기를 바랐기 때문이었다. 그런 다음 아들에게 이제 혼자 지내게 되었으니, 더욱 행실을 바르게 하라는 말을 반복한 뒤 일주일 만에 돌아갔다.

게시판에 붙은 강의 시간표를 읽고 나서 그는 정신이 얼얼해졌다. 위생학과 약물학은 그렇다 치고 해부학, 병리학, 생리학, 약학, 화학, 식물학, 임상학, 치료학이라는 과목이 시간표에 빼곡하게 적혀 있었다. 그로서는 어원조차 모르는 이 모든 과목들 하나하나가 장엄한 어둠 속에 도사린 신전의 문과 같았다.

강의 내용은 이해할 수 있는 게 하나도 없었다. 열심히 귀를 기울였지만 조금도 알아들을 수 없었다. 그래도 그는 열심히 공부했고, 장정판의 노트를 사고 나서 모든 강의 내용을 경청했고, 단 한번도 회진에 빠진 적이 없었다. 하지만 눈을 가린 채 연자방아를 돌리면서 자신이 빻고 있는 내용물이 무엇인지 모르는 말처럼, 자신이 무엇을 배우고 있는지 모른 채 그는 매일매일 일과에 몰두했다.

어머니는 용돈의 비중을 줄이기 위해 화덕에 구운 송아지고기를 한 덩어리씩 역마차 편으로 심부름꾼을 통해 보내 주었다. 그는 아침에 병원에서 돌아오면 구두의 바닥을 벽에 문질러 발을 따뜻하게 만들고, 점심으로 보내 준 고기를 먹었다. 그 후에는 강의를 듣기 위해 교실로 갔고, 자선 병원, 강당, 교실로 정신없이 뛰어다녔다. 저녁에는 하숙집에서 변변찮은 식사를 했고, 자기 방으로 돌아가 공부했다. 벌겋게 달아오른 난로 앞에서 축축하게 젖은 옷을 입고 있으면 몸에서 김이 났다.

날씨가 맑은 여름날 저녁, 그는 인적이 드물 때 거리에서 하녀들이 공을 가지고 노는 것을, 창문을 열어 팔꿈치로 얼굴을 괸 채로 바라보았다. 내려다보이는 강물은 루앙에서 가장 더러운 작은 베니스라고 할 만했는데, 강물은 누런색과 보라색, 혹은 청색을 띠면서 다리와 철책 사이로 유유히 흘렀다. 노동자들은 그곳에 쪼그리고 앉아 팔을 씻고 있었고, 다락방 꼭대기 이곳저곳에는 삐져나온 장대 끝에 커다란 무명 실타래가 널려 있었다. 창문 사이로 보이는 수많은 지붕 위로 푸른 하늘이 펼쳐져 있었고, 저물어 가는 붉은 태양이 보였다.

'저곳 거리에 있으면 얼마나 상쾌할까. 너도밤나무 그늘은 얼마나 시원할까.'

그는 콧구멍을 벌름거리며 건너편 들판의 기분 좋은 냄새를 들이마시려고 했지만, 아무런 냄새도 나지 않았다.

그의 몸은 야위었고, 키는 커졌으며, 얼굴은 왠지 모르게 나른해 생기를 잃은 듯했다. 하지만 그런 모습이 사람의 눈길을 끄는 매력으로 작용했다.

점차 시간이 흐르면서 학업에 대한 그의 각오는 점차 마음에서 멀어져 갔다. 그리고 가슴에 새겼던 확고한 신념은 점점 힘을 잃었다. 한번은 왕진에 빠졌고, 그다음 날은 강의에 빠지는 등 게으름에 빠져 급기야 학교에 나가지 않게 되었다. 그러다가 그는 술집을 들락날락했고, 도미노 게임에 빠졌다. 밤마다 지저분한 도박장에서 까만 점이 박힌 작은 양 뼈 패를 대리석 탁자에 던지는 것이 그에게는 자신의 격을 높이는 일이고, 진정한 자유의 실천 행위라는 생각을 했다. 그것은 세상을 알아가는 과정이고, 금지된 쾌락에 들어가는 문인 것 같았다. 어느 날, 도박장 안으로 들어가려고 문고리를 잡았을 때, 그는 본능적인 환희에 빠져든 자신을 느꼈다. 그 순간, 그의 내면에 꾹 눌려 있던 많은 것이 부풀어 올랐다. 그는 유행가를 외워 만나는 여자들에게 들려주고, 상송 작가 베랑제에 열광했으며, 펀치(과일즙에 술이나 설탕 등을 섞은 음료)를 만드는 법을 배웠고, 여자를 알게 되었다.

이러한 인생 공부에 빠졌기에 그는 의사 시험에 보기 좋게 낙방했다. 그날 밤 집에서는 합격했으리라 믿고, 이를 축하하기 위해 가족들이 그를 기다리고 있었다.

그는 마을 어귀까지 걸은 뒤 발걸음을 멈추고 어머니에게 그동안에 그가 행했던 모든 것을 고백했다. 어머니는 아들이 시험에 떨어진 것은 부당한 시험관 탓이라면서 그를 용서해 주었다. 그리고 뒷일은 알아서 처리하겠다고 말하면서 아들을 격려해 주었다.

보바리 씨는 5년이 지나기까지 그 사실을 몰랐다. 그러다가 사건의 경위를 알게 되었지만, 모두 지나간 일이라고 생각했다. 자기가 낳은 아들이 바보라서 떨어졌을 거라고는 생각할 수 없었기 때문이다.

샤를은 다시 공부를 시작했다. 정말 열심히 시험 준비를 했고, 모든 문제를 미리 외웠다. 그 결과 좋은 성적으로 시험에 합격하는 기쁨을 누리게 되었다. 그는 어머니가 이렇게 좋아하는 것을 처음 보았다. 곧 큰 잔치가 벌어졌다.

어머니는 어디에 가서 아들이 개업하는 것이 좋을지 생각하다가 토트가 좋을 것 같다고 생각을 정리했다. 현재 그곳에서는 늙은 의사 한 명이 일하고 있었다. 오래전부터 보바리 부인은 그가 인제 그만 죽었으면 좋겠다고 생각했다. 샤를은 노인이 죽기 전에 늙은 의사의 환자를 유치하기 위해 거처를 옮겼다.

하지만 아들을 키워 의학 공부를 시키고, 개업할 곳을 토트로 정해 주었다고 어머니의 할 일이 끝난 것은 아니었다. 샤를에게는 아내가 필요했고, 곧 아내를 구해 주어 결혼하게 했다. 며느리는 디에프에 있는 한 집행관의 과부였는데, 나이는 45세였으며 매년 1,200프랑 정도의 수입이 있었다.

비록 외모가 떨어지고 몸은 장작개비처럼 말랐으며, 봄날의 새싹 같은 부스럼이 있었지만 뒤뷔크 부인이라 불리는 여자는 골라잡을 결혼 상대가 적지 않았다. 보바리 부인은 자신의 목적을 이루기 위해 그런 상대들을 모조리 제거해야 했는데, 특히 사제들이 밀고 있는 어느 푸줏간 주인의 음모를 알아채고 이를 따돌리는 수완을 발휘했다.

샤를은 일단 결혼하고 나면 자신이 좀 더 자유롭게 지낼 수 있다고 생각했으며, 돈도 자기 마음대로 쓸 수 있을 거라 여겼다. 하지만 생각은 생각뿐이었다. 아내는 그의 새로운 주인이었다. 아내는 샤를에게 사람들 앞에서는 이렇게 말하고, 저렇게 말해서는 안 된다고 다그쳤다. 금요일에는 육식을 피하고, 옷도 그녀의 취향대로 입혔다. 치료를 받고 돈을 내지 못한 환자에게는 그녀가 시키는 대로 독촉해야만 했다. 그녀는 남편에게 편지가 오면 미리 뜯어보았고, 그의 거동을 감시했으며, 여자 환자가 왔을 때는 그가 진찰실에서 무슨 말을 하는지 몰래 엿들었다.

그녀는 매일 아침 코코아를 마셨다. 남편에 대한 요구 사항은 끝이 없었다. 언제나 신경이 어떤지, 기분이 어떤지, 가슴이 어떤지 떠들면서 투덜거렸다. 남편이 발소리를 내면 신경에 거슬린다고 했다. 그가 집을 비우면 외로워 못 견딘다고 말하고, 그가 곁에 머물러 있으면 자기가 죽었는지 살았는지 보고 있느냐며 악담을 퍼부었다. 밤에 샤를이 집에 들어오면 그녀는 길고 마른 두 팔로 그의 목을 감으면서 침대 모서리에 앉히고는 투덜거리기 일쑤였다. 그가 그녀 생각을 조금도 하지 않는다고, 다른 여자를 좋아하는 게 아니냐고 말하며 샤를을 피곤하게 만들었다. 그러고는 자기는 불행한 여자라고 하소연하며 전 남편도 자신에게 그렇게 말했었는데 정말로 그런 상황에 빠졌다고 징징거리고는 몸에 좋은 약과 좀 더 많은 사랑을 달라고 투정을 부리기도 했다.

2

어느 날 밤 11시경 두 사람은 바로 그들의 집 대문 앞으로 말이 달려와 멈추는 소리에 잠에서 깨어났다. 하녀 나스타지가 다락방 들창을 열고 길에 서 있는 어떤 남자와 이야기를 주고받았다. 남자는 의사를 불러오라는 편지를 가지고 왔다고 말했다. 나스타지는 추위에 덜덜 떨면서 계단을 내려가더니, 자물쇠를 따고 빗장을 하나하나 뽑았다.

남자는 말을 그냥 그 자리에 놓아둔 뒤, 하녀를 따라 침실로 들어왔다. 그 남자는 회색 술이 달린 모자 속에서 헝겊으로 싼 편지를 하나 꺼내 샤를에게 건네주었다. 그는 베개에 팔꿈치를 괸 채로 편지를 읽어 나갔다. 나스타지는 등불을 들고 침대 옆에 서 있었고, 부인은 내외하느라 벽 쪽을 향해 누워 있었다.

그 편지에는 조그만 푸른색 밀랍 봉인이 찍혀 있었다. 내용은 보바리 씨에게 다리 골절 치료를 받아야 하니 빨리 베르토 농장으로 와서 치료해 달라는 것이었다. 그런데 토트에서 베르토까지 가려면 롱빌르와 생 빅토르를 지나는 지름길로 가더라도 거리가 60리는 족히 되었다. 밤은 칠흑같이 어두웠다. 보바리 부인은 남편이 사고라도 당할까 봐 걱정되었다. 그래서 마부를 먼저 돌려보냈다. 샤를은 달이 뜨는 것을 기다리다가 세 시간 후쯤에 환자에게 가기로 했다. 또한 그와 함께 그에게 농장으로 가는 길을 안내하고 울타리 문을 미리 열어 두도록 말해줄 심부름꾼 하나를 보내기로 정했다.

새벽 4시경 샤를은 외투를 차려입고 베르토를 향해 문을 나섰다. 그는 아직 잠에서 덜 깨어 꾸벅꾸벅 졸면서 달리는 말에 몸을 맡긴 채 흔들리고 있었다. 말은 가시나무로 둘러친 논두렁 앞에서 저절로 멈추었고, 깜짝 놀란 샤를은 골절상을 입은 환자의 다리를 떠올리면서 어떤 골절상인지 경우의 수를 생각했다. 어느새 비가 그쳤다. 날이 밝아 오기 시작했고, 새벽의 찬바람을 맞으며 잎이 다 떨어진 사과나무 가지에 앉은 새들이 날개를 떨면서 앉아 있었다. 벌판은 아주 넓었고, 농가를 에워싸고 있는 작은 숲이 보였으며, 지평선 쪽의 하늘과 색조가 같은 음침한 평지에는 어두운 보라색 반점들이 흩어져 있었다.

　샤를은 이따금씩 눈을 떴다가 또다시 잠이 몰려와 정신이 흐릿해진 상태에서 꿈꾸는 듯한 기분을 느꼈다. 방금 느꼈던 감각들이 옛 추억들과 뒤섞여 자기 자신이 여럿으로 느껴졌다. 자신이 학생이면서 결혼한 어른이고, 조금 전처럼 침대에 누워 있었던 것 같기도 했으며, 옛날처럼 외과 수술실을 오가고 있는 것 같았다. 그의 머릿속에서는 뜨거운 해열제 냄새가 아침 이슬의 향긋한 향기와 뒤섞여 있었다. 병원 침대들 커튼의 쇠고리가 쇠막대기 위에서 내는 소리와 함께 잠자는 아내의 숨소리가 들려오는 것 같기도 했다.

　바송빌에 다다랐을 때 그는 도랑 풀숲에 어린 소년 하나가 앉아 있는 것을 보았다.

　"의사 선생님이세요?"

　소년이 물었다. 샤를의 말이 끝나기 무섭게 소년은 나막신을 벗어 든 채 앞장서 달리기 시작했다.

샤를은 환자에게 가는 길에 소년의 말을 듣고 루올이라는 사람이 이 근처에서 농부 중 가장 부유하다는 것을 알았다. 그는 전날 저녁에 벌어진 임금님 뽑기 축제에 갔다 다리가 부러졌다고 했다. 그는 2년 전에 아내를 잃었고, 가족이라고는 그의 집안 살림을 도와주는 딸밖에 없다고도 했다.

길에 난 수레바퀴 자국이 점점 깊어졌다. 베르토에 거의 다 온 것이다. 그때 소년은 울타리 구멍으로 들어가 곧 눈에서 멀어지더니, 마당 끝에 다시 나타나서는 대문을 열어 주었다. 말이 젖은 풀을 밟아 미끄러지곤 했고, 샤를은 나무 밑을 지날 때 가지 때문에 몸을 구부려야만 했다. 개집 안에서는 개가 쇠줄을 끌면서 짖어 댔다. 그의 말은 베르토 농장으로 들어섰을 때 겁을 먹고 뒤로 물러섰다.

농장의 외관은 훌륭했다. 마구간의 열린 문으로 밭갈이할 때 쓰는 살찐 말들이 꼴(말이나 소 같은 가축 등에게 먹이는 풀) 선반에 있는 꼴을 먹고 있는 모습이 보였다. 건물들을 따라 늘어선 퇴비에서는 김이 모락모락 났다. 또 코 지방에서는 사치라고 여겨지는 공작새 대여섯 마리가 모이를 쪼아 먹고 있었다. 양 우리는 길게 나 있었고, 곡식 창고는 매끈한 벽에 둘러싸여 높이 솟아 있었다. 광 안에는 두 대의 큰 수레와 네 개의 쟁기가 채찍과 발목걸이, 용도를 알 수 없는 물건과 함께 놓여 있었다. 그중 푸른 물을 들인 양털 조각은 창고에서 떨어진 곳에 먼지를 뒤집어쓰고 방치되어 있었다. 마당은 오르막, 내리막으로 경사가 나 있었고, 뜰의 양쪽에는 나무들이 똑같은 간격으로 자리 잡고 있었으며, 즐거운 듯 꽥꽥거리는 오리 떼 소리가 연못가를 감돌았다.

밑단에 세 줄의 푸른 장식이 달린 메리노 모직 옷차림을 한 한 젊은 여자가 집 문간에서 나와 샤를을 주방으로 안내했다. 그곳에서는 불이 활활 타오르고 있었고, 그 주변으로 일하는 사람들의 식사거리가 냄비에서 끓고 있었다. 벽난로 쪽에서는 젖은 옷들이 마르고 있었다. 큼직한 부삽, 부집게, 그리고 풀무의 주둥이는 마치 잘 닦은 강철처럼 번쩍거렸다. 벽에는 수많은 음식 도구가 걸려 있었고, 난로의 따스한 불빛이 유리창 너머로 들어오는 첫 새벽 햇살과 어우러져 부엌 안을 환히 비추어 주었다.

샤를은 환자의 상태를 보기 위해 2층으로 올라갔다. 환자는 침대에 누워 이불을 뒤집어쓴 채 땀을 흘리고 있었고, 잠자리에서 쓰는 모자가 방에 널브러져 있었다. 환자는 쉰 살 정도에 키가 작고 뚱뚱한 몸집을 하고 있었는데, 살빛은 희고 눈은 푸르며, 대머리에다 귀걸이를 하고 있었다. 옆에 있는 의자에는 큰 브랜디 병이 놓여 있었는데, 아마도 환자가 고통을 못 이겨 가끔 마시던 술인 듯했다. 하지만 그는 의사를 보자마자 흥분을 가라앉혔고, 열두 시간이나 온갖 욕설을 퍼붓던 조금 전 모습은 온데간데없이 갑자기 힘 없는 신음을 내기 시작했다.

골절은 심하지 않았고, 합병증을 불러올 정도는 아니었다. 샤를은 이렇게 가벼운 상처일 줄 몰랐다. 그래서 상처를 입은 환자들의 침대 옆에서 자신의 스승들이 보였던 태도를 머릿속에 떠올리면서 여러 가지 재미있는 말을 던져 환자의 기분을 달래 주었다. 그것은 메스에 바르는 기름 같은, 외과 의학적 애무였다. 샤를은 부목을 만들기 위해 창고에서 널빤지를 가져오게 한 뒤, 그것을 가늘게 자른 다음 유리 조각으로 반들거리게 다듬었다. 그러는 동안 하녀는 헝겊을 잘라 붕대를 만들고, 환자의 딸인 듯한 엠마는 작은 쿠션을 만들려고 했다. 그녀가 꾸물거리며 반짇고리를 찾는 것을 본 아버지는 화를 내며 소리를 쳤고, 그녀는 아무런 대꾸도 하지 않았다. 엠마는 바느질하면서 몇 번이나 손가락을 바늘에 찔렸고, 그 손가락을 입으로 가져가 혀로 문질렀다.

샤를은 그녀의 손톱이 너무 하얀 것을 보고는 놀랐다. 반짝반짝 윤기가 나는, 끝이 가는 손톱은 디에프산 상아 세공보다 더 곱고 깔끔하게 다듬어져 있었다. 하지만 손은 그리 예쁜 편이 아니었다. 하얗지 않을 뿐더러 까칠해 보이기까지 했다. 게다가 손이 지나치게 길어서 윤곽이 부드럽게 보이지 않았다. 그런 그녀의 눈은 매우 아름다웠다. 갈색 눈빛은 속눈썹 때문에 검게 보였고, 눈길은 순진하면서도 당돌하게 상대를 뚫으지게 바라보았다.

치료가 끝나자 루올 씨는 의사에게 식사 후 자고 가라고 권유했다. 그래서 샤를은 아래층 큰방으로 내려갔다. 탁자는 터키인들의 모습을 수놓은 인도산 옥양목이 달린 침대의 발치에 있었다. 그 위에는 두 사람분의 그릇과 은잔이 놓여 있었다. 창문과 마주 보는 높은 떡갈나무 옷장에서 붓꽃 냄새와 습기 찬 시트 냄새가 뒤섞여 코를 간질였다. 방바닥 구석에는 밀가루 포대들이 일렬로 가지런히 놓여 있었다. 세 개의 돌계단을 올라가면 있는 곡식 창고가 가득 차서 이곳에 둔 것인 듯했다. 허옇게 벗겨져 얼룩진 벽 한가운데에는 미네르바의 머리를 까만색 연필로 그려서 금빛 액자 속에 넣은 그림 한 점이 걸려 있었다. 그 아래에는 돋움체로 '사랑하는 아빠에게'라는 문구가 적혀 있었다.

이윽고 환자에 대한 이야기와 날씨, 혹독한 추위, 밤에 들판을 돌아다니는 이야기 등이 오고 갔다. 엠마는 요즘 이 농가의 감독 일을 혼자 해내고 있어서인지, 시골은 아무런 재미가 없다는 것을 알겠다고 말했다. 방 온도가 무척 낮았기 때문에 그녀는 식사하는 내내 몸을 떨었다. 말하지 않을 때는 입술을 잘근잘근 깨물고 있어서 도톰한 입술이 두드러졌다.

그녀의 목은 뒤로 젖힌 하얀 옷깃 위로 쑥 올라와 있었다. 머릿결은 아주 매끄러웠고, 가르마 양쪽 부분의 머리카락이 마치 덩어리처럼 보였으며, 가느다란 가르마는 머리의 곡선을 따라 가지런히 빗질되어 있었다. 또한 귓불을 살짝 드러내며, 볼 근처의 부드러운 곡선 뒤로 틀어 올려 머리를 질끈 묶었다. 시골 의사는 이런 머리 모양을 난생처음 보았다. 그녀의 두 뺨은 장밋빛으로 빛났고, 마치 남자처럼 저고리 단추 두 개 사이에 거북껍질 테로 만든 코안경을 끼워 놓았다.

샤를은 루올 씨에게 작별 인사를 하러 올라갔다가 내려왔고, 집으로 돌아가기 전에 큰방으로 다시 들어갔다. 그때 엠마는 이마를 창문에 대고 서서 물끄러미 창밖을 내려다보았다. 뜰에는 완두콩 넝쿨에 댄 부목이 바람에 쓰러져 있었다.

기척을 느낀 그녀는 몸을 돌렸다.

"뭘 찾으시나요?"

"제 채찍을 찾습니다."

그가 대답했다. 그는 침대 위와 문 뒤, 의자 밑을 샅샅이 살피기 시작했다. 그러다가 밀가루 자루와 벽 사이에 떨어져 있는 채찍을 찾았다. 채찍을 발견한 엠마는 밀가루 자루 위로 몸을 굽혔다. 이와 동시에 샤를은 남자답게 보이기 위해 급히 그녀 옆으로 다가가 팔을 내밀었다. 그 바람에 그의 가슴이 허리를 굽힌 엠마의 등을 스쳐 지나갔다. 그녀는 얼굴이 빨개진 채 몸을 일으키더니, 그에게 채찍을 내밀면서 어깨 너머로 그를 바라보았다.

사흘 뒤에 다시 이곳을 방문하겠다고 말했던 샤를은 이튿날에 다시 루올 씨 집을 찾았다. 그는 그 이후부터 일주일에 두 번씩 그곳을 방문했다. 이따금 착각한 척하면서 예기치 않게 방문하기도 했다.

루올 씨의 상처는 차츰 좋아졌다. 그는 46일 만에 집 안을 왔다 갔다 할 수 있을 정도가 되었고, 사람들은 모두 보바리 선생의 실력 덕이라고 말했다. 루올 씨는 이브토 지방이나 루앙 지방의 일류 의사도 이렇게 빨리 걷게는 하지 못했을 것이라고 말하곤 했다.

한편 샤를은 자신이 왜 그리 자주 베르토를 찾는지 생각하지 않으려고 애썼다. 아마 그런 생각을 깊게 해 보았더라도 틀림없이 자신이 그렇게 열심인 까닭은 증세가 심각하거나 치료비 사례금 때문일 거라고 여겼을 것이다. 그렇지만 그가 농장을 찾는 이유는 단지 따분한 일상 속에서 색다른 즐거움을 주기 때문인 것만은 아닌 듯했다.

그는 농장으로 가는 날이면 아침 일찍 일어나 바로 문 앞에서 말을 타도록 조처했고, 도착하면 서둘러 말에서 내려 풀에 신발을 문질러 닦고, 들어가기 전에는 검은 장갑을 꼈다. 마당에 들어설 때 문을 어깨로 밀면 문이 빙그르르 돌면서 매우 큰 즐거움을 주었다. 또한 담장 위에서 시간을 알려 주기라도 하는 듯 힘차게 우는 수탉이나 마중을 나오는 하인들을 봐도 유쾌했다. 그는 곡식 창고와 마구간도 좋아했고, 자신을 생명의 은인으로 여기면서 손을 잡아 주는 루올 노인도 마음에 들었다. 그리고 부엌 바닥을 깨끗이 닦느라 돌아다니는 엠마의 작은 나막신 소리도 경쾌했다. 나막신은 굽이 높아서 엠마의 키도 훨씬 커 보였다. 그녀가 앞장서서 걸을 때면 나막신 밑에 붙은 가죽이 마룻바닥에 닿아 삑삑거리는 소리를 내곤 했다.

엠마는 늘 현관의 첫 번째 계단까지 따라 나와 그를 배웅했다. 말이 아직 준비되어 있지 않을 때는 한동안 그곳에 서 있었다. 작별 인사를 이미 한 그들은 더 할 말이 없었다. 바깥바람이 그녀를 감싸면서 목덜미의 잔털을 날렸다. 또는 허리 근처에서 앞치마 끈이 한들거려, 마치 깃발처럼 바람에 나부낄 때도 있었다.

나무껍질이 물방울을 내밀고, 지붕의 눈이 줄줄 떨어질 때의 일이다. 엠마는 문턱에 서 있다가 양산을 가지고 나와 펼쳐 들었다. 양산은 비둘기 깃털처럼 빛에 따라 색이 변해서 하얀 얼굴의 그녀는 그것을 보면서 미소를 지었다. 완전히 펼친 비단 양산에서 물방울이 떨어지는 소리가 들렸다.

처음에는 샤를이 베르토에 다녀올 때마다 아내인 보바리 부인은 깐깐하게 환자의 상태를 물었을 뿐 아니라, 그녀가 따로 적은 이중장부에 루올 씨와 관련한 것을 쓰기 위해 한 페이지를 비워 놓기도 했다. 그러다가 그에게 딸이 있다는 것을 알게 된 부인은 백방으로 수소문해 그녀의 성향을 파악하고자 했다. 결국 그녀는 엠마가 우르슐라 수녀원에서 훌륭한 교육을 받았고, 무용과 지리 과목에서 출중함을 보였고, 그림도 잘 그렸으며, 자수를 잘 놓았을 뿐만 아니라 피아노도 친다는 사실을 알게 되었다. 그녀는 기가 막혀서 말이 나오지 않았다.

"농장에 갈 때마다 싱글벙글 웃은 데는 다 이유가 있었어. 비를 맞으면 못 입게 되는 새 조끼를 입었던 이유도 말이야. 그게 다 그 여자 때문이었군."

이후 아내는 본능적으로 엠마를 증오하기 시작했다. 처음에는 그녀에 관해 돌려 말하면서 빈정댔지만, 남편에게는 통하지 않았다. 그다음에는 이야기하는 도중 그녀에 관한 악담을 퍼부었다. 샤를은 처음에는 당황했지만, 그녀가 소동을 일으킬 수 있기에 듣는 둥 마는 둥 했다. 결국 아내가 단도직입적으로 노발대발하며 말했다.

"왜 베르토에 그렇게 자주 가는 거지? 루올 씨는 이미 다 나았고, 아직 치료비도 주지 않았는데 말이야. 그러니까 거기 마음에 드는 여자가 있나 봐. 대화 상대로도 적당하고, 수도 잘 놓는 똑똑한 여자 말이야. 그 여자를 좋아하는 거야? 당신에게는 도회지 여자가 필요한 거로군."

아내는 계속 말했다.

"루올 씨의 딸은 도회지 여자가 아니야. 그녀 할아버지는 양을 쳤다고. 그 집안 사촌 하나는 싸움을 벌이다가 사람을 심하게 때려 중벌을 받을 뻔한 적도 있어. 그렇게 멋을 부리고, 일요일에 백작 부인처럼 비단옷을 차려입고 교회에 나가도 되는 거야? 그녀의 아버지도 작년에 채소 씨앗이 잘 팔리지 않았다면 빚도 못 갚았을 거야."

샤를은 계속되는 아내의 잔소리에 베르토에 가는 일을 중단했다. 그녀는 흐느껴 울다가 이내 애정을 가득 담아 키스를 퍼붓고, 그에게 두 번 다시 그곳에 가지 않겠다고 성서 위에 손을 얹고 맹세하라고 했기 때문이었다. 샤를은 아내의 말에 따르는 것처럼 보였지만, 마음속으로는 대담한 욕망을 가지고 있었기에 실제로는 마음을 굽히지 않았다. 그러고는 엠마를 만나지 못하게 된 대신, 그녀를 사랑할 수 있는 권리는 있다며 자기만의 위선적인 논리를 세웠다. 게다가 그의 아내는 뻐드렁니였으며, 1년 내내 검은 목도리를 둘렀는데 그 끝이 항상 양쪽 어깨 위에 늘어져 있었다. 또한 너무 말라서 옷을 입으면 마치 갑옷 같았고, 옷이 너무 짧아서 회색 양말 위에 신은 널찍한 구두의 리본과 함께 발목이 온통 드러나 있었다.

샤를의 어머니는 가끔 두 사람을 만나러 왔다. 그녀는 며느리의 서슬 퍼런 태도에 신경이 날카로워져서, 며칠 지나지 않아 며느리의 칼이 시어머니의 칼과 부딪치는 듯한 상황이 벌어지곤 했다. 그럴 때면 두 보바리 부인은 두 자루의 칼이 되어 샤를을 몰아세웠다. 그렇게 많이 먹으면 안 된다, 아무 손님에게나 술을 대접하는 이유는 무엇이냐, 플란넬 옷을 입지 않는 것은 무슨 고집이냐 하면서 말이다.

그러다가 어느 이른 봄날, 사건이 일어났다. 엘로이즈의 돈을 관리하고 있던 공증인이 사무실의 돈을 몽땅 털어 배를 타고 도망친 것이다. 엘로이즈는 아직도 6,000프랑을 호가하는 선박 주식 외에, 생 프랑수아 거리에 있는 집 한 채를 소유하고 있었다. 그렇지만 그리 호들갑을 떨며 자랑하던 재산 중 집에 들여온 것은 옷 몇 벌과 가구들뿐이었다. 디에프의 집은 저당 잡혀 있었고, 그녀가 공증인에게 맡긴 돈의 액수는 그녀만 알고 있었으며, 선박 주식은 3,000프랑을 넘지 못했다. 다시 말해 엘로이즈는 그동안 거짓말을 해 온 것이었다. 이 모든 사실을 알고 크게 분노한 샤를의 아버지는 화가 치밀어 의자를 부수어 버렸다. 그러고는 가죽값도 안 되는 마구를 단말처럼 야윈 여자를 며느리로 고른 아내를 무섭게 다그쳤다. 이내 두 사람은 토토로 갔다. 담판이 시작되었고, 시비가 오갔다. 엘로이즈는 눈물을 글썽이면서 남편에게 부모님들을 말려 달라고 애원했다. 샤를은 그녀의 편이 되어 주고 싶어서 아내를 위해 몇 마디의 말을 하려고 했지만, 부모님은 화내면서 그곳을 떠났다.

그 사건은 엘로이즈에게 큰 충격을 주었다. 그로부터 일주일 후, 마당에서 빨래를 널던 그녀는 피를 토했다. 그다음 날 커튼을 치고 몸을 돌리는 순간, 일이 일어났다.

"이제 어떻게 한담!"

이렇게 말한 엘로이즈는 한숨을 쉬더니, 그만 실신하고 말았다. 그리고 그녀는 죽어 버렸다. 어처구니없는 일이었다.

묘지에서 모든 절차를 마친 후 샤를은 집으로 돌아왔다. 아래층에는 아무도 없었다. 위층에 있는 침실로 간 그는 아내의 옷이 침대 모서리에 걸려 있는 것을 보았다. 그는 조그만 탁자에 기대어 서서 어두워질 때까지 괴로운 생각에 휩싸였다. 어쨌든 그는 아내를 사랑하고 있었기 때문이었다.

3

어느 날 아침, 루올 씨는 자신의 다리를 낫게 해 준 치료비를 가지고 샤를을 찾아왔다. 40수짜리 은화로 75프랑과 칠면조를 가지고 온 것이었다. 그는 불행한 일을 겪은 샤를에게 위로의 말을 건넸다. 그러고는 샤를의 어깨를 두드리며 말했다.

"그 심정, 나도 알아요. 나도 그런 일을 겪었으니까요. 불쌍한 내 아내를 잃었을 때 나는 혼자 있고 싶은 마음에 들에 나가곤 했습니다. 그러고는 나무 아래 주저앉아 울곤 했어요. 하느님을 부르면서 바보처럼 넋두리하곤 했지요. 차라리 나뭇가지에 매달린 채 몸속에 구더기들이 득시글거리는 두더지가 되고 싶었어요. 죽고 싶었던 것이지요. 다른 사람들은 귀여운 아내를 꼭 껴안고 있을 것을 생각하면 속이 터져서 몽둥이로 땅바닥을 탁탁 쳤어요. 거의 미칠 지경이 되어서 아무것도 먹을 수 없었어요. 술집에 간다는 생각만으로도 구역질이 났지요. 그런데 차츰 시간이 흐르면서 하루가 가고 이틀이 가고, 겨울이 봄이 되고 봄이 여름이 되니까 잊혀지더군요. 하지만 사라진 건지 떠난 건지 아니면 가라앉은 건지 모르겠지만, 여기 가슴께에 묵직한 것이 남아 있습니다. 하지만 그것도 운명으로 받아들여야 해요. 그것 때문에 약해져서는 안 됩니다. 용기를 내세요, 보바리 씨. 조만간 우리 집에 한번 방문해 주세요. 내 딸이 당신 얘기를 가끔 한답니다. 선생님은 우리 같은 이들을 벌써 잊었다고 말이에요. 이제 봄이에요. 기분 전환도 할 겸 토끼가 많은 곳에 가서 사냥이라도 해봅시다."

샤를은 그의 말을 듣고 차츰 마음이 안정되었다. 그는 5개월 만에 다시 베르토에 가 보았는데, 모두 예전 그대로였다. 벌써 배꽃이 피어 있었고, 의욕적으로 돌아다니는 루올의 모습이 농장에 활기를 불어넣고 있었다. 마음속에 슬픔을 간직한 의사를 위로해야겠다고 생각한 루올은 모자를 벗지 않아도 된다고, 환자를 대하듯 작은 소리로 속삭였다. 또한 크림과 설탕을 넣고 찐 배 같은 가벼운 음식을 왜 마련하지 않았느냐고 하녀에게 화를 내는 체했다. 그는 샤를에게 재미있는 이야기도 들려주었고, 샤를은 웃음을 터뜨렸다. 그러던 와중에 샤를은 문득 죽은 아내가 떠올라 기분이 우울해졌다. 하지만 커피가 나오자 그는 아내에 대한 생각을 잊었다.

그는 혼자 사는 데 익숙해지면서 죽은 아내에 관한 생각이 차츰 무뎌졌다. 아무런 구속을 받지 않는 생활이 쾌적하게 느껴졌고, 고독도 이제는 견딜 만했다. 이제 그는 식사 시간을 마음대로 정할 수 있었고, 이유를 해명하지 않고도 집을 드나들 수 있었으며, 피곤하면 침대에 누워 사지를 쭉 펴고 잘 수 있었다. 그래서 자신의 몸을 더욱 아꼈고, 남들이 위안해 주면 가만히 듣고 있었다. 한편 아내의 죽음은 샤를의 일에도 도움이 되었다. 사람들은 한 달이 넘게 이렇게 말했다.

"젊은 나이에 아내를 잃다니……. 정말 안됐습니다."

이런 말 때문에 소문이 돌고 샤를의 이름이 알려져 환자가 더 늘어난 것이다. 무엇보다 이제 그는 마음대로 베르토에 갈 수 있었다. 그는 목표 없는 어떤 희망과 막연한 행복감을 느꼈다. 거울 앞에서 머리를 빗을 때는 자신의 표정이 좀 더 남자다워졌다는 생각이 들었다.

어느 날, 샤를은 3시쯤 농장에 도착했다. 모두 밭에 나가서 아무도 없었다. 부엌에 들어간 그는 처음에는 엠마가 있는 것을 알지 못했다. 창문들은 닫혀 있었다. 창문 틈 사이로 들어온 햇빛이 바닥의 타일 위에 가늘고 긴 선을 만들어 가구들 모서리와 천장에서 어른어른했다. 식탁 위에는 유리컵이 놓여 있었는데, 마시다가 놓아두어서 파리 떼가 몰려들고 있었고, 개중 몇몇은 바닥에 떨어뜨린 사과주에 빠져 버둥거리고 있었다. 벽난로의 굴뚝에서 나오는 빛은 난로 뚜껑에 낀 그을음이 벨벳처럼 보이게 만들었고, 식은 재가 푸른빛을 띠게 해 주었다. 창문과 난로 사이에 앉은 엠마는 바느질하고 있었다. 숄을 걸치고 있지 않아서 어깨가 드러났는데, 어깨에는 작은 땀방울이 맺혀 있었다.

시골 풍습에 따라 엠마는 그에게 마실 것을 권했다. 샤를이 사양하자, 그녀는 다시 한번 권했다. 그러고는 웃으면서 리큐어(증류주에 과일, 약초 등 다양한 첨가물을 넣어 만든 혼성주)를 한 잔 마시라고 말했다. 그녀는 찬장에서 퀴라소 술병과 작은 잔 두 개를 꺼내 하나에는 가득히, 다른 하나에는 살짝 술을 붓는 척하며 잔을 서로 맞부딪친 다음 입에 가져다 댔다.

거의 빈 잔이나 마찬가지였기 때문에 그녀는 몸을 뒤로 젖히고 입술을 길게 내밀어 술을 마셨다. 그녀는 입에 들어간 게 거의 없어서 멋쩍은 듯이 웃었다. 마지막에는 아름다운 이 사이로 혀끝을 내밀어 컵 밑바닥을 여러 번 핥았다.

그녀는 다시 자리에 앉아 아무 말 없이 바느질했다. 샤를도 아무 말 없이 앉아 있었다. 문 밑으로 스며든 바람이 바닥으로 불어와 가볍게 먼지를 일으켰다. 샤를은 그 먼지의 움직임을 바라보았다. 그의 귀에는 머릿속을 쿵쿵 울리는 소리와 마당에서 알을 낳는 암탉의 울음소리만 들려왔다. 엠마는 가끔 두 손바닥을 뺨에 대고 빨갛게 달아오른 얼굴을 지그시 누르고 나서 손을 커다란 장작 받침쇠에 대어 식히기를 반복했다.

그녀는 계절이 바뀌면서 벌써 현기증이 난다고 중얼거렸다. 그러고는 해수욕하면 효과가 있는지 샤를에게 물었다. 그녀는 수도원 생활에 관해 이야기하고 샤를은 중학교 때의 일을 이야기하면서, 두 사람의 대화는 자연스럽게 흘러갔다. 두 사람은 엠마의 방으로 올라갔다. 그녀는 그에게 예전에 쓴 음악 공책과 상으로 탄 책들, 그리고 옷장 밑에 넣어 두었던 떡갈나무 잎으로 만든 관 같은 것을 보여 주었다. 또한 그녀는 어머니의 묘지에 대해서도 말해 주었다. 그녀는 마당에 있는 화단을 손으로 가리키면서 매달 첫 번째 금요일에 화단의 꽃을 꺾어 묘지에 간다고 말했다. 그런데 정원사는 솜씨가 별로이고 성의도 없어 아무런 도움이 되지 않는다는 말도 해 주었다. 겨울에는 읍내에서 살고 싶은데, 여름에는 날씨가 아주 좋아서 시골 생활이 그렇게 지루한지 모르겠다고도 했다. 그녀의 목소리는 말하는 내용에 따라 맑아졌다가 날카로워지기도 했고, 갑자기 슬픔에 젖기도 했으며, 혼잣말할 때는 속삭이는 것처럼 들렸다. 그녀는 반쯤 눈을 감고 권태로운 시선으로 생각에 잠기기도 했다.

샤를은 저녁에 집으로 돌아오면서 엠마가 한 말을 하나하나 되짚어 보았다. 그러면서 그녀와 만나기 전, 그녀의 생활이 어떠했을지 생각해 보았다. 하지만 그녀를 처음 만났을 때의 모습과 방금 헤어지기 전에 본 모습 이외에는 아무것도 떠오르지 않았다.

샤를은 장차 그녀가 어떻게 될지, 결혼은 할지, 그렇다면 누구와 할지 궁금했다. 하지만 루올 씨는 굉장한 부자이고, 그녀는 뛰어난 미모를 지니지 않았는가! 하지만 샤를의 눈앞에는 엠마가 계속해서 아른거렸고, 그의 귀에서는 팽이가 돌아갈 때 나는 윙윙거리는 소리가 끊임없이 맴돌았다.

"나와 결혼한다면……."

그날 밤, 그는 잠을 이룰 수가 없었다. 자꾸 목이 타고 입술이 말라 왔다. 그는 잠자리에서 일어나 물을 마신 후 창문을 열었다. 하늘에서는 별들이 꿈틀거리고 있었다. 따뜻한 바람이 들어왔고, 먼 곳에서 개들이 짖어 대고 있었다. 그는 베르토 쪽으로 고개를 돌렸다.

그는 어쨌든 밑질 것은 없다고 생각하면서 엠마에게 청혼하리라 다짐했다. 하지만 기회가 오더라도 적절한 말을 꺼내지 못하면 어쩌나 하는 두려움에 입술이 들러붙었다.

루올로서는 딸을 결혼시킬 기회가 생긴다면 싫어할 리가 없었다. 집안에 별로 도움이 되지 않았던 딸이었다. 그녀는 농사일을 시키기에는 너무 똑똑해서 그저 그 상황을 참고 있었다. 이제까지 농사로 백만장자가 된 농사꾼은 없었다. 루올 역시 재산을 늘리기는커녕 해마다 손해를 보고 있었다. 그는 상거래에서는 뛰어난 실력을 보였지만, 농장 관리를 포함한 농사일 자체에는 깜냥이 없었다. 주머니에서 손 빼는 것을 좋아하지 않았고, 맛있게 먹고 따뜻하게 입고 편한 잠자리를 원했기 때문에 생활에 관련된 지출은 아끼지 않았다. 또 그는 도수 높은 사과주나 피가 뚝뚝 떨어지는 양고기 넓적다리, 브랜디를 섞어 정성스레 만든 글로리아(브랜디를 넣어 만든 커피나 홍차)를 좋아했다. 그는 연극에 나오는 장면처럼 음식을 다 늘어놓은 식탁이 있는 부엌의 난로 앞에서 혼자 식사하는 것을 즐겼다.

루올은 자신의 딸 옆에만 오면 얼굴이 붉어지는 샤를을 보면서, 가까운 시일 내에 그가 엠마에게 청혼할 것이라고 생각해 이런저런 궁리를 해 두었다. 샤를은 볼품없는 인상이라 썩 마음에 드는 사윗감은 아니었다. 하지만 소문에 따르면 그는 품행이 단정하고, 절약하는 습관이 들었으며, 교육도 많이 받았다고 하는 것을 보아 지참금을 많이 받으려 하지는 않을 것 같았다. 루올은 석수장이와 마구상에게 갚아야 할 돈이 상당히 많았고, 포도 압착기와 굴대도 바꾸어야 할 형편이라 재산 중에서 22에이커가량을 팔아야만 되는 상황이었다.

'청혼하면 결혼시키자.' 루올은 이렇게 생각했다.

샤를은 생 미셸 축일에 베르토에서 3일을 보냈다. 하지만 마지막 날까지 지난 이틀처럼 우물거릴 뿐, 아무런 청혼의 말도 하지 못했다. 루올은 그를 배웅하러 따라 나왔다. 울퉁불퉁한 길을 걷다가 헤어질 무렵, 샤를은 울타리 모퉁이에 이르면 청혼에 대해 말해야겠다고 생각했다.

'이때다.'

마침내 모퉁이에 도달했을 때였다.

"루올 씨, 잠깐 드릴 말씀이 있습니다."

샤를은 이렇게 말했다. 두 사람은 발걸음을 멈추었고, 샤를은 말을 쉽게 잇지 못했다.

"하고 싶은 말이 있으면 하세요. 내가 아무것도 모르는 건 아닙니다."

루올은 웃으면서 말했다.

"루올 씨, 루올 씨."

샤를은 말을 더듬었다.

"나야 더 바랄 게 없지요."

루올 씨는 말을 계속했다.

"딸아이도 나와 같은 생각이겠지만, 그래도 본인의 생각을 들어 보기는 해야겠지요. 그러니 오늘은 그냥 돌아가세요. 다른 사람들의 눈도 있으니까요. 만일 딸아이가 좋다고 말한다면 다시 올 필요는 없습니다. 더욱이 그 아이도 흥분해 있을 거고요. 하지만 당신도 조바심이 날 테니 딸이 좋다고 하면, 내가 창에 달린 덧문을 벽 쪽으로 열어 놓을게요. 울타리로 목을 내밀고 들여다보면 뒤쪽으로 그게 보일 겁니다."

루올 씨는 이렇게 말한 후 집으로 돌아갔다.

샤를은 말을 나무에 매고는 오솔길에 숨어서 기다렸다. 그는 30분쯤 지나 시계를 들여다보며 열아홉까지 세었다. 그때 갑자기 '쾅' 하는 소리가 나더니 덧문이 젖혀져 있었고, 쇠 문고리가 흔들리는 것이 보였다.

이튿날, 샤를은 9시부터 농장에 와 있었다. 그가 들어서자 엠마는 태연한 체 약간 웃는 듯하더니 얼굴을 붉혔다. 루올은 장래의 사위를 안았다. 여러 가지를 상세히 따져 보는 것은 일단 미루기로 했다. 시간상 여유는 있었다. 샤를이 상중(喪中)이었기 때문에 이듬해 봄까지는 체면상 결혼식을 올릴 수 없었기 때문이다.

그렇게 기다리는 동안 지루한 겨울이 지났다. 루올 양은 혼수 준비에 정신이 없었다. 가구 일부는 루앙에 주문했고, 속옷과 잘 때 쓰는 모자는 유행하는 본을 빌려 와 직접 만들었다. 샤를이 농장을 방문할 때마다 두 사람은 결혼 준비에 대한 이야기를 나누었다. 먼저 어느 방에서 피로연을 열 것인지 의논했고, 음식은 얼마나 차릴지, 안주로는 무엇이 좋을지 의논했다.

엠마는 자정에 횃불을 환하게 켜고는 결혼식을 올리고 싶다고 말했다. 루올은 이런 딸을 전혀 이해하지 못했다. 결국 결혼식 날, 43명의 하객이 몰려와 16시간 동안 식탁에 붙어 앉아 있었다. 잔치는 그다음 날, 그리고 또 그다음 며칠날에 걸쳐 벌어졌다.

4

하객들은 이른 아침부터 말 한 마리가 끄는 짐마차, 의자가 달린 두 바퀴짜리 수레 마차, 포장이 없는 낡은 2인승 마차, 가죽 커튼이 달린 승합 마차 등 다양한 마차들을 타고 도착했다. 동네 젊은이들은 덜컹거리는 짐수레를 타고, 넘어지지 않으려고 난간에 바짝 붙어 한 줄로 늘어서 있었다. 고데르빌, 노르망빌, 카니 등 100리나 떨어진 곳에서도 하객들이 결혼을 축하하러 왔다. 양가 친척들은 모두 초대되었고, 사이가 좋지 않았던 친구들은 이 기회를 통해 화해했으며, 오랫동안 만나지 못했던 친지들에게도 편지를 띄웠다.

이따금 울타리 밖에서 채찍 소리가 들려왔다. 그러면 곧 문이 열리면서 포장마차가 들어왔다. 덜거덕거리며 현관의 첫 번째 계단 앞까지 전속력으로 달려온 마차가 멈추면, 여기저기서 하객들이 몰려 나와 무릎을 주무르거나 기지개를 켰다. 보닛 모자를 쓴 부인들은 도회지 풍의 옷을 차려입었고, 금시계를 늘어뜨렸으며, 짧은 외투 양쪽 끝을 허리띠 속으로 넣거나 화려한 색깔의 목도리를 핀으로 등에 고정해 목덜미가 드러나 보이도록 치장했다. 아버지와 비슷한 옷을 입은 개구쟁이들은 새 옷을 입어서인지 거북스러운 표정을 지었다. 그 옆에는 사촌 누나나 친누나로 보이는 열대여섯 살가량의 여자아이가 첫 영성체 때 입었던 흰옷을 입고 서 있었다. 말한마디 없는 그 여자아이는 상기되어 있었다. 그 아이는 장갑이 더러워질까 봐 걱정스러운 표정을 지었는데, 머리는 향료 기름을 발라 번쩍거렸다. 그 옆에서는 타고 온 마차에서 말을 떼어 내는 일을 하는 마부의 수가 모자라는 바람에 남자 손님들이 소매를 걷어 올리고는 작업을 돕고 있었다.

하객들은 각자의 신분에 맞게 연미복, 프록코트, 긴 겉저고리, 예복 비슷한 짧은 겉저고리를 입고 이곳에 도착했다. 연미복은 온 집안사람들이 떠받들어 모시면서 큰 행사가 있을 때 아니면 옷장에서 꺼내지도 않는 옷이었다. 프록코트는 옷깃이 둥글고 긴 옷단이 바람에 펄럭였으며, 자루 같은 주머니가 달려 있었다. 겉저고리는 차양에 구리줄을 치지 않은 모자에 어울리는 두툼한 나사 천으로 만들었으며, 등에 달린 두 개의 단추가 한 쌍의 눈처럼 가까이 붙어 있었다. 마치 목수가 도끼로 뚝 잘라 버린 것처럼 옷자락이 껑충하고 짧은 겉저고리도 있었다. 그중에는 단벌 작업복을 입은 사람도 있었다. 옷깃이 어깨까지 접히고, 등에는 잔주름이 있으며, 허리 아래쪽에 띠를 꿰매 달아 허리를 조인 옷을 입은 것이다. 또한 와이셔츠는 가슴 부분이 갑옷처럼 부풀려 있고, 모두 머리를 깎은 지 얼마 되지 않아서 귀가 떨어져 나갈 듯했으며, 수염도 바짝 깎았다. 해가 뜨기 전에 일어나서 얼굴이 잘 보이지 않아 코밑에 대각선의 상처를 입은 사람도 있었고, 심지어 5프랑짜리 은화만 한 크기로 살가죽이 벗겨진 사람도 있었다. 하얗고 커다란 그들의 얼굴에는 분홍빛 반점이 얼룩져 있었다.

면사무소는 농장에서 약 2km 정도 떨어진 곳에 있었다. 그래서 모두 걸어갔다가 성당에서 식이 끝난 후 돌아올 때도 다시 걸어서 왔다. 처음에 색 리본처럼 이어진 행렬은 푸른 밀밭 사이로 난 오솔길을 따라 들판을 누볐다. 하지만 얼마 지나지 않아 행렬의 길이가 길어지자, 사람들은 끼리끼리 이야기를 나누며 걸음을 옮겼다. 악사가 나선형으로 돌돌 말린 리본으로 장식한 바이올린을 들고 앞장서 갔다. 그 뒤로 신랑과 신부가 나아갔고, 친척과 친구들은 그다음으로 제멋대로 걸어갔다. 맨 뒤에서는 아이들이 귀리 이삭의 낱알을 훑거나 자기들끼리 장난을 치면서 나아갔다. 엠마의 결혼 드레스는 너무 길어서 단이 약간 땅에 끌렸는데, 그럴 때마다 그녀는 이따금 멈춰 서서 드레스 자락을 끌어 올렸다. 그러고는 장갑을 낀 손으로 옷에 붙은 엉겅퀴 잔가시와 거친 잎사귀를 우아하게 뜯어냈다. 그동안 샤를은 두 손을 내린 채 기다려 주었다. 신부의 아버지인 루올은 새 비단 모자를 쓰고 손끝까지 내려오는 긴 연미복을 입고는 신랑의 어머니와 팔짱을 끼고 있었다. 보바리 씨는 내심 이곳에 모인 모든 사람을 경멸하

고 있었기에 군대식으로 단추가 한 줄 달린 프록코트를 입고
서 어느 금발의 여인에게 술집에서나 하는 수작을 걸고 있었
다. 그 여자는 인사하더니, 어찌할 바를 모르면서 얼굴이 빨
개졌다.

다른 하객들은 사업 이야기를 하거나 서로 등 뒤에서 몰래
장난을 치면서 벌써 흥이 나 있었다. 저 멀리 들판을 걸어가
는 악사의 바이올린 소리가 아련히 들려왔다. 다른 사람들이
멀찍이서 걸어오는 것을 본 악사는 가끔 멈춰 서서 숨을 돌
리고는, 줄이 잘 울리도록 송진을 바른 뒤 몸으로 박자를 맞
추기 위해 바이올린 손잡이를 올렸다 내렸다 하면서 다시 걷
기 시작했다. 먼 곳에서 새들이 바이올린 소리에 놀라 황급히
날아갔다.

짐수레 헛간에는 잔칫상이 차려져 있었다. 소 허리 등심
네 덩이, 프리카세(닭고기와 송아지 고기 등을 잘게 썰고 구워, 채
소와 같이 끓이고 소스를 곁들여 먹는 요리) 여섯 접시, 송아지 고
기 지짐, 양 넓적다리 고기 세 덩이가 식탁에 놓여 있었고, 한
가운데에는 잘 구워진 통돼지 한 마리와 미나리를 곁들인 순
대 네 개가 놓여 있었다. 식탁의 네 귀퉁이에는 증류주를 담
은 유리 주전자가 있었으며, 달콤한 사과주가 병마개 언저리
로 거품을 뿜어냈고, 잔에는 벌써 포도주를 가득히 따라 놓
았다. 노란 크림을 담은 큰 접시들은 식탁이 조금만 움직여
도 출렁거렸는데, 접시 위에는 작은 사탕 과자로 신랑, 신부
의 이름 머리글자를 새겨 놓았다. 투르트(과일이나 고기 등을
넣은 파이)와 과자를 만들기 위해 일부러 이브토에서 기술자

를 데려왔다. 기술자는 처음 온 곳이어서 열심히 일했다. 휴식 때는 과자를 직접 들고 왔는데, 그 맛은 하객들이 깜짝 놀랄 만큼 좋았다. 그는 디저트로 자신이 만든 케이크를 가져와 모두의 탄성을 자아냈다. 케이크 맨 아래쪽은 네모난 푸른 마분지로 신전 모양을 만들었고, 그 주위에는 복도와 기둥도 있었으며, 금종이 별을 뿌린 상자 속에 작은 석고상이 늘어서 있었다. 두 번째 단에는 안젤리카로 만든 조그마한 성과 잘게 썬 은행, 건포도, 오렌지로 에워싼 사부아 지방의 고성 모양을 한 과자 탑이 서 있었고, 맨 꼭대기에는 녹색 들판에 바위가 있었으며, 잼으로 만든 호수에는 개암 껍질로 만든 배가 떠 있었다. 그리고 작은 큐피드가 그네를 타고 있었고, 그네의 두 기둥 끝에는 장미꽃 봉오리가 꽂혀 있었다.

사람들은 저녁이 될 때까지 먹고 마셨다. 자리에 앉아 있다가 지치면, 뜰로 나가 산책하거나 헛간에서 병마개로 놀이하다가 다시 돌아오는 사람과 꾸벅꾸벅 졸거나 코를 고는 사람도 있었다. 하지만 이들은 커피가 나오자 모두 생기를 되찾았다. 이내 다시 흥이 오른 사람들은 노래하거나 팔씨름을 벌이고, 엄지손가락으로 장난을 치거나 짐마차를 어깨 위로 들어 보이기도 했다. 또 상스러운 농담을 주고받거나 여자들을 갑자기 껴안기도 했다. 밤늦게 돌아갈 시간이 되자, 귀리를 먹어 배가 불룩해진 말들은 수레 사이로 들어가기가 힘들었다. 견디다 못한 말들이 뒷발질하며 뛰어올라 마구가 부서졌다. 주인들은 소리를 지르거나 낄낄거렸다. 밤새도록 달이 환히 떠 있는 가운데, 그 마을의 길 여기저기에서는 전속력으로 달리던 말이 시궁창에 빠지고, 자갈 더미를 뛰어넘기도 했으며, 몇 대의 마차가 비탈을 올라가는 동안 말고삐를 잡기 위해 여자들이 마차 문밖으로 몸을 내밀기도 했다.

베르토에 남은 사람들은 부엌에서 밤새도록 술을 마셨다. 아이들은 긴 의자 밑에서 잠이 들었다.

신부는 사람들이 이럴 때 흔히 하는 짓궂은 장난을 치지 못하도록 아버지에게 신신당부했다. 그런데 사촌인 생선 장수가 입에 물을 머금고 있다가 열쇠 구멍으로 뿜어 넣으려고 했다. 때마침 루올 씨가 달려와 이를 말리면서 당신은 지체 높은 사람이니 그런 무례한 짓을 해서는 안 된다고 말했다. 하지만 사촌은 이를 이해하지 못하고, 루올 씨가 빼기고 있다고 생각하며 하객 대여섯 명이 몰려 있는 자리로 가서 앉았다. 그 자리에 있던 하객 역시 질기고 맛없는 고기가 식탁에 계속 올라오자, 푸대접을 받고 있다고 생각했다. 그래서 그는 이 집 주인을 흉보고 수군대면서 은근히 꼴딱 망해 버리기를 바랐다.

보바리 부인은 온종일 입을 한 번도 열지 않았다. 신부의 옷차림이나 잔칫상 차림에 대해 미리 의견을 구하지 않았기 때문에 일찌감치 방으로 물러나 앉아 있었다. 남편은 아내의 뒤를 따라가지 않고 밤새도록 시가를 피우면서 앵두주를 섞은 그로그(럼주에 설탕과 따뜻한 물이나 차 등을 섞은 음료)를 마셔 댔다. 이 마을 사람들은 잘 알지 못하는 칵테일 차였기 때문에 그를 경이로운 눈으로 바라보았다.

샤를은 장난을 좋아하는 성격이 아니었기 때문에, 피로연에서 별로 두드러지지 않은 채 앉아 있었다. 수프가 나올 때마다 사람들이 던지는 농담이나 장난질, 야유나 놀림에도 맥빠지는 대답만 했다.

하지만 이튿날이 되자, 그는 너무나 딴사람 같아 보였다. 어제까지 처녀였던 사람은 오히려 샤를인 것 같았고, 신부는 아무런 낌새도 없이 무엇 하나 변한 느낌을 주지 않았다. 그녀가 옆으로 지나가면, 시끄럽게 떠들던 사람들도 잠시 말을 멈추고 신경을 곤두세워 살펴보았다. 하지만 샤를은 노골적으로 그녀를 마누라, 또는 여보라고 불렀다. 또한 엠마가 보이지 않으면 사람들에게 물으며 찾으러 다녔다. 가끔 그는 그녀를 마당으로 데리고 가서 아내의 허리를 팔로 감고 그녀에게로 몸을 비스듬히 기댄 채, 자신의 머리로 그녀의 레이스 웃깃을 짓누르며 나무 사이를 걸어 다녔다.

결혼식을 치른 지 이틀이 지나자 부부는 떠났다. 샤를은 환자들 때문에 더는 병원 문을 닫아 놓을 수 없었다. 루올 씨는 자기 마차에 두 사람을 태우고 바쏭빌까지 따라갔다. 그러고는 그곳에서 딸과 작별의 키스를 나누고 마차에서 내려 되돌아갔다. 그는 100걸음 정도 걷다가 발걸음을 멈추었다. 마차가 점점 멀어지고 먼지 속으로 바퀴가 돌아가는 모습을 보던 그는 한숨을 내쉬었다. 그러고는 자신이 결혼했을 때와 아내가 처음 임신했을 때를 떠올렸다.

친정에서 처음으로 신부를 데려오던 날, 그는 아내를 말 뒤에 태우고 눈 위를 달리면서 즐거움을 느꼈다. 마침 크리스마스 때라 들판은 흰 눈에 덮여 있었다. 아내는 한쪽 팔로 그를 붙잡고, 다른 팔에는 바구니를 끼고 있었다. 코 지방 특유의 두건에 달린 레이스가 바람에 휘날리고, 때로는 그녀의 입술에 닿기도 했다. 그가 고개를 돌리면 장밋빛을 띤 아내의 작은 얼굴이 보였다. 그녀는 두건에 새겨진 금박 장식 아래에서 말없이 미소를 지었다. 그녀는 시린 손을 녹이기 위해 가끔 그의 가슴에 손을 넣었다. 모두 너무나 옛날 일이었다. 당시에 낳은 아들이 죽지 않았다면 벌써 서른 살이 되었을 것이다.

루올은 고개를 돌려 뒤를 돌아보았다. 하지만 길에서는 아무것도 보이지 않았고, 그의 마음은 빈집처럼 쓸쓸함을 품었다. 술기운에 멍해진 머리에 우울한 생각이 달콤했던 추억들과 뒤섞이면서, 그는 문득 성당 쪽으로 가 보고 싶은 충동에 사로잡혔다. 하지만 성당을 보면 더 슬퍼질 것 같아서 곧장 집으로 돌아왔다.

샤를 부부는 6시쯤에 토트에 도착했다. 이웃 사람들은 의사가 데리고 온 새색시를 보려고 창가로 몰려들었다.

나이 든 하녀가 나와 부부에게 인사하며 아직 저녁 식사를 준비하지 못했다고 말했다. 엠마는 기다리는 동안 집 안을 돌아보았다.

5

벽돌로 된 건물은 국도와 인접해 있었다. 현관문 뒤에는 작은 깃이 달린 외투, 말고삐, 까만 가죽으로 만든 모자가 걸려 있었고, 한쪽에는 흙이 묻은 가죽 각반 한 켤레가 놓여 있었다. 오른쪽에는 식당 겸 거실로 쓰는 큰 방이 있었다. 연한 꽃다발 무늬로 화려한 느낌을 주는 누런 벽지는 풀칠이 덜 되어 우는 바탕천 위에서 덜렁거리고 있었다. 가장자리에 붉은색 테를 두른 하얀 무명 커튼이 창가에 걸려 있었고, 벽난로의 좁은 장식 판에는 의학의 아버지인 히포크라테스의 얼굴을 조각해 넣은 시계가 타원형 유리 덮개를 씌운 두 은 촛대 사이에서 빛을 발하고 있었다.

복도의 다른 한쪽은 샤를의 진료실이었다. 폭이 2m쯤 되는 자그마한 방에는 탁자 하나, 의자 세 개, 사무용 안락의자 하나가 놓여 있었다. 전나무로 만든 여섯 단짜리 책장에는 여러 번 주인이 바뀌어 제본된 곳이 해진 의학 사전 한 질이 빼곡히 꽂혀 있었다. 진찰하는 동안 벽을 통해 부엌의 소스 냄새가 풍기는 것처럼 진찰실에서 환자가 기침하고 병에 관해 이야기하는 소리가 부엌까지 다 들렸다. 그 옆에는 마구간이 있는 안뜰에 접한 허름한 큰 방이 자리하고 있었다. 그 방에는 화덕이 있었는데, 지금은 나무를 쌓아 놓는 광으로 쓰이고 있어 허드레 물건을 넣어 두었다. 고철, 빈 술통, 못 쓰게 된 농기구들과 어떤 용도로 쓰이는지 알 수 없는 물건들이 먼지를 뒤집어쓴 채 놓여 있었다.

길이가 긴 뜰은 살구나무들이 뒤덮고 있는 두 개의 흙벽에 둘러싸여 가장자리 울타리까지 뻗어 있었고, 그 너머는 밭을 이루고 있었다. 뜰 한가운데에는 슬레이트로 만든 해시계가 석대 위에 놓여 있었다. 초라한 들장미 몇 그루를 심어 놓은 네 개의 화단이 채소들을 키우는 네모난 밭을 에워싸고 있었다. 맨 안쪽 전나무 그늘에는 기도서를 읽고 있는 사제의 석고상이 자리 잡고 있었다.

엠마는 2층 방으로 올라갔다. 첫 번째 방에는 아무것도 없었다. 두 번째 방은 부부의 침실이었는데, 그곳에는 붉은 휘장이 늘어진 마호가니 침대가 놓여 있었다. 자개를 박은 상자 하나가 장롱 위에 장식용으로 놓여 있었다. 그리고 창가에 놓인 책상 위에는 하얀 비단 리본으로 묶은 오렌지 꽃다발이 병에 꽂혀 있었다. 그것은 신부의 꽃다발, 그러니까 전처의 꽃다발이었다. 그녀는 그것을 물끄러미 바라보았다. 샤를이 이를 눈치채고 꽃병을 다락방으로 가져갔다. 한편 엠마는 안락의자에 앉아 마분지 상자에 넣어 온 자신의 결혼 꽃다발을 생각하면서 만일 자신이 죽을 경우 그 꽃다발은 어떻게 처분될지 생각해 보았다.

처음 며칠 동안 엠마는 집 안을 어떻게 꾸며야 할지 몰랐다. 그녀는 촛대들에 씌운 유리 뚜껑을 벗기고, 새 벽지를 바르고, 계단을 다시 칠했으며, 정원에 있는 해시계 주위에 벤치를 놓도록 했다. 또한 분수를 설치해 물고기를 기를 수 있는 연못은 어떻게 만들어야 하는지 물어보기도 했다. 남편은 엠마가 마차로 산책하기를 좋아한다는 것을 알고는 중고 소형 마차를 구해 램프와 피케 가죽 흙받기를 달았다. 그렇게 해 놓으니 꼭 이륜마차 같았다.

샤를은 무엇 하나 부족함 없이 행복했고, 아무런 걱정도 없었다. 마주 앉아 식사하고, 저녁 산책을 하며, 머리를 쓰다 듬는 아내의 손길과 창문 문고리에 걸린 아내의 모자, 그리고 이제까지 재미있을 것이라고 상상도 하지 못했던 여러 가지 일들이 그를 행복으로 이끌어 주었다.

아내와 침대에 나란히 누운 그는 보닛 모자의 타원형 귀 덮개에 반쯤 가려진 아내 얼굴의 금빛 솜털에 햇빛이 드리우 는 것을 그윽하게 쳐다보았다. 그렇게 가까이에서 보니 아내 의 눈은 몹시 커 보였고, 잠에서 깨어나 눈을 깜빡이면 눈은 훨씬 더 커 보였다. 그늘진 부분은 까맣고, 햇빛을 받은 부분 은 푸른색으로 변하는 그녀의 눈동자는 연속적으로 겹쳐진 여러 가지 색깔로 이루어진 것 같았다. 눈동자의 밑바탕은 짙 은 에나멜(도료의 일종) 같았고, 표면으로 올라올수록 색이 옅 어지는 것 같았다. 샤를의 눈은 그녀의 심연 속으로 빨려 들 어가, 그가 머리에 쓴 수건과 앞가슴을 풀어 헤친 잠옷에 이 르기까지 자신의 모습이 그 속에서 조그맣게 비치는 것을 보 았다.

샤를이 일어나면 엠마는 창가로 가 남편을 배웅했다. 그러 고는 헐렁한 실내복 차림으로 창턱에 놓인 제라늄 화분 사이 에 팔꿈치를 괴고 서 있었다. 샤를은 길에 나와서 표석 위에 발을 올려놓고 박차 끈을 조여 맸다. 그러면 엠마는 위에서 계속 그에게 말하면서 꽃이나 잎을 뜯어 그가 있는 쪽으로 불어 보냈다. 그러면 그것들은 곧장 떨어지지 않고 바람에 날려 새처럼 반원을 그리며 하늘거리다가 문 앞에 서 있는 늙은 백마의 갈기에 걸린 후 떨어졌다. 말 위에서 샤를이 손 키스를 보내면 그녀는 손을 잠시 흔들어 주었고, 창문이 닫히면 샤를은 떠났다.

그는 긴 리본처럼 끝없이 뻗은 먼지투성이의 국도와 터널 모양의 가로수가 구부러진 움푹 파인 길과 밀이 무릎까지 무성하게 자란 오솔길을 따라가며, 눈이 부신 햇살을 어깨에 얹은 채 아침 바람을 코로 깊게 들이마셨다. 지난밤의 기쁨을 떠올리면 가슴은 희열로 부풀어 올랐다. 그는 마음이 평온하고 몸은 만족한 채, 마치 식후에 마시는 송로의 맛을 느끼듯 한가득 행복을 음미했다.

지금까지 그의 삶에서 무슨 좋은 일이 있었던가? 중학생 시절이었을까? 그때는 높은 담에 갇힌 채 반에서 그보다 더 부유하거나 힘센 친구들이 그를 시골뜨기라고 놀리고 옷차림을 비웃었으며, 그들의 어머니들은 토시 안에 과자를 숨겨 면회실로 찾아오곤 했다. 이후 의학 공부를 하던 시절은 어땠는가? 그는 애인이 될 뻔한 예쁜 여공과 함께 춤추러 가려 해도 주머니 사정이 좋지 않았다. 그 후 그는 침대 속에서도 발이 얼음처럼 차갑던 과부와 14개월을 같이 살았다. 하지만 이제 그는 이 사랑하는 예쁜 여자를 평생 가지게 된 것이다. 이제 그에게 있어 세상은 아내의 보드라운 감촉으로 한정되어 있었다. 그는 아무래도 그녀에 대한 자신의 사랑이 부족하다고 느꼈고, 그녀의 얼굴을 매번 보고 싶어 했다. 그는 서둘러

집으로 돌아오면, 두근거리는 가슴을 안고 계단을 올라갔다. 엠마는 방에서 화장하고 있었다. 그는 발소리를 죽이며 다가가 그녀의 등에 키스했다. 그러면 엠마는 깜짝 놀라 소리를 질렀다.

샤를은 아내의 빗, 반지들, 숄을 한없이 만져 보고 싶어 견딜 수가 없었다. 어떤 때는 그녀의 두 볼에 쪽쪽 소리가 나도록 키스를 퍼부었고, 또 어떤 때는 손끝에서 어깨 위까지 그녀가 드러내 놓은 팔을 따라 가벼운 키스를 했다. 그러면 그녀는 매달리는 어린아이에게 그러하듯 빙그레 웃으면서 귀찮다는 표정으로 그를 밀쳐 냈다.

결혼 전까지 엠마는 자신이 그를 사랑하고 있다고 생각했다. 하지만 그 사랑에서 당연히 느껴야 할 행복감이 찾아오지 않는 것을 보면서, 자신이 생각을 잘못한 것은 아닌지 의문에 빠졌다. 그래서 엠마는 여러 책에 나오는 지극한 행복이나 희열이나 정열이나 도취 같은 말들이 현실에서는 어떤 의미인지 알고 싶었다.

6

엠마는 예전에 『폴과 비르지니』를 읽고 대나무로 만든 오막살이와 흑인 노예 도밍고, 개 피델르 등에 대해 공상에 빠진 적이 있었다. 특히 그녀가 꿈꾼 것은 종루보다 더 높이 자란 나무에 올라가 빨간 열매를 따 주거나, 맨발로 모래 위를 달려 새 둥지를 뜯어다 주는 마음씨 착한 동생 같은 폴의 우정이었다.

그녀가 열세 살이 되었을 때, 아버지는 그녀를 수도원에 보내기 위해 도회지로 데려갔다. 두 사람은 생제르맹 거리의 한 여관에서 묵었는데, 저녁 식사 때 발리에르 아가씨의 이야기를 그린 접시가 나왔다. 그림에 대한 설명은 칼자국들로 군데군데 지워져 있었지만, 하나같이 종교와 미묘한 감정과 궁중의 화려함을 찬양하는 내용이었다.

처음 한동안 그녀는 수도원 생활이 지루하지 않았고, 수녀들과 어울려 지내는 것이 즐거웠다. 수녀들은 엠마의 흥미를 유발하기 위해 곧잘 그녀를 성당에 데리고 가곤 했다. 식당에서 긴 복도를 따라가면 성당이 나왔다. 그녀는 쉬는 시간에도 별로 놀지 않고 열심히 교리 문답을 외웠기 때문에 보좌 신부가 어려운 문제를 내도 가장 잘 대답했다. 그녀는 기숙사의 따뜻한 분위기 속에서 좀처럼 밖으로 나오지 않고, 구리 십자가가 달린 묵주를 가진 창백한 얼굴의 수녀들 사이에서 파묻혀 지내면서 제단 냄새와 차디찬 성수, 촛불에서 발산되는 신비로운 분위기 때문에 황홀감에 빠져 지냈다. 그리고 그녀는 미사 순서를 따라가는 것보다 책을 펼쳐 놓고 앉아서 짙은 청색 테를 두른 삽화를 들여다보는 것을 좋아했다. 또한 병든 어린 양, 날카로운 화살에 맞은 성스러운 주님의 성스러운 심장, 십자가를 짊어지고 가다가 쓰러지는 그리스도의 모습을 감상하는 것을 좋아했다. 그녀는 고행을 위해 온종일 금식하기도 하고, 자신이 지켜야 할 맹세 같은 것에 관해 곰곰이 생각하기도 했다.

그녀는 고해 성사할 때 사소한 죄를 부풀려 말하기도 했다. 어둠 속에 꿇어앉아 두 손을 모은 채 얼굴을 바싹 붙이고서, 신부님이 나지막이 속삭이는 소리를 듣기도 했다. 약혼자, 남편, 하느님의 애인, 영원한 결혼 등의 비유가 설교 중에 되풀이되어 나오면, 그녀의 마음속에는 더할 나위 없는 기쁨이 샘솟았다.

저녁에 기도하기 전에는 자습실에서 종교 서적에 대한 강의가 있었다. 평일에는 성서의 요약이나 프레시누 신부의 설교집을 읽었고, 일요일에는 『기독교 진수』를 몇 절씩 읽어 나갔다. 한동안 그녀는 지상과 영원의 모든 메아리를 통해, 낭만과 문학의 우울하고 애조 띤 울림에 귀를 기울였다. 만일 그녀가 소녀 시절을 시장 거리의 상점 뒷방에서 지냈다면, 작가들의 붓끝을 통해 비로소 전해지는 책이나 자연의 서정적인 강렬한 이미지에 마음과 몸이 도취되고 말았을 것이다. 하지만 그녀는 전원에 대해 잘 알고 있었다. 가축의 울음소리, 소젖을 짜는 방법, 밭갈이 같은 시골 생활에 대해 아주 잘 알고 있었다. 시골의 조용한 생활에 아주 익숙한 그녀는 오히려 변화무쌍한 것에 마음이 끌렸다. 폭풍우가 있어서 바다를 좋아했고, 푸른 초목은 폐허 속에서 듬성듬성 살아 있을 때만 사랑스러웠다. 그녀는 무슨 일에서나 개인적인 이득 같은 것을 끄집어내지 않고는 성에 차지 않았다. 그래서 필요 없다고 생각하는 것은 모두 버렸다. 또한 그녀는 감정적 욕구를 바로 만족시켜 주는 것이 아니면, 전부 쓸모없다고 생각했다. 예술

적이라기보다는 감상적인 기질로 진부한 풍경 감상이 아닌 가슴 뭉클한 감동을 원했다.

수도원에는 매달 일주일 동안 속옷을 꿰매거나 시트를 손질해 주러 오는 노처녀가 있었다. 그녀는 프랑스 혁명 때 몰락한 옛 귀족의 딸이었기에 대주교의 보호를 받고 있었다. 그녀는 수녀들과 같은 식탁에서 식사하고, 일하러 가기 전까지 수녀들과 잡담을 늘어놓았다.

기숙사 학생들은 곧잘 자습실을 빠져나와 노처녀가 있는 곳으로 갔다. 그녀는 옛날에 유행했던 사랑 노래 따위를 바느질하면서 들려주었다. 또 여러 가지 흥미로운 이야기도 들려주었고, 세상 소식을 전해 주었다. 심부름하러 거리로 나가는 일도 있었고, 언제나 앞치마 호주머니 속에 소설책을 숨겨 와 상급생들에게 몰래 빌려주기도 했다.

그녀도 일하는 사이사이 그런 책의 긴 문장을 몇 번씩 읽기도 했다. 그 내용은 항상 사랑하는 남녀, 쓸쓸하게 정자에 쓰러져 수난받는 귀부인, 역에 도착하자마자 살해당하는 마부, 지쳐 쓰러져 죽는 말, 어두운 숲, 마음의 혼란, 사랑의 맹세 또는 흐느낌, 눈물과 키스, 달빛 속에 떠 있는 조각배, 숲속의 나이팅게일, 사자처럼 용맹하고 양처럼 온순하고 더없이 덕이 높고 항상 훌륭한 복장을 하면서도 친절한 신사들에 관한 것이었다.

엠마는 열다섯 살 때 이런 책들에 쌓인 먼지로 6개월 이상 손을 더럽히기도 했다. 그 후에는 월터 스콧을 읽고 역사물에 푹 빠져 궤짝, 위병 대기소, 음유 시인 등을 동경했다. 그녀는 오래된 장원에서 긴 드레스를 입은 귀부인처럼 살고 싶기도 했다. 그러면서 중세풍의 아치형 문 아래에서 돌 위에 팔꿈치를 기대고 턱을 두 손으로 괸 뒤, 들판 저 끝에서 검은 말을 타고 달려오는 기사를 매일 기다리고 싶었다. 그 무렵, 그녀는 메리 스튜어트를 숭배하고, 유명하거나 불행한 여자들을 열렬히 응원했다. 잔 다르크, 엘로이즈, 아녜스 소렐, 모나리자, 클레망스 이소르 같은 여자들은 역사의 어둠 속에서 찬란히 빛나는 혜성 같았다. 또한 여러 책에서 떡갈나무 밑의 성왕 루이, 죽어 가는 바야르 장군, 루이 11세의 몇 가지 포악한 행위, 성 바르톨로메오 축일의 학살에 대해 읽었다. 앙리 4세가 썼던 투구의 앞 장식, 루이 14세를 찬양하는 그림을 그린 접시에 대한 기억들이 어둠 속 여기저기서 아무런 연관도 없이 두드러진 모습으로 나타났다.

음악 시간에 엠마가 부르는 소곡에 등장하는 것은 황금 날개를 가진 천사, 성모, 모래 언덕, 곤돌라의 배 같은 것들뿐이었는데, 이런 평화로운 노래들은 유치한 내용과 우스운 음절로 되어 있었음에도 뭔가 감정적으로 매력적인 환상을 보게 해 주는 것 같았다. 그녀의 친구 중 몇몇은 새해 선물로 받은 책들을 수도원에 가져오기도 했고, 그 책들을 잘 숨겨 놓은 다음 밤늦게까지 몰래 읽었다. 엠마는 책에 쓰인, 한 번도 들어본 적이 없는 작가의 이름을 황홀한 눈길로 뚫어지게 바라보았다. 대개 백작이나 자작인 그들의 이름은 작품 아래쪽에 표시되어 있었다.

그녀는 몸을 떨면서 삽화 위에 덮인 얇은 종이를 입으로 불어 젖히곤 했다. 종이는 조금 떠올랐다가 다시 책 위로 천천히 떨어졌다. 그 그림들은 젊은 남자가 난간에서 띠에 주머니를 단 하얀 옷의 여인을 껴안은 것도 있었고, 누구인지 알 수 없는 금발 곱슬머리의 영국 귀부인이 둥근 밀짚모자를 쓰고는 맑고 큰 눈으로 정면을 응시하는 것도 있었다. 어떤 귀부인이 공원 한가운데를 미끄러지듯 달리는 마차를 모는 그림도 있었고, 나이가 어리고 흰 바지를 입은 마부 둘이 끄는 마차 앞에 그레이하운드가 달리고 있는 그림도 있었다. 또 어떤 귀부인은 봉함이 뜯긴 편지를 옆에 놓아둔 채, 안락의자에 앉아 몽상에 잠겨 검은 커튼에 반쯤 가려진 창문 너머로 하염없이 달을 쳐다보고 있었다. 고지식한 귀부인들은 뺨에 눈물방울이 어린 채 고딕식 새장 사이로 산비둘기에게 입을 맞추는가 하면, 고개를 갸우뚱하고 미소를 지으며 끝이 뾰족한 구두처럼 손가락을 꼬아 수레국화의 꽃을 뜯고 있는 사람도 있었다.

또 어떤 그림에는 푸른 잎이 덮인 정자 그늘에서 무희의 팔에 안겨 취한 채 담뱃대를 물고 있는 술탄이나 자우르도 있었고, 이교도, 터키의 칼, 그리스식 모자도 그려져 있었다. 특히 황홀한 고장들의 아련한 풍경들 속에는 야자나무와 전나무, 오른쪽에는 호랑이, 왼쪽에는 사자, 지평선에는 타르타르식 이슬람 사원의 탑, 앞쪽에는 로마의 폐허, 그리고 웅크린 낙타 무리 등이 아름다운 원시림에 둘러싸여 있었다. 눈부신 햇살이 수직으로 꽂힌 수면에는 백조들이 뚜렷한 손톱자국을 남기며 헤엄쳐 다니고 있었다. 엠마의 머리 위 벽에 걸린 아르간 등불의 빛이 이러한 모든 풍경과 그림을 비춰 주었다. 조용한 침실에서는 아직도 달리는 마차의 바퀴 소리가 들려왔다.

어머니가 돌아가시고 나서 엠마는 자주 울었다. 그녀는 죽은 어머니의 머리카락으로 추모용 그림을 만들어 달라고 했으며, 집으로 보내는 편지에는 인생에 대한 슬픈 성찰을 늘어놓으면서 자신도 어머니와 같은 묘에 묻어 달라는 내용을 썼다. 딸이 병들었다고 생각한 루올 씨는 면회를 왔다. 엠마는 평범한 사람으로서는 결코 도달할 수 없는 비극적 사건이 가져다준, 고귀한 이상향에 도달한 것을 아주 만족스러워했다. 그녀는 라마르틴의 시 같은 마음의 미로에 빠져들어, 호수 위에서 튕기는 하프나 죽어 가는 백조가 들려주는 모든 노래, 모든 낙엽이 지는 소리, 승천하는 청순한 처녀들, 그리고 계곡에서 가르침을 내리는 신의 소리에 귀를 기울였다. 그녀는 얼마 지나지 않아 그런 것들에 싫증을 느꼈지만 스스로 인정하려 들지 않았다. 그녀는 습관과 허영심 때문에 계속 추구하던 것들 속에서 결국 평온을 되찾았다. 그녀는 마음이 가라앉은 것에 놀랐으며, 이마에 주름이 없는 것처럼 마음속 슬픔의 그림자가 사라진 것에 더욱 놀랐다.

수녀들은 엠마의 천부적 소명 의식을 굳게 믿고 있었으나, 차츰 그녀가 자신들의 교육 범주에서 벗어나는 것을 알고는 매우 놀랐다. 사실 수녀들은 엠마에게 성무일도와 피정과 9일 기도와 설교를 끊임없이 반복했다. 또한 성자와 순교자들에 대해 마땅히 바쳐야 할 경의를 열정적으로 강조했고, 육체는 하찮으며, 영혼을 구원하는 것이 중요하다고 충고해 왔기 때문에 그녀는 고삐 잡힌 말과 같이 되어 버렸다. 그러던 중 그녀에게 물린 재갈이 입에서 빠졌다. 장식해 놓은 꽃들 때문에 교회를 사랑하고, 연애에 대한 가사 때문에 음악을 사랑하며, 정열의 자극을 위해 문학을 사랑했지만, 격정적인 데다 실재적인 이 여자의 마음은 차차 신앙의 신비에 반항했다. 동시에 철저하게 자기 기질과 맞지 않는 규율에 저항했다. 아버지가 딸을 기숙사에서 데리고 나올 때, 다들 안도의 한숨을 쉬었다. 수녀원장까지도 요즘 그녀가 원내 사람들을 존경하지 않는다고 생각했다.

엠마는 집으로 돌아와 한동안 하인들과 쾌활하게 지냈다. 하지만 얼마 지나지 않아 시골 생활에 싫증을 느끼면서 수도원 시절을 그리워했다. 샤를이 처음 베르토에 갔을 때, 그녀는 세상을 다 안다고 생각했지만 어떤 것에서도 새로움이 없다는 것을 느끼던 시기였다.

새로운 생활에 대한 불안 때문인지, 남자가 옆에 있어서 생기는 자극 때문인지, 아무튼 그녀는 지금까지 장밋빛 큰 날개를 퍼덕이며 창공을 나는 새처럼 찬란한 정열을 다시 가지게 되었다고 생각했다. 하지만 지금은 평범하기 그지없는 생활이 자신이 꿈꾸어 오던 행복감을 주지 못한다는 것을 알게되었다.

7

그래도 엠마는 바로 지금이 자기 생애의 가장 아름다운 나날이며, 흔히 말하는 밀월이라는 생각이 들었다.

'밀월의 감미로운 향기를 맡기 위해서는 결혼 후의 일상에서 좀 더 달콤한 권태를 느낄 수 있도록 이름도 듣기 좋은 고장으로 여행을 떠나야 하는 건데.'

푸른색 비단 커튼을 드리운 역마차에 앉아 마부의 노래에 귀를 기울이며 가파른 언덕길을 오른다. 그 노랫소리는 산양의 방울 소리와 아련한 폭포 소리에 섞여 산속에서 메아리친다. 밤이 되면 별장의 테라스 위에서 손을 맞잡고 별들을 바라보며 앞으로의 계획을 이야기한다. 아무리 좋은 토양에서 키우더라도 어떤 특정한 곳이 아니면 다른 곳에서 잘 자라지 못하는 식물이 있는 것처럼 행복을 얻을 수 있는 곳은 따로 있을 것 같았다.

어째서 자신은 옷자락이 긴 검은색 벨벳 옷을 입고, 우아한 장화에 끝이 뾰족한 모자와 소매 장식을 단 남편과 함께 스위스 산장의 난간에 팔꿈치를 고이거나 산골 집에서 애수에 젖을 수 없는 것일까.

그녀는 이 모든 것에 대한 속내를 누군가에게 털어놓고 싶었다. 하지만 뜬구름처럼 변화무쌍하고, 빙글빙글 회오리치는 바람처럼 종잡을 수 없는 불안은 대체 어떻게 표현해야 하는 걸까. 이를 표현할 적당한 말을 찾을 수도 없었지만, 그녀에게는 그럴 만한 기회나 용기도 없었다.

그녀는 샤를이 조금만 마음을 기울인다면, 단 한 번만이라도 자신이 생각하고 있는 것을 이해해 주려 한다면, 손만 뻗치면 과수원에서 익은 과실이 떨어지듯 그녀의 가슴속에서 넘치는 상념들이 쏟아져 나왔을 거라고 생각했다. 부부 생활이 익숙해질수록 그녀의 마음은 남편에게서 점점 멀어져 갔다.

샤를이 하는 말은 밋밋한 길처럼 평범했다. 그의 말은 누구나 할 수 있는 뻔한 생각이 평상복을 입고 줄지어 지나치듯 할 뿐, 감동도 웃음도 몽상으로 끌어내지 못했다. 그는 루앙에 있을 때 극장에 가서 파리에서 온 배우들을 본 적이 한 번도 없다고 했다. 그는 수영할 줄 몰랐고, 검술도 알지 못했으며, 권총마저 쏠 줄 몰랐다. 어느 소설에 나오는 마술(馬術)에 관한 승마 용어의 뜻도 설명해 주지 못하는 경우도 있었다.

남자란 모름지기 모르는 것이 없고, 여러 가지 능력을 보여 주며, 격렬한 정열이나 세련된 생활 같은 온갖 신비한 세계로 여자를 안내해 주어야 한다. 하지만 이 남자는 무엇 하나 알려 주지 못했으며, 아는 것도 없고 바라는 것조차 없었다. 그는 아내가 행복하다고 착각하고 있었다. 하지만 그녀는 남편의 침착함이나 조그마한 의혹도 없는 우둔함, 그리고 그녀 자신이 그에게 안겨 주고 있는 그 행복을 이제는 원망하게 되었다.

그녀는 가끔 그림을 그렸다. 그럴 때면 샤를은 그 곁에 가만히 서서 그녀가 자신의 작품을 자세히 들여다보거나, 엄지손가락으로 빵 조각을 둥글게 마는 모습을 기쁘게 바라보았다. 그는 피아노를 치는 그녀의 손가락들이 빨리 움직이면 움직일수록 경탄했다. 엠마는 자신감에 넘쳐 건반을 눌렀고, 높은음에서 낮은음까지 건반을 쉬지 않고 내리쳤다. 현이 늘어져서 음이 불안정한 그 낡은 악기를 그녀가 치는 소리는 열린 창 너머 동네 끝까지 퍼지곤 했다. 그러면 어떤 때는 모자도 쓰지 않고 실내화를 신고 큰길을 지나가던 집달리의 조수가 서류를 손에 들고는 멈춰 서서 그 소리에 귀를 기울이기도 했다.

엠마는 집안 살림을 잘 꾸려 나갔다. 일요일에는 이웃집 사람들을 식사에 초대해 멋 부린 요리를 내놓았고, 포도나무 잎에 자두를 모아 피라미드 모양으로 세워 놓을 줄도 알았으며, 항아리에 든 잼을 접시에 곁들이기도 했다. 식사 후에는 손을 씻는 핑거볼을 준비해 놓았다. 또한 그녀는 고지서 냄새가 나지 않는 문구를 사용해 환자들에게 왕진비 고지서를 보냈다. 이 모든 것은 남편에 대한 사람들의 존경심을 키워 주었다.

샤를도 이런 여자를 데리고 산다는 사실 때문에 자기 자신을 더욱 중요하게 생각했다. 그는 아내가 연필로 그린 두 장의 작은 스케치를 커다란 액자에 넣어 초록색 벽지로 꾸민 거실에 걸어 놓고는 자랑스럽게 사람들에게 보여 주었다. 미사에서 돌아오면 사람들은 그가 여러 가지 색으로 짠 아름다운 실내화를 신고 있는 모습을 보곤 했다.

그는 귀가가 늦어서 10시나 한밤중에 돌아오기도 했다. 그럴 때 그는 요리를 먹었으면 했다. 하녀가 일찍 잠자리에 들어서 식사 시중은 엠마가 들었다. 그는 좀 더 편안한 차림으로 식사하기 위해 프록코트를 벗었다. 그러고 나서 오늘 만났던 사람들, 왕진 갔던 마을들, 자신이 써 준 처방전 등에 대해 일일이 보고하고는 스스로 흐뭇해했다. 그는 남은 스튜를 먹고, 치즈 껍질을 벗기고, 사과를 먹고, 물그릇을 비운 다음 침대로 들어가 반듯이 누워 곧장 코를 골았다.

샤를은 오랫동안 무명으로 된 잠자리 모자만 써 왔기 때문에 머플러로 머리를 감싸도 곧 귀에서 벗겨져 버렸다. 그래서 아침이 되면 머리가 마구 헝클어져 있었고, 밤사이 끈이 떨어진 베개에서 나온 털이 하얗게 얼굴을 뒤덮었다. 그는 항상 튼튼한 장화만 신었다. 발목에는 복사뼈 쪽으로 두꺼운 주름 두 개가 비스듬히 생겼고, 발등에 닿는 가죽은 마치 그 속에 나무라도 넣은 듯 뻣뻣해져 있었다. 그는 언제나 시골길을 다니기에는 이런 신발이 편하다고 말했다.

그의 어머니도 아들의 검소함에 관해 칭찬을 늘어놓았다. 그녀는 자기 집에 조금 시끄러운 일이 생기면 아들을 만나러 오곤 했다. 하지만 며느리에게는 호의적이지 않았다. 며느리가 분에 넘치게 사치하고 있다고 생각했기 때문이다. 그녀는 장작이나 사탕, 양초가 대갓집 살림하듯 순식간에 없어진다고 생각했고, 부엌에서 타고 있는 잉걸불이면 스물다섯 접시 정도의 요리는 할 수 있을 거라 여겼다.

시어머니는 직접 속옷을 정리하기도 하고, 엠마에게 푸줏간에서 고기를 배달해 오면 찬찬히 살펴보아야 한다고 알려 주었다. 엠마는 시어머니의 말을 얌전하게 들었고, 시어머니는 같은 말을 몇 번이고 되풀이했다. '며늘아기' 또는 '어머니' 라는 말이 서로 오갔으나 두 사람 모두 입술을 부르르 떨었고, 둘 다 분노에 찬 어조를 가장해 다정하게 말하는 척했다.

노부인은 뒤뷔크 부인(샤를의 전 부인) 시절만 해도 아들에게 사랑받고 있다는 느낌이 크게 들었다. 하지만 이제 그녀는 엠마에 대한 아들의 사랑이 자신에 대한 사랑보다 크다고 느꼈고, 그것은 자기의 영역을 침범한 행위라고 생각했다. 그래서 그녀는 마치 몰락한 사람이 옛날에 살던 집 식탁에 사람들이 둘러앉은 모습을 창문 너머로 들여다보는 것처럼 아들의 행복을 슬픈 침묵으로 지켜보았다. 그녀는 옛이야기에 빗대어 슬쩍 자신이 한 고생과 희생을 아들에게 상기시키고자 했다. 또한 그것을 엠마의 태도와 견주며 그녀만을 사랑하는 것은 큰 잘못이라고 결론을 내렸다.

샤를은 어떻게 대답해야 할지 몰랐다. 그는 어머니를 존경했고, 아내를 무한히 사랑했다. 어머니의 판단이 그르지 않다고 생각했지만, 엠마 역시 나무랄 데 없다고 생각했다. 그는 보바리 부인이 돌아가고 나면, 자신이 들은 잔소리 중 사소한 한두 가지만 골라 아내에게 들려주었다. 그러자 엠마는 그의 생각이 틀렸다는 것을 증명하면서 환자들이나 돌보라고 쏘아붙였다.

그러면서도 엠마는 자신이 옳다고 생각하는 방식대로 사랑을 느껴 보기 위해 애썼다. 달빛이 환한 날 정원에 나가 정열적인 시구를 읊어 보기도 하고, 한숨을 쉬며 애달픈 아다지오를 그에게 불러 주었다. 하지만 노래가 끝나면 그녀는 곧

냉정해졌다. 샤를은 전혀 사랑이 커진 것 같지도 않았고, 감동한 것 같지도 않았기 때문이다.

마침내 그녀는 그의 심장에 부싯돌을 문질러 보아도 불꽃 하나 피워 오르지 않을 거라는 것을 알았다. 그녀는 원래 자신이 직접 경험하지 않은 것은 이해하지 못했고, 판에 박은 듯 실제로 나타나지 않는 현상에 대해서도 믿지 않았다. 그래서 그녀는 샤를의 정열도 이제는 남들보다 나은 것이 없다고 결론을 내렸다. 그는 일정한 시간이면 그녀를 포옹했다. 하지만 이것은 단조로운 식사 뒤에 자연스레 디저트가 나오는 것과 일맥상통했다.

샤를에게 폐렴 치료를 받고 몸이 나았다는 한 사냥터지기가 엠마에게 이탈리아산 그레이하운드 새끼 한 마리를 준 적이 있었다. 그녀는 그 강아지를 산책할 때의 벗으로 삼았다. 그녀는 혼자 있고 싶거나, 변화가 없는 집 정원에 싫증이 날 때면 집 밖으로 가끔 나가곤 했다. 그녀는 반느빌의 너도밤나무 숲에 갔다. 그 옆 들판 쪽에는 버려진 외딴집이 있었는데, 잡초가 우거진 도랑 속에서 잎이 날카로운 긴 갈대가 흔들거리고 있었다.

그녀는 예전에 왔을 때와 달라진 점이 있는지 주위를 둘러보았다. 디기탈리스, 무아재비, 커다란 돌을 둘러싸고 있는 쐐기풀 덤불이나 세 개의 창에 낀 이끼 등 모든 것이 그대로 있었다. 항상 닫혀 있는 창의 덧문은 녹슨 쇠고리 위에서 썩어 떨어질 듯 말 듯했다. 그녀의 생각은 처음에는 아무런 목적 없이 강아지가 들판에서 원을 그리며 뱅뱅 돌거나, 노랑나

비를 쫓아가며 짖어 대거나, 들쥐를 잡으려고 쫓아가거나, 보리밭 둔덕 위의 양귀비를 물어뜯는 것처럼 무작정 떠돌았다. 그러다가 생각이 조금씩 정리되자, 그녀는 주저앉아 양산 끝으로 잔디를 콕콕 찍으면서 중얼거렸다.

"내가 왜 결혼했을까?"

그녀는 우연히 다른 남자를 만날 수도 있지 않을까 생각했다. 그리고 실제로 일어나지 않은 사건들과 지금과는 색다른 생활을 꿈꾸지 않는 남편을 떠올렸다. 누구라도 지금 남편보다는 나았으리라. 사실 그는 미남이고, 재기발랄하고, 품위 있고, 매력적인 사람이었을지도 모른다. 옛날의 수도원 시절 친구들은 틀림없이 그런 남자들과 결혼했을 것이다. 그녀들은 지금쯤 어떻게 살고 있을까? 도회지에 살면서 거리의 소음과 극장의 떠들썩한 분위기, 무도회의 광채를 만끽하면서 가슴이 터질 듯하고 관능이 충족되는 생활을 하고 있을 것이다.

하지만 지금 그녀의 삶은 북쪽으로 난 창밖에 없는 골방처럼 냉랭했고, 소리 없는 거미와 같은 권태가 그녀의 마음 구석구석에 거미줄을 치고 있었다. 그녀는 상장 수여식 날, 자그마한 관을 받기 위해 단 위에 올라갔던 일을 떠올렸다. 그때 그녀는 머리를 땋아 늘이고, 흰 예복에 발등이 드러난 검은 가죽 단화를 신은 귀여운 모습을 하고 있었다. 자리로 돌아오자, 남자들은 그녀에게 고개를 숙여 축하해 주었다. 마당은 사륜마차들로 꽉 차 있었고, 사람들이 창문 너머로 그녀에게 작별 인사를 건넸다. 바이올린 케이스를 들고 지나가던 음악 선생도 인사했다. 하지만 그것은 아득한 옛날 일이었다.

그녀는 강아지 잘리를 불러 무릎에 앉히고, 갸름하고 섬세한 머리를 손가락으로 쓰다듬어 주었다. 그러고 나서 말했다.

"자, 주인마님께 뽀뽀해야지. 넌 슬픈 일이 아무것도 없지 않니."

그녀는 잘리가 우울한 표정으로 천천히 하품하는 모습을 바라보면서 왠지 가엾다는 생각이 들었다. 이를 자신과 대입시켜 괴로움에 빠진 사람을 위로하듯, 그녀는 염소에게 말을 걸었다.

이따금 돌풍이 불곤 했다. 코 지방의 고원 지대를 단번에 휩쓴 돌풍이 멀리 떨어진 들판에까지 소금기를 머금은 찬바람을 실어다 주었다. 등심초가 땅에 누우면서 씽씽거리고, 너도밤나무 잎사귀들이 요란하게 술렁이는가 하면, 나무 우듬지의 가지들은 끊임없이 일렁거리며 요동쳤다. 엠마는 목도리를 목에 감고 자리에서 일어났다.

가로수 길에서는 푸르른 이끼가 햇빛을 받으며 그녀의 발밑에서 부드럽게 밟혔다. 해가 조용히 넘어가고 있었다. 나뭇가지 사이로 보이는 하늘은 붉게 물들었고, 한 줄로 늘어선 가로수는 황금색 하늘을 배경으로 우뚝 선 긴 기둥의 행렬처럼 보였다. 갑자기 무서워진 엠마는 잘리를 불러 큰길을 통해 서둘러 집으로 돌아왔다. 토트로 돌아온 그녀는 안락의자에 몸을 파묻은 채 한마디도 하지 않았다.

9월 말경에 그녀의 생활에서 예외적인 일이 한 가지 생겼다. 그녀가 보비에사르에 있는 당데르빌리에 후작 집에 초대를 받은 것이었다. 왕정복고 시대에 국무 장관을 지냈던 후작은 정계에 복귀할 생각으로, 하원에 입후보하기 위해 치밀한 계획을 세우고 있었다. 그는 겨울이 되면 가난한 사람들에게 장작을 나누어 주고, 지방 의회에서는 자신이 속해 있는 도시에 새로운 도로를 만들 것을 주장했다. 그는 한창 더울 때 입안에 종기가 났다. 샤를은 수술을 통해 기적처럼 그의 종기를 없애 주었다. 그때 수술비를 주러 온 하인이 저녁에 돌아와 의사 집 안뜰에서 아주 멋진 벚나무 몇 그루를 보았다고 전했다. 보비에사르에서는 벚나무가 잘 자라지 못했다. 후작은 샤를에게 접붙일 나뭇가지를 몇 개 달라고 부탁했고, 특별히 그것에 대해 사례하러 직접 왔다. 그때 후작은 엠마의 아름다운 모습을 보고는 시골 여자답지 않은 자태와 함께 예의범절도 바르다는 사실에 마음이 흔들렸다. 그는 이런 이유로 이 젊은 부부를 자신의 집에 초대한다는 것이 그렇게 지나친 호의를 보이는 것이 아니라고 생각했다.

어느 수요일 오후 3시, 보바리 부부는 자가용으로 쓰는 소형 마차에 몸을 싣고 보비에사르를 향해 떠났다. 마차 꽁무니에는 큰 트렁크를 매달았고, 모자 상자는 흙받기 앞에 얹어 놓았다. 샤를은 무릎 사이에 커다란 종이 상자를 끼웠다.

두 사람은 해가 다 질 때쯤 도착했다. 하인은 마차들이 훤히 보이도록 정원에 불을 켜고 있었다.

8

후작의 저택은 이탈리아식 근대 건축물로, 좌우의 날개가 앞쪽으로 돌출된 모습이었고, 세 개의 돌계단이 있는 입구 앞쪽은 크나큰 잔디밭 끝에 펼쳐져 있었다. 잔디밭에는 드문드문 심어 놓은 나무들 사이에서 암소 몇 마리가 풀을 뜯고 있었다. 그리고 석남화와 고광나무, 백당나무 등의 관목 무리가 자갈길을 따라 크고 작은 푸른 덤불을 이루고 있었다. 냇물은 다리 밑을 흐르고 있었다. 안개 너머로 목장 여기저기에 흩어져 있는 초가지붕의 건물들이 눈에 들어왔다. 그 둘레에는 나무가 무성한 두 개의 언덕이 자리 잡고 있었고, 그 뒤 덤불 속에는 헐어 버린 마차 창고와 마구간 같은 옛날 저택의 잔재가 남아 있었다.

샤를의 소형 마차는 건물 가운데에 있는 돌계단 앞에 멈추었다. 그러자 하인들이 문 앞에 나타났다. 잠시 후 후작이 다가와 의사의 아내에게 팔짱을 끼게 하고 현관으로 안내했다. 대리석이 깔린 현관은 천장이 높아서 발소리와 주고받는 이야기 소리가 한데 어우러져 교회당 안에서처럼 울렸다. 정면에는 계단이 있고 왼쪽에는 뜰과 인접한 마루가 당구장으로 연결되어 있어서 그 방문 안에서 상아로 만든 공이 서로 부딪치는 소리가 들려왔다. 객실로 가기 위해 그 앞을 지날 때 엠마는 당구대 주변에서 진지하게 서 있는 남자들을 보았다. 그들은 턱 밑으로 넥타이를 바짝 매고, 모두 훈장의 약장을 달았으며, 큐를 밀면서 말없이 미소를 짓고 있었다. 벽에 고정된 판자 위에는 큼직한 황금색 액자들이 걸려 있었고, 그 밑에는 검은 글자로 문구가 쓰여 있었다.

　　장 앙투안느 보비에사르 후작, 프레네이 남작, 1857년 10월 20일 쿠트라의 전장에서 전사함.

다른 액자에는 이런 문구가 쓰여 있었다.

　　장 앙투안느 앙리 기 당데르빌리에 드 라 보비에사르, 프랑스 해군 제독으로 생 미셸 훈장을 받음. 1692년 5월 29일 우그상 바아스트의 전쟁에서 부상을 입고 1693년 1월 23일 보비에사르에서 사망함.

나머지 몇 개는 정확히 알아볼 수 없었다. 램프의 불빛이 당구대 위를 비추고, 방 안은 어두컴컴한 그림자에 휩싸여 있었다. 빛은 옆으로 나란히 걸려 있는 초상화들을 갈색으로 물들였고, 니스 칠이 갈라진 부분은 가느다란 잎맥 모양으로 부서지고 있었다. 그리고 금테를 두른 커다란 검은 사각형들 여기저기에 인물의 이마나 정면을 바라보고 있는 두 눈, 빨간 옷과 어깨 위까지 늘어진 분을 바른 가발, 터질 듯한 종아리 위에 묶인 양말대님 같은 그림의 밝은 부분이 드러나고 있었다.

후작이 객실 문을 열었다. 그러자 부인 중 한 사람(후작 부인)이 다가오더니 엠마를 반갑게 맞아 주었다. 그녀는 엠마를 자기 곁의 2인용 의자에 앉히고는, 마치 옛날부터 잘 아는 친한 사람이라도 되는 듯 엠마에게 다정하게 말을 걸었다. 그녀는 마흔 살 전후로 보였고, 어깨가 아름다웠으며, 매부리코에 목소리는 느릿느릿했다. 그날 밤에는 밤색 머리에 세모꼴로 접어 뒤로 늘어뜨린 깔끔한 레이스 장식만을 했다. 옆에는 금발의 젊은 여인이 등의자에 걸터앉아 있었다. 윗도리 단춧구멍에 작은 꽃을 하나씩 꽃은 신사들은 벽난로 옆에서 부인들과 잡담하고 있었다.

7시에 만찬이 시작되었다. 남자들은 수가 많아서 현관에 차린 첫 번째 식탁에 앉았고, 부인들은 후작 부처와 함께 식당에 놓인 두 번째 식탁에 앉았다.

엠마는 식당으로 들어서면서 꽃향기, 아름다운 식탁보와 냅킨의 냄새, 고기 냄새와 송로의 향기가 뒤엉킨 따뜻한 공기에 휩싸였다. 가지 촛대 위의 촛불은 요리를 담은 은그릇에 빛을 드리우고, 커트 글라스는 김이 서려 창백한 빛을 반사하고 있었다. 꽃다발들은 식탁 끝에서 끝까지 일렬로 놓여 있었고, 넓은 접시 안에는 냅킨들이 주교의 모자 모양으로 접혀 있었다. 냅킨들의 양쪽 벌어진 주름 사이로 타원형의 조그만 빵이 한 개씩 끼워져 있었다.

큰 바닷가재의 빨간 집게발들은 접시 밖으로 나와 있었고, 속이 들여다보이는 성긴 바구니에는 커다란 장식용 파슬리 위에 과일이 얹어져 있었다. 깃털이 그대로 달린 메추라기에서는 김이 모락모락 났다. 급사장은 비단 양말에 짧은 바지를 입고, 흰 넥타이에 가슴 장식을 달고 있었으며, 재판관처럼 엄숙한 얼굴을 하고 있었다. 그는 손님들의 어깨 사이로 먹기 좋게 썰어 놓은 요리를 내밀고 손님이 원하는 고기 조각을 솜씨 좋게 집어 주었다. 놋쇠로 테를 두른 큰 도자기 난로 위에는 턱까지 닿은 옷을 입은 여인상이 꼼짝도 하지 않은 채 손님으로 가득 찬 방을 내려다보고 있었다.

엠마는 여자 손님 중 장갑을 컵 속에 넣지 않은 사람이 많다는 것을 알아차렸다. 그런데 식탁의 상석에는 노인 한 명이 여자 손님들 한가운데서 자리를 잡고 있었다. 그 노인은 음식을 가득 담은 접시 위로 허리를 구부리고 앉아, 어린아이처럼 냅킨을 목에 맨 채 소스를 흘리면서 음식을 먹고 있었다. 눈은 툭 튀어나오고, 검은 리본으로 머리 꽁지를 묶은 노인은 후작의 장인인 라베르디에르 노공작이었다. 그는 예전에 콩프랑 후작이 주최한 보드뢰이유 수렵 대회에서 아르트와 백작의 사랑을 독차지했으며, 소문에 따르면 드 쿠아니와 드 로쟁과 함께 앙투아네트 왕비의 애인이었다고 했다. 그는 결투와 도박, 부녀 유괴 등으로 방탕을 일삼다가 결국 재산을 다 탕진해 가족들의 진절머리를 일으킨 인물이었다.

하인 하나가 의자 뒤에 붙어 서서 그가 더듬거리면서 가리키는 요리 이름을 귀에 대고 큰 소리로 말해 주었다. 엠마는 무의식중에 고귀하며 장엄한 것이라도 보듯 노인에게로 던진 눈길을 거두지 않았다. 그 사람은 궁정에서 살았었고, 왕비의 침대에서 잔 사람인 것이다.

얼음에 채운 샴페인이 부어졌다. 엠마는 그 샴페인이 너무 차가워서 몸서리를 쳤다. 그녀는 지금까지 석류를 본 적이 없었고, 더욱이 파인애플을 먹어 본 적이 없었다. 가루 설탕 역시 그녀가 보아 왔던 것보다 더 희게 빨가진 것 같았다.

잠시 후 부인들은 무도회를 위한 치장을 하기 위해 각자 자기 방으로 올라갔다.

엠마는 첫 무대에 서는 배우처럼 정성껏 화장했다. 미용사가 권하는 대로 머리를 꾸미고, 침대 위에 펴 놓았던 바레주로 짠 옷을 몸에 걸쳤다. 샤를은 바지가 작아 배 부분이 꼭 끼어서 불편했다.

"바지 끈 때문에 춤추기 어렵겠는걸."

샤를이 말했다.

"춤추시겠다고요?"

엠마가 물었다.

"물론 추어야지."

"어머나, 당신은 남들이 비웃을지 모르니까 자리에 가만히 앉아 계세요. 당신은 의사니까 그러는 게 더 어울려요."

그녀는 이렇게 말을 이었다.

그는 엠마의 말을 듣고는 가만히 있었다. 그러다가 방 안을 이리저리 왔다 갔다 하면서 아내가 옷을 다 입기만을 기다렸다.

샤를은 두 개의 촛대 사이로 거울에 비친 아내의 모습을 보고 있었다. 검은 눈은 훨씬 검게 보였고, 귀 언저리에서 살짝 올린 귀밑머리는 푸른색으로 빛나고 있었다. 올려 빗은 머리에 꽂은 한 떨기 장미는 하늘하늘했고, 이슬 장식이 달린 잎사귀는 엠마를 더욱 빛나게 했다. 그녀가 입은 연한 자주색

옷은 녹색이 섞인 장미꽃으로 장식되어 있었다.

샤를은 이런 아내를 보고 그녀에게 다가가 어깨에 키스하려고 했다.

"하지 말아요. 옷 구겨져요."

엠마가 단호하게 말했다. 그때 바이올린 전주와 호른 소리가 들려왔다. 그녀는 뛰어가고 싶었지만, 이를 억누르고 계단을 내려갔다.

카드릴 춤곡이 시작되고 있었다. 사람들이 모여 서로 밀고 당기면서 춤을 추었다. 엠마는 홀 입구 옆에 있는 긴 의자에 앉아 있었다. 이내 춤곡이 끝나고 마루가 비자 그 자리에서 신사들이 무리 지어 선 채 잡담을 나누었고, 제복 차림의 하인들이 큰 쟁반을 날라 왔다. 부인들은 의자에 걸터앉아 그림 부채를 가볍게 흔들었고, 웃는 얼굴을 꽃다발로 살짝 가렸으며, 금 마개가 달린 향수병을 살며시 손에 쥐고 있었다. 그녀는 손톱 모양이 들여다보이도록 꼭 끼는 흰 장갑 때문에 손목이 꽉 조여졌다. 레이스 장식, 다이아몬드 브로치, 메달이 달린 팔찌가 드레스 위에서 흔들거리고, 가슴 위에서 반짝였으며, 팔에서 살랑거리는 소리를 냈다. 이마에 꼭 붙이고 목덜미 위에서 한데 묶은 머리는 물망초, 재스민, 석류꽃, 보리이삭, 수레국화가 꽃이나 포도송이, 나뭇가지 모양으로 장식되어 있었다. 조용히 자리를 지키고 있는 노부인들은 무뚝뚝한 얼굴로 빨간 두건을 두르고 있었다.

엠마는 남자 파트너에게 손을 잡힌 채 춤 대열에 서서 춤의 시작을 알리는 바이올린이 연주되기를 기다렸다. 그녀는 심장이 두근거리는 것을 느꼈다. 하지만 곧 흥분이 가라앉았고, 오케스트라의 리듬에 맞춰 가볍게 몸을 흔들며 미끄러지듯 앞으로 나갔다. 가끔 다른 악기들이 연주되지 않을 때, 그녀는 혼자 연주되는 바이올린의 선율을 들으면서 자신도 모르게 입가에 미소를 지었다. 바로 옆, 카드놀이를 하는 테이블에서 쨍그랑거리는 금화 소리가 들려왔다. 모든 악기가 일제히 연주되고 코넷 소리가 낭랑하게 울려 퍼지자 사람들은 발로 박자를 맞추었고, 스커트는 부풀어 올라 가볍게 흔들렸으며, 서로 손과 손을 맞잡았다가 멀어지고, 눈을 내렸다가 다시 올리면서 상대방을 뚫어지게 바라보기도 했다.

25세부터 40세 안팎의 남자들이 춤추는 사람들 속에 섞이기도 하고, 문가에 서서 이야기를 나누기도 했다. 그들은 나이나 차림새, 얼굴 모습이 각각 달라도 어딘가 비슷하다는 느낌을 주었고, 그러면서도 사람의 눈길을 끌었다.

그들은 옷을 잘 차려입어서 다른 사람들보다 맵시가 좋았고, 아주 부드러운 천으로 지은 것 같았으며, 관자놀이까지 올라간 곱슬곱슬한 머리카락은 고급스러운 포마드를 발랐는지 윤이 나 있었다. 그들은 부자 특유의 얼굴을 지녔는데, 도자기의 하얀색과 비단 물결무늬, 아름다운 가구의 윤기로 더욱 돋보였다. 그들의 뽀얀 얼굴은 영양가 많은 음식을 적절하게 섭취해서 유지되는 것만 같았다. 낮게 맨 넥타이 때문에 목이 부드럽게 움직이고, 접힌 옷깃 위로 긴 구레나룻이 내려와 있었다. 큼직하게 이니셜을 새긴 손수건으로 입을 닦을 때는 좋은 향기가 풍겨 나왔다. 나이 먹은 신사들은 오히려 젊어 보였고, 젊은이들에게서는 성숙한 면모가 드러났다. 그들의 눈빛에는 하루하루 욕망을 만족시키는 데서 오는 고요함이 감돌았고, 부드러운 거동에서는 야비함이 엿보였다. 그것은 혈통 좋은 말을 다룬다거나 화류계 여성을 꾄다거나 체력을 기르고 허영심을 만족시킬 수 있는 그런 일을 하는 데서 엿보이는 야비함이었다.

엠마로부터 서너 걸음 떨어진 곳에서 푸른 야회복을 입은 남자가 진주 목걸이를 한 창백한 얼굴의 젊은 여자와 이탈리아에 관해 이야기를 나누고 있었다. 그들은 산 피에르 성당 기둥이 얼마나 굵은지, 티볼리 마을과 베수비오 화산, 카스텔라마레 온천, 제노아의 장미, 달빛에 비친 콜로세움 같은 것들에 관해서 이야기를 나누었다. 엠마는 잘 이해하기 힘든 말들로 가득 찬 이들의 대화를 한쪽 귀로 듣고 있었다. 또 다른 사람들은 지난주 영국에서 개최된 장애물 경주에서 아라벨 양과 로뮐뤼스를 이기고 상금 2,000루이를 받았다는 한 젊은이를 둘러싸고 있었다. 어떤 사람은 자기 말이 너무 살쪄서 고민이라고 말했고, 또 다른 남자는 인쇄가 잘못되어 자기 말의 이름이 아주 우스워졌다고 투덜거렸다.

무도장의 공기가 차츰 탁해졌다. 램프의 불빛도 차차 희미해져 갔다. 사람들은 다시 당구 장으로 돌아가기 시작했다. 하인 하나가 의자에 올라가서 환기를 시키려다가 유리창 두 장을 깨뜨렸다. 유리 깨지는 소리에 엠마가 고개를 돌렸을 때, 정원에서 유리창에 얼굴을 바싹 붙인 채 안을 들여다보는 농부들이 눈에 들어왔다. 그러자 베르토에 대한 기억이 떠올랐다. 농장의 질퍽한 늪과 제복을 입고 사과나무 아래에 선 아버지의 모습이 눈에 선했다. 농장에서 우유 항아리 속의 크림을 손가락으로 떠내는 자신의 모습도 생각났다. 하지만 현재 상황으로 말미암아 방금까지 또렷했던 그런 생각들이 곧 사라졌고, 이제는 과거에 자신이 어떻게 살았었는지 의심스러울 정도였다. 그녀는 꼼짝도 하지 않고 가만히 있었다. 무도실의 주변에는 어둠이 그림자만 남긴 채 모든 것을 덮고 있었다. 엠마는 마라스키노(혼성주의 일종)를 넣은 아이스크림을 먹었다. 은으로 도금한 컵을 왼손에 들고 숟가락을 입에 문 채 눈을 반쯤 감고 있었다.

어떤 부인이 그녀 곁에서 부채를 떨어뜨렸다. 마침 춤추던 한 남자가 그 옆을 지나갔다.

"죄송하지만 부채를 집어 주실 수 있는지요. 저 긴 의자 뒤에 떨어뜨렸어요."

남자가 몸을 굽혔다. 엠마는 젊은 부인이 순간 재빨리 손에 쥔 세모로 된 흰 것을 그의 모자 속에 집어넣는 것을 보았다. 남자는 부채를 집어 정중하게 부인에게 건네주었다. 부인은 고개를 까딱하며 감사의 인사를 했고, 꽃다발을 들어 냄새를 맡았다.

스페인 술과 라인 계곡에서 만든 포도주가 나오고, 새우와 아몬드즙이 섞인 수프, 트라팔가르 푸딩과 접시 가장자리에 놓인 차가운 젤리로 저녁 식사를 마친 사람들은 마차를 타고 하나둘씩 자리를 떴다. 얇은 비단 커튼을 들어 올리자, 마차의 등불이 어둠 속으로 미끄러져 가는 것이 보였다. 이제 그곳에는 내기하는 사람 몇몇이 남아 있었고, 악사들은 혀로 손끝을 식히고 있었다. 샤를은 문에 기대어 반쯤 졸고 있었다.

새벽 3시가 되자 코티용(네 명 혹은 여덟 명이 한 조가 되어 추는 춤. 왈츠 등에 맞추어 춤)이 시작되었다. 엠마는 왈츠를 출 줄 몰랐다. 하지만 당데르빌리에 양과 후작 부인을 비롯한 모두가 왈츠를 추었다. 이제 남은 사람이라고는 성에서 묵을 손님 열두어 명밖에 없었다.

그런데 왈츠를 추는 모든 사람이 살갑게 자작이라고 부르는 사람이 있었다. 그는 가슴이 꽉 조인 조끼를 입고 있었는데, 엠마에게 춤을 함께 추자며 자기가 주도하겠다고 자신감 있게 말했다.

두 사람은 처음에는 천천히 춤을 추었다. 그러다가 점차 빠르기를 올렸다. 그들이 빙글빙글 돌자, 주위의 모든 것이 돌기 시작했다. 램프도 가구도 벽도 마루도 하나의 축을 중심으로 빙글빙글 돌았다. 홀 입구 가까이에 이르자, 엠마의 치마 아랫자락이 남자의 바지에 감겼다. 그러는 바람에 다리가 엉켰다. 그는 그녀를 내려다보고, 그녀는 그를 올려다보았다. 그녀는 몸이 굳은 듯 얼굴이 빨개진 채 멈추어 섰다. 잠시 후 둘은 다시 춤추기 시작했다. 자작은 아까보다 더 빠른 동작으로 그녀를 이끌어 회랑 끝으로 함께 사라졌다. 그녀는 그곳에서 거의 쓰러질 정도로 숨이 차올라 잠깐 남자의 가슴에 머리를 기대었다. 그러자 자작은 이번에는 속도를 늦추더니 아까의 자리로 돌아왔다. 엠마는 쓰러지듯 벽에 기대어 손으로 두 눈을 가렸다.

잠시 후 엠마는 눈을 떴다. 객실 중앙, 등걸이 없는 의자에 앉아 있는 부인 앞에 세 명의 남자가 왈츠를 신청하면서 무릎을 꿇고 있는 모습이 보였다. 그 부인은 자작을 택했고, 다시 바이올린 연주가 시작되었다.

모든 시선이 그들에게 집중되었다. 그들은 나아갔다가 되돌아오곤 했다. 부인은 몸을 반듯이 하고 턱을 숙였고, 자작은 좀 전과 같은 자세로 팔꿈치를 둥글게 굽히고 입을 앞으로 내밀고 있었다. 부인은 왈츠를 아주 잘 추었다. 두 사람은 오랫동안 춤추었고, 다른 사람들은 이내 지루해졌다.

모두 한참 동안 잡담을 나누었다. 곧 성에 묵기로 한 손님들은 "안녕히 주무세요."라는 말 보다는 "밤새 별일 없으셨지요?"라는 말이 어울리는 시간에 침실로 올라갔다.

샤를은 오랫동안 서 있었던 탓에 층계에 달린 난간에 의지해 겨우 방으로 올라갔다. 그는 다섯 시간 동안이나 테이블 앞에 서서 잘 알지도 못하는 휘스트 놀이(네 명이 하는 카드 게임으로 2대 2로 팀을 나누어 대결함)를 들여다보았다. 그러다가 마침내 장화를 벗게 되면서 만족스럽다는 듯이 숨을 내쉬었다.

엠마는 어깨에 숄을 두른 채 창문을 연 다음 팔꿈치를 괴었다. 밖은 어두웠고, 비가 후드득후드득 내리고 있었다. 그녀는 눈꺼풀을 식혀 주는 축축한 찬바람을 힘껏 들이마셨다. 무도회 때의 음악 소리가 아직 귓전에 머물렀다. 얼마 후면 떠나야 하는 이 화려한 생활의 환영을 더 오래 느끼기 위해 엠마는 애써 잠을 참고 있었다.

서서히 날이 밝아 왔다. 그녀는 성의 유리창들을 유심히 바라보면서 어젯밤에 본 사람들의 방이 어떻게 생겼을지 궁금해졌다. 그들의 생활을 알고 싶었고, 그들과 어울리고 싶었다.

하지만 몸이 떨리도록 추웠다. 그녀는 옷을 벗고 잠자리에 들어가 샤를 옆에서 잠이 들었다.

아침 식사 때는 많은 사람이 모여 있었다. 식사하는 데는 10분 정도 걸렸다. 샤를은 리큐어가 나오지 않아 의아해했다. 식사가 끝나자 당데르빌리에 양은 연못에 있는 백조들에게 줄 빵 부스러기를 작은 바구니에 담아 밖으로 나갔다. 사람들은 온실을 거닐었다. 털이 달렸고 이상하게 생긴 식물이 피라미드 모양으로 겹쳐져 있었고, 화분들은 뱀이 가득 든 뱀 집처럼 칭칭 얽매인 녹색 끈을 늘어뜨리고 있었다. 맨 끝에는 오렌지 재배실이 있었고, 그곳에서 곧장 하나의 지붕으로 성곽의 부속 건물까지 이어졌다.

후작은 엠마를 즐겁게 해 주기 위해 마구간으로 이끌었다. 그곳에는 바구니 모양의 꼴 시렁 위에 도자기 판이 있었는데, 도자기 판에는 까만 글씨로 말 이름이 적혀 있었다. 후작이 혀를 차며 지나가자, 말들이 칸막이 속에서 몸을 움직였다. 마루 같은 마구간 바닥은 객실의 바닥처럼 반질거렸다. 마차용 마구 두 벌은 방 한가운데에 있는 회전 기둥에 걸려 있었다. 재갈, 채찍, 종자, 재갈 고리 등은 벽을 따라 일렬로 서 있었다.

그동안 샤를은 하인에게 자신의 소형 마차에 말을 대라고 말했다. 마차를 돌계단에 대고 짐을 모두 실은 보바리 부부는 후작과 그 부인에게 정중하게 인사하고, 토트를 향해 말을 달렸다.

엠마는 아무 말 없이 바퀴가 돌아가는 것을 물끄러미 바라보았다. 샤를은 의자 끝에 앉아 두 팔을 벌리고 말을 몰았다. 작은 말은 몸집보다 너무 큰 수레 채 속에서 비틀거리며 달렸다. 느슨한 말고삐는 말 엉덩이에 닿아 땀에 젖었고, 마차 뒤에 매달린 상자는 차체에 부딪쳐 덜거덕거리는 소리를 냈다.

티부르빌 언덕 근처에 왔을 때, 갑자기 시가를 피워 문 채 말을 몰던 사람들이 웃으면서 그들 앞을 지나갔다. 엠마는 그 속에 자작이 있었다는 생각이 들었다. 그래서 뒤돌아보니 먼 지평선에 말이 달리는 리듬에 따라 사람들의 머리가 올라갔다 내려가는 것만이 보였다. 1km쯤 갔을 때, 말의 엉덩이가 끈이 끊어져서 노끈으로 잇기 위해 마차를 멈추어야만 했다.

마차를 세우고 마구를 돌아본 샤를은 말의 다리 사이에 무언가가 떨어져 있는 것을 보았다. 집어 들어 보니 초록빛 비단을 두르고, 한가운데에는 사륜마차 문에 다는 것 같은 문장을 새긴 시가 케이스였다.

"잎담배가 두 개비 들어 있군. 오늘 밤에 식사한 후 피워야겠어."

"당신, 담배 피울 줄 알아요?"

"가끔."

샤를은 케이스를 주머니에 넣고 말에 채찍질했다.

집에 도착해 보니 아직 저녁 식사가 마련되어 있지 않았다. 엠마가 화를 벌컥 내자, 나스타지는 버릇없이 말대꾸했다.

"나가! 사람을 뭘로 보는 거야. 당장 나가!"

엠마가 소리를 질렀다.

저녁 식탁에는 양파 수프와 미나리를 곁들인 암소고기가 차려졌다.

"역시 집이 편하고 좋아."

샤를은 엠마에게서 돌아앉아 손을 비비며 말했다. 그때 나스타지가 우는 소리가 들려왔다. 그는 가련한 이 아가씨를 조금 좋아하고 있었다. 전처를 잃고 홀아비가 되어서 하릴없이 심심할 때 그녀가 대화 상대가 되어 주었다. 그녀는 그의 첫 번째 환자이고, 이 지방에서 가장 오래된 친구이기도 했다.

"정말로 저 애를 내쫓을 생각이오?"

샤를이 망설이다 물었다.

"그래요. 뭐 문제라도 있어요?"

엠마는 도전적으로 되물었다. 그러고 나서 두 사람은 잠자리가 마련될 때까지 부엌에서 몸을 녹였다. 샤를은 입술을 쭉 내밀고 잎담배를 피우며 연신 침을 뱉기도 하고, 연기를 내뿜을 때마다 몸을 뒤로 젖히기도 했다.

"너무 피우면 몸에 해로워요."

엠마가 경멸하는 투로 말했다. 샤를은 시가를 내려놓고 펌프 쪽으로 가서 냉수를 한 컵 마셨다. 엠마는 시가 케이스를 집어 찬장 구석으로 던져 버렸다.

이튿날은 하루가 너무 길었다. 그녀는 오랫동안 좁은 뜰 안을 왔다 갔다 했다. 또 오솔길을 여러 번 오갔고, 화단 앞과 나무 울타리 옆, 사제의 석고상 앞에서 걸음을 멈추었다. 너무 익숙한 모든 것이 이상한 기분을 자아냈다. 무도회에서 보낸 시간이 마치 오래전의 일처럼 여겨졌다.

그저께 아침과 오늘 저녁 사이를 무엇이 이렇게 갈라놓았을까. 마치 폭풍우가 밤사이 산에 엄청난 균열을 일으켜 놓은 것처럼 보비에사르에 갔던 일이 그녀의 생활에 구멍을 뚫어놓았다. 하지만 곧 그녀는 체념했다. 그러고는 그날 입었던 아름다운 옷과 비단 구두까지 옷장 속에 소중히 간직해 두었다. 비단 구두의 밑창은 마루에 칠한 초 때문에 노랗게 물들어 그녀의 마음을 대변하는 듯했다. 사치스러운 생활과 접촉하는 바람에 지워지지 않는 그 무언가가 남게 된 것이었다.

엠마는 그 하루를 추억하는 일이 하루의 일과가 되어 버렸다. 그녀는 수요일이 돌아올 때마다 눈을 뜨기 무섭게 중얼거렸다.

"일주일 전에는……. 2주일 전만 해도……. 3주 전에는 그곳에 있었는데……."

하지만 시간이 지나면서 사람들의 얼굴들이 기억 속에서 흐려지고 카드릴도 잊혀져 갔다. 이제는 하인들의 제복도, 방의 모양도 분명하게 떠오르지 않았다. 몇 가지 자잘한 일들은 모두 사라지고, 오로지 아쉬운 마음만 남았다.

9

샤를이 집을 비우는 동안 엠마는 속옷과 함께 옷장 속에 넣어 둔 녹색 비단으로 된 시가 케이스를 꺼내 들여다보았다. 그녀는 향수 냄새와 담배 냄새가 뒤섞인 담뱃갑 속에 코를 대고 냄새를 맡아 보기도 했다.

이것은 누구의 것이었을까? 자작의 것인 듯했다. 애인에게 선물로 받았는지도 모른다. 그 여인은 자수대 위에서 이 수를 놓았을 것이다. 조그맣고 예쁜 자수대. 여인은 그리움 속에서 머리를 늘어뜨리고 오랫동안 정성껏 수를 놓았겠지. 사랑의 숨결이 수틀 위의 올 하나하나에 스며들었을 것이다. 바늘땀 하나하나에 희망이나 추억을 새겨 넣어 이렇게 얽혀 있는 명주실은 모두 말 없는 정열의 자국이겠지. 그리고 어느 날 자작은 그것을 지니게 되었다. 이것이 벽난로 선반 위 꽃병들과 퐁파두르 풍의 시계 사이에 놓여 있었을 때 그 연인들은 무슨 말을 주고받았을까. 그녀는 토트에 있고, 그는 지금 머나먼 파리에 있다. 이 얼마나 엄청난 이름인가.

그녀는 음미하듯 그 도시의 이름을 낮게 여러 번 반복해서 불러 보았다. 그 이름은 대성당의 큰 종과 같이 울렸고, 포마드 병의 상표 위에 찍혀 있을 때도 찬란한 빛을 뿜어 내는 듯했다.

밤에 생선 장수가 짐마차를 타고 마요라나 꽃 노래를 부르며 길을 지나갈 때면 엠마는 깜짝 놀라서 깼다. 그녀는 쇠바퀴 소리에 귀를 기울이다가 바퀴가 돌바닥에서 벗어나 변두리의 흙길에서 가라앉은 소리를 내면 중얼거리곤 했다.

"저기 탄 사람은 내일 파리에 도착하겠지."

엠마의 공상은 그들의 뒤를 따라 언덕을 올라갔다가는 다시 내려가고, 마을과 마을을 지나 별빛이 총총한 밤하늘 아래 국도를 달렸다. 하지만 어느 정도 시간이 지나면 그녀의 꿈은 언제나 어렴풋한 곳에서 더 나아가지 못했다.

그녀는 파리 지도를 샀다. 그러고는 지도 위를 손가락으로 더듬으며 수도의 이곳저곳을 헤매고 다녔다. 큰 거리를 올라가 보고, 골목, 길과 길 사이, 집을 나타내는 흰색 네모꼴 앞에서 머뭇거리기도 했다. 그러다가 지쳐 눈을 감으면 어둠 속에서 몇 개의 가스등이 바람에 흔들리고, 극장 앞의 기둥들이 늘어선 회랑 앞에서 마차의 발판이 내려지는 소리가 크게 들렸다.

그녀는 부인 잡지인 〈코르베유〉와 〈살롱의 요정〉을 구독해 연극 공연, 경마, 그리고 야회에 대한 기사를 빠짐없이 읽었고, 여자 가수의 데뷔 공연이나 새로 문을 여는 잡화점의 개점 파티에 흥미를 느꼈다. 또한 새로운 유행, 유명한 양복점의 주소, 불로뉴 숲의 축젯날과 오페라 공연의 시작 날짜를 알아 두었다. 그녀는 외젠느 쉬의 소설에 나오는 실내 장식에 대한 묘사를 공부하고, 발자크나 조르주 상드의 작품을 읽으면서 상상의 나래를 펼쳤다.

그녀는 식탁에서도 책을 펼쳐 놓고는 샤를이 그녀에게 말을 던질 때 페이지를 넘겼다. 그녀가 읽는 책 속에는 자작과의 추억이 들어 있었다. 그녀는 자신이 지어낸 작중 인물을 서로 연결해 생각했다. 하지만 자작이 중심인 원의 둘레는 확대되었고, 얼굴에서 떨어져 나간 그의 후광은 더욱더 멀리 퍼지며 다른 모든 꿈을 비추어 주었다.

엠마의 눈에는 바다보다 더 드넓어 보이는 파리가 주홍색 분위기 속에서 찬란하게 빛나고 있는 것 같았다. 혼잡 속에서 북적거리는 생활들을 자세히 보면 몇 부분으로 갈라져 그중 두세 가지밖에 보이지 않았지만, 그런 것들이 다른 것들을 지워 버려 파리만이 인간의 생활 전체를 대표하는 것 같았다.

외교관들이 속한 세계의 사람들은 벽면이 거울로 이루어진 살롱 안에서 황금빛 술이 달린 벨벳을 씌운 타원형 탁자 주위로 번쩍번쩍 빛나는 마룻바닥을 걸어 다니고 있었다. 그곳에는 질질 끌리는 옷들, 굉장한 신비, 미소 속에 감추어진 불안이 있었다.

다음에는 공작 부인들의 생활이 나온다. 모두 창백한 얼굴을 하고 있으며, 일어나는 시간은 오후 4시고, 속치마 단에는 값비싼 영국 레이스가 달려 있다. 남자들은 못생긴 얼굴에 별 재주도 없고, 세상에 알려지지 않은 능력을 숨긴 채 말을 타고 야외로 놀러 다니고, 여름이 되면 바덴으로 피서하러 가며, 마흔이 다 되어서야 돈 있는 집안의 딸과 결혼하는 것이다.

마지막으로 자정이 넘어서야 저녁 식사를 하는 레스토랑의 특별실에서 화려한 옷차림으로 모이는 문인들과 많은 여배우의 생활이 있다. 그들은 촛불 아래 둘러앉아 떠들썩거리며, 제왕처럼 돈을 뿌리고, 꿈같은 야망이나 망상 같은 열광에 사로잡혀 있다.

엠마의 눈에는 이 세 가지 생활만이 하늘과 땅 사이에 떠 있었다. 그것은 숭고해서 다른 삶을 초월한 것 같았고, 이외의 세상사는 분명한 장소도 없이 존재하지 않는 것이나 마찬가지였다. 게다가 그녀의 생각은 가까운 곳에 있는 것일수록 그 가까운 것에서 멀어졌다. 자신을 둘러싸고 있는 시골 생활과 권태로운 전원, 어리석은 소시민들은 모두 이 세상의 예외로 존재하고, 자신만이 어쩌다가 붙잡혀 억지로 끌려 들어가 있는 것 같다는 생각이 들었다. 반면 저 너머에는 행복과 정열의 나라가 끝도 없이 펼쳐진 것만 같았다. 그녀는 욕망에 눈이 어두워 사치와 쾌락과 마음의 기쁨을 혼동하고 있었으며, 습관의 우아함과 감정의 섬세함을 제대로 알지 못했다.

'인도의 식물처럼 연애에도 그것을 위해 준비된 땅과 특수한 기온이 필요하지 않을까.'

달빛 아래서의 한숨, 긴 포옹, 상대에게 내맡긴 손에 떨어지는 눈물, 육체의 격렬한 흥분과 우수에 젖은 애정 같은 것들은 한가롭고 커다란 저택의 난간이나, 두꺼운 융단이 깔리고 화려한 꽃바구니가 놓여 있으며 침대에 비단 장막이 드리워진 침실, 빛나는 보석과 하인들이 입은 제복의 장식 끈을 빼놓고는 생각할 수 없었다.

매일 아침 말을 돌보러 오는 젊은이는 큼지막한 나막신을 신고 복도를 지나가곤 했다. 작업복에는 구멍이 뚫려 있었고, 양말은 신지 않았다. 이런 짧은 반바지 차림의 모습으로 만족해야 하는 삶이란! 일이 끝나면 젊은이는 돌아가고 다시 나타나지 않았다. 샤를이 집으로 돌아오면 마구간에 들어가 손수 안장을 벗겨 고삐를 걸기 때문이었다. 그동안 하녀가 짚을 한 뭉치 가져와 구유에 집어넣었다.

엠마는 나스타지 대신 순하게 생겼고 열네댓 살 정도로 되어 보이는 고아 소녀를 고용했다. 그녀는 소녀에게 무명 모자를 쓰지 못하게 하고, 주인은 3인칭으로 호칭하고, 물컵은 꼭 쟁반에 받혀 가져오게 했으며, 방에 들어오기 전에는 반드시 노크하게 했다. 또 다리미질하는 법, 풀 먹이는 법, 옷 입히는 법 등을 일일이 가르쳐 몸종으로 키우려고 했다. 소녀는 해고 당하지 않기 위해 불평을 한 번도 늘어놓은 적이 없고, 힘들어도 모두 참아 냈다. 그런데 엠마는 보통 식량 찬장의 열쇠를 잠그지 않았기 때문에 소녀인 펠리시테는 매일 밤 설탕을 조금씩 훔친 다음 기도한 뒤 잠자리에서 몰래 먹었다.

오후가 되면 그녀는 가끔 마부들과 잡담했다. 엠마는 2층 자기 방에 꼼짝도 않고 머물렀다.

엠마는 항상 앞이 크게 벌어진 실내복을 입었기 때문에 숄 모양으로 접은 깃 사이로 금 단추가 세 개 달린 속옷이 보였다. 허리띠에는 실을 꼬아 만든 큰 술이 달렸고, 붉은색인 작은 슬리퍼에는 리본이 잔뜩 달려 발목을 덮고 있었다. 그녀는 편지를 쓸 상대가 없었지만 압지나 편지지, 펜대와 봉투를 잔뜩 사들였다. 그녀는 장식 서랍의 먼지를 털기도 하고, 거울을 한참 들여다보거나 책을 읽었다. 그러고는 책의 행과 행 사이에서 꿈꾸다가 무릎 위로 책을 떨어뜨리곤 했다. 그녀는 책을 읽으며 여행을 가고 싶기도 했고, 수도원에 다시 들어가고 싶기도 했으며, 파리에는 꼭 다시 한번 가 보고 싶었다.

샤를은 비가 오나 눈이 오나 매일 지름길을 가로질러 마차를 몰았다. 그는 농가의 식탁에서 오믈렛을 먹거나 축축한 이불 밑에 손을 집어넣기도 하고, 환자에게서 뿜어져 나오는 피가 얼굴에 튀기도 했다. 또 빈사 상태에 빠진 환자의 헐떡이는 숨소리에 귀를 기울이고 대야를 뒤적여 더러운 속옷을 슬쩍하게 걷어 올렸다. 하지만 밤이 되면 세련된 옷차림에 우아하고 아름다우며, 싱그러운 향기를 풍기는 아내를 볼 수 있었다. 그럴 때마다 그는 생각했다.

'이런 향기는 어디서 나는 것일까. 아내의 살결 냄새가 속옷에 묻었기 때문일까.'

엠마는 여러모로 세심하게 마음을 쓰며 멋을 부려 남편을 사로잡았다. 종이 접시에 양초를 받치기도 하고, 옷단과 주름을 바꾸기도 했으며, 어떤 때는 하녀가 만든 별것 아닌 맛없는 요리를 샤를이 맛있게 먹도록 했다. 그녀는 루앙에서 회중시계 줄에 여러 개의 장식품을 달고 있는 어떤 여자를 보고는 그런 장식품들을 샀다. 그리고 벽난로 위에는 푸른 유리로 된 꽃병 두 개를 올려놓고 싶어 했다. 또 얼마 지나지 않아 상아로 만든 바느질 상자와 은도금을 한 골무를 사고 싶어 했다. 샤를은 이런 우아한 것들에 대해 잘 알지 못했기 때문에 그 매력을 한껏 느꼈다. 이런 것들은 그의 감각적 쾌락과 가정의 즐거움에 무엇인가를 가져다주었다. 마치 그의 삶의 작은 오르막길에 뿌려진 작은 금 모래알과 같은 것이었다.

그는 건강했고 혈색이 좋았다. 사람들에게 신용도 얻었다.

시골 사람들은 거만을 떨지 않는 그에게 호감을 가졌던 것이다. 그는 아이들을 사랑하고, 술집에는 절대 가지 않았다. 그의 품행은 누구에게나 칭찬의 대상이었다. 특히 그는 카타르성 질환과 폐병 치료에 일가견이 있었다. 환자가 죽는 것을 두려워했기 때문에 샤를은 진정제 이외에는 처방하는 것이 없었고, 때때로 구토약이나 찜질법, 거머리를 썼다. 그렇다고 외과 수술을 겁내지는 않았다. 나쁜 피를 뽑아낼 때는 말들에게처럼 많은 양을 뽑아냈고, 이도 능수능란하게 뽑았다.

또한 샤를은 새로운 지식을 얻기 위해 안내 광고지를 받은 적이 있는 새로운 의학 잡지 〈의학의 밀실〉을 정기 구독했다. 그는 식사 후에 그 잡지를 읽곤 했지만, 식곤증 때문에 채 5분이 안 되어서 잠이 들었다. 그는 말갈기처럼 두 손으로 턱을 괴고 머리카락을 램프 아래에 둔 채 꼼짝도 하지 않았다. 엠마는 그 모습을 보고 어깨를 으쓱했다. 그녀는 차라리 밤늦게까지 열성적으로 책을 읽으면서 일하고, 류머티즘이 찾아드는 예순의 나이에는 촌스러운 검은 양복에 훈장을 달고 다니는 그런 남자를 왜 남편으로 두지 못했는지 한탄했다. 자신의 성이 된 보바리라는 이름의 남자가 글로 유명해져서 책방마다 진열되어 있고, 계속해서 신문에 등장해 프랑스 전역에 그 이름이 알려진다면 얼마나 좋을까 하고 생각했다. 하지만 샤를은 야망이 없었다.

최근 진찰에 입회했던 이브토의 한 의사가 환자들이 누워 있는 침대 머리맡에서 샤를에게 모욕을 주었다. 그날 저녁에 샤를이 이 사실을 아내에게 말하자, 그녀는 그 의사를 마구

욕했다. 샤를은 이에 감동을 받았다. 그는 눈물을 글썽이며 아내의 이마에 키스했다. 하지만 엠마는 모욕감에 부들부들 떨면서 남편을 때려 주고 싶었다. 그녀는 마음을 가라앉히기 위해 복도로 나가 창문을 열고 찬바람을 쐬었다.

'정말 한심해. 정말 한심한 남자야.'

그녀는 입술을 깨물며 조그맣게 중얼거렸다.

게다가 그녀는 요즈음 남편에게 싫증을 내고 있었다. 그는 나이가 들면서 점점 둔해졌다. 식후에 디저트가 나올 무렵이면 코르크 병마개를 칼로 자르기도 하고, 음식을 먹고 나서는 혀로 이를 청소했으며, 수프를 먹을 때도 한 숟갈 먹을 때마다 쩝쩝거리는 소리를 냈다. 몸은 점점 뚱뚱해져서 원래부터 작았던 눈이 광대뼈의 살 때문에 관자놀이 쪽으로 올라붙은 것처럼 보였다.

엠마는 가끔 남편이 입고 있는 셔츠 끝을 조끼 속으로 집어넣기도 하고, 넥타이를 바로잡아 주기도 했으며, 색이 바랜 장갑을 끼면 빼앗아 던져 버렸다. 이것은 샤를의 생각처럼 그를 위해서가 아닌, 그녀 자신을 위한 행동이었다. 이기적인 생각과 신경질적인 초조함 때문이었다. 간혹 엠마는 소설이나 희곡의 한 대목, 신문에서 읽은 상류 사회의 가십 같은 것을 그에게 이야기해 주기도 했다. 어떤 주제든 어떤 경우든 샤를은 맞장구를 쳐 줄 의향이 있었다. 그녀는 자신이 기르는 강아지에게도 마음을 털어놓았다. 가능하다면 난로 속 장작이나 시계추에도 말을 걸었으리라.

하지만 그녀의 마음 깊숙한 곳에서는 무언가 사건이 일어나기를 바랐다. 난파선의 선원처럼 고독한 생활 속에서 절망에 빠져 아득히 먼 수평선의 안개 속에서 작은 배라도 나타나기를 바라는 것처럼 말이다. 그런 우연을 자신에게 가져다줄 바람은 어떤 바람일까? 그것이 그녀를 어떤 길로 이끌지, 그것이 작은 돛단배일지, 아니면 커다란 선박일지, 고뇌를 싣고 있는지 아니면 행복을 쌓아 두었는지 그녀는 알지 못했다. 그러다가 해가 지면 마음이 우울해서 다음 날을 기다리곤 했다.

다시 봄이 왔다. 날씨가 포근해지면서 배나무 꽃이 활짝 피었지만, 엠마는 숨이 막힐 듯했다.

엠마는 7월부터 10월까지는 몇 주나 남았는지 세어 보았다. 10월이면 당데르빌리에 후작이 다시 보비에사르에서 무도회를 열지도 모른다는 생각 때문이었다. 하지만 9월이 다 지나도록 편지 한 통 없었고, 어느 누구도 찾아오지 않았다.

기대가 무너지면서 엠마는 괴로움에 빠졌다. 다시 아무런 변화 없는 일상이 시작되었다.

'앞으로는 이렇게 변함없는 날이, 아무런 일도 일어나지 않는 날이 계속될지도 모른다. 다른 사람들의 경우에는 아무리 평범해도 뭔가 사건이 일어날 기미가 있다. 또한 새로 일어난 사건은 때로 큰 변화를 보이며 무대의 배경을 다르게 만들 것이다. 하지만 나에게는 아무 일도 일어나지 않는다. 그것이 하느님의 뜻인 듯싶다. 미래는 나에게 깜깜한 미로이고, 나는 그곳에서 길을 잃고 말 것이다.'

엠마는 음악을 포기했다. 연주한들 무슨 소용이 있나. 누가 들어 주기라도 하는가. 소매가 짧은 벨벳 드레스를 입고

에라르제 피아노 앞에서 건반을 경쾌하게 두드려 사람들의 황홀감을 불러일으키는 음악회를 하지 않는 한 애써 연습할 필요도 없다. 그것들이 대체 무엇이란 말인가! 그녀는 바느질조차 하고 싶지 않았다.

"읽을 만한 책은 다 읽었는데……."

엠마는 중얼거렸다. 그러면서 그녀는 가만히 앉아 부젓가락이 빨갛게 달아오르는 모습이나 비가 내리는 모습을 바라보았다.

일요일 저녁, 교회의 기도 종이 울릴 때마다 그녀는 너무나 슬펐다. 그녀는 금이 간 종소리가 울리는 것에 아무런 감동도 느끼지 못했다. 다만 피곤했을 뿐이다. 흐릿한 햇살 속 지붕 위 어딘가에서 고양이가 살금살금 걸으며 등을 동그랗게 구부렸다. 멀리서 개 짖는 소리도 들려왔다. 한길에서는 바람이 가는 먼지를 일으켰다. 종소리는 같은 속도로 단조롭게 울리면서 아득히 먼 들판 쪽으로 사라졌다.

시간이 좀 지나자, 성당에서 사람들이 나왔다. 반들거리도록 닦은 나막신을 신은 여자, 새 작업복을 입은 농부, 모자도 안 쓰고 깡충깡충 뛰는 아이들 모두가 집으로 돌아갔다. 대여섯 명의 남자가 술집 테이블에서 늦게까지 병마개 놀이를 했다.

겨울은 몹시 추웠다. 아침마다 유리창에 성에가 끼었고, 햇빛은 간유리를 통하는 것처럼 추운 날씨에 온종일 흐릿했다. 이제는 오후 4시만 되어도 램프를 켜야 했다.

엠마는 날씨가 맑게 개면 정원으로 갔다. 양배추 위에는 이슬이 은빛 레이스처럼 덮여 있었고, 희고 가는 실이 길게 늘어져 있었다. 새 우는 소리도 들리지 않았고, 짚을 둘러싼 나무도 벽과 지붕 밑에 병든 뱀처럼 스러져 있는 포도 덩굴도 모두 잠이 든 것 같았다. 포도 덩굴 옆에 가 보면 다리가 많이 달린 쥐며느리가 기어 다녔다. 울타리 옆 전나무 숲에는 삼각 모자를 쓰고 기도문을 읽으면서 서 있는 신부 석고상이 오른쪽 다리가 잘려 나간 채 자리 잡고 있었는데, 석고가 얼어 거죽이 일어나 얼굴에 흰 버짐이 핀 것 같기도 했다.

방으로 돌아온 엠마는 문을 걸어 잠그고 숯불을 헤쳤다. 불 때문에 얼굴이 붉어지자, 한층 무거운 권태가 그녀의 어깨를 짓눌렀다. 아래층으로 내려가 잡담이라도 하면 좋겠지만, 왠지 부끄럽다는 생각이 들었다.

매일 같은 시간이 되면, 까만 비단 모자를 쓴 초등학교 교사가 자기 집 덧문을 올렸다. 또한 시골 순경이 겉저고리 위에 칼을 차고 지나치곤 했다. 매일 아침과 저녁에는 역마차를 끄는 세 마리 말이 물을 마시기 위해 물탱크로 갔다. 가끔 술집 문에 달린 종이 울렸고, 바람이 부는 날이면 이발소의 간판격인 구리 대야가 두 개의 기둥 위에서 삐걱거렸다. 그 이발소에는 예전에 유행했던 낡은 판화가 유리창에 붙여져 있었고, 노란 양초로 머리카락을 만든 여인의 흉상을 그곳에 걸어 놓았다. 이 이발소의 주인도 막다른 골목에 놓인 희망 없는 미래를 한탄했다. 그는 루앙 같은 큰 도시의 부두 쪽이나 극장 앞에 가게를 차리기를 바라며, 침울한 얼굴로 손님을 기다리면서 가게에서 교회까지 왔다 갔다 했다. 보바리 부인이 얼굴을 들기만 하면 항상 터키식 모자를 깊게 눌러쓴 이 남자가 나사(羅紗) 옷을 입고 언제나 같은 곳에 서 있는 것이 눈에 들어왔다.

때때로 오후가 되면 거실 유리창 너머로 남자의 얼굴이 나타날 때가 있었다. 그는 햇빛에 그을린 얼굴에 검은 수염을 길렀는데, 흰 이빨을 드러내며 빙그레 웃었다. 곧 왈츠곡이 시작되고, 조그만 살롱의 오르간 위에서 손가락처럼 조그마한 남녀가 춤추기 시작했다. 장밋빛 터번을 감은 여자, 긴 재킷을 입은 티롤 사람들, 야회복을 입은 원숭이, 짧은 반바지를 입은 신사들이 안락의자, 긴 의자, 소파 사이를 빙글빙글 돌았다. 그 모습은 금종이 조각으로 모서리를 이어 붙인 거울에 비쳤다. 남자는 오른쪽, 왼쪽, 창 쪽으로 시선을 던지면서 핸들을 돌렸다. 때때로 길 옆 경계석에 누워 누런 침을 내뱉으면서, 어깨에 멘 가죽 멜빵이 무거운지 악기를 무릎 위로 내려놓을 때도 있었다. 상자에서 나오는 음악은 어느 때는 탄식하듯, 또 어느 때는 쾌활하고 빠르게 당초무늬의 구리 걸쇠 아래 장밋빛 커튼을 통해 들려왔다. 그것은 무대 위에서 연주되는 곡이었고, 살롱에서 부르는 노래, 휘황한 상들리에 불빛 아래서 춤추는 음악, 다시 말해 사교계의 메아리였다. 엠마의 머릿속에서는 사라반드 곡(바로크 시대에 유행한 춤곡)이 끝없이 울려 퍼졌고, 그녀는 꽃무늬 융단 위에서 춤추는 인도의 무희처럼 뛰어올랐다. 꿈에서 꿈으로, 슬픔에서 슬픔으로 마음이 출렁거렸다. 남자는 모자에 돈이 모이면 낡은 푸른색 나사 포장을 걸고 오르간을 등에 멘 채, 무거운 다리를 이끌며 멀어져 갔다. 그녀는 그를 눈으로 전송했다.

엠마는 특히 식사 시간을 견디기 힘들어했다. 아래층의 좁은 거실 겸 식당에서 난로는 새까만 연기를 토해 내고, 문은 삐걱거렸으며, 벽에서는 물이 스며 나와 사방이 얼룩지고 바닥 타일은 축축했다. 생활의 모든 쓴맛이 그대로 접시에 담겨 차려진 것 같았다. 고기를 넣고 끓이는 수프에서 피어오르는 김은 그녀의 영혼 밑바닥에서 구역질이 울컥 솟아나게 했다. 샤를은 오랫동안 음식을 먹었다. 그녀는 개암을 씹기도 하고, 팔꿈치를 괴고 나이프 끝으로 방수 테이블보에 줄을 긋기도 했다.

이제 엠마는 가사를 일절 돌보지 않았다. 샤를의 어머니는 사순절 기간 중 며칠을 보내기 위해 토트에 왔다가 이런 변화에 놀라고 말았다. 전에는 알뜰하고 섬세했던 며느리가 지금은 같은 평상복을 며칠씩 입었고, 회색의 무명 양말을 신고 양초를 켜고 있었다. 그러면서 우리는 부자가 아니니 절약할 수밖에 없다고 여러 번 반복해서 말하고, 자신은 아주 행복하고 만족스러우며, 토트는 정말 아름다운 곳이라고 말했다. 또 전에는 못 듣던 말을 해 대서 그만 시어머니는 입을 닫고 말았다. 이제 엠마는 시어머니의 충고를 전혀 들으려고 하지 않았다. 한번은 하인의 신앙에 대해 주인이 감독해야 한다는 주장을 했다가, 그녀가 성난 목소리로 싸늘한 반응을 보여 시어머니는 그 말을 다시는 입 밖에 내지 않았다.

엠마는 점점 까다롭고 변덕스러워졌다. 자신만을 위한 요리를 만들려고 했다가도 불현듯 손도 대지 않았고, 어떤 날은 온종일 우유만 마셨으며, 다음 날에는 홍차를 열두 잔이나 마셨다. 또한 외출하지 않겠다고 고집을 피우는가 하면, 마음 내키는 대로 창문을 열어젖히고 얇은 옷을 입었다. 하녀를 실컷 혼내고서는 곧 선물을 주거나, 이웃에 놀러 가라고 권하기도 했다. 그녀는 마음이 부드럽지도 않았다. 시골 출신의 사람들이 그렇듯 아버지 손에 박힌 굳은 살 같은 것을 마음속에 간직하고 있어서 다른 사람의 감정을 잘 헤아리지 못했다. 그런데도 가난한 사람들에게 지갑 속의 은화를 탈탈 털어 주기도 했다.

2월 말쯤 루올 씨는 샤를의 치료로 몸이 완쾌된 것을 기념해, 칠면조 한 마리를 사 들고 와 토트에서 사흘간 머물렀다. 샤를은 환자들을 돌보러 가서 엠마가 아버지를 상대했다. 그는 침실에서 담배를 피우고, 장작 받침대 위에 침을 뱉고는 농사나 송아지, 암소, 닭, 면 위원회에 관한 이야기를 하곤 했다. 엠마는 아버지가 돌아가고 나서야 안도의 한숨을 쉬었고, 그러한 자신의 마음에 스스로 놀랐다. 또 그녀는 그것이 어떤 일이든 어떤 사람이든 경멸감을 감추지 않고 노골적으로 드러냈다. 때로는 말도 안 되는 논리로 남들이 인정하는 것을 비난하고, 사악하거나 부도덕한 것을 변호해 남편을 놀라게 했다.

'이런 비참한 상황은 언제 끝날까. 영원히 계속될까? 나는 행복하게 사는 다른 부인들보다 못한 게 없는데.'

그녀는 보비에사르에서 공작 부인들을 보았지만, 그들은 그녀보다 몸매도 좋지 않았고, 천박한 태도를 보였다. 그런 생각이 들 때면, 그녀는 신은 불공평하다고 느끼며, 벽에 머리를 기대고 울었다. 그녀는 분주한 생활과 가면무도회가 열리는 밤, 대담한 쾌락 등이 주는 온갖 만족감을 선망했다.

엠마는 점점 얼굴이 창백해졌고, 곧잘 가슴이 두근거렸다. 샤를은 그녀에게 쥐오줌풀과 장뇌 목욕을 권유했다. 하지만 그녀는 매사에 짜증을 내고 있었다.

어떤 때는 열에 들뜬 듯 온종일 떠들었다. 그러다가 갑자기 흥분을 멈추고 무기력한 상태에 빠져 말도 하지 않고 꼼짝도 하지 않았다. 그럴 때면 양팔에 오드콜로뉴 화장수 한 병을 뿌려 주어야 그나마 기운을 냈다.

그녀가 토트에 대한 불만을 늘어놓자, 샤를은 그녀의 병의 원인이 풍토(風土)에 있지 않을까 생각했다. 그래서 다른 지역에서 개업하는 것이 좋을지 심각하게 고민했다. 하지만 그 무렵 엠마는 식초를 마시고, 간간이 헛기침하며 완전히 식욕을 잃었다.

샤를에게 4년에 걸쳐 겨우 자리를 잡은 토트를 떠난다는 것은 괴로운 일이었다. 하지만 그는 꼭 필요하다면 아내를 위해 이사할 의사도 있었다. 그는 아내를 루앙으로 데려가 옛 스승에게 진찰을 받아 보게 했다. 의사는 신경성 질환이라면서 이사해 공기를 바꿀 필요가 있다고 말했다.

샤를은 여기저기 수소문한 끝에 뇌샤텔 군에 용빌 라베이라는 큰 마을이 있고, 폴란드 망명자인 그곳 의사가 지난주에 다른 곳으로 갔다는 사실을 알게 되었다. 그는 그곳에 사는 약제사에게 편지를 보내 주민의 수, 가장 가까운 곳에 있는 동업자와의 거리, 먼저 사람의 수입 등에 관해 알게 되었다. 만족스러운 내용을 전해 받은 그는 엠마의 건강이 회복되지 않으면 봄에 이사하는 것이 좋겠다고 생각했다.

이삿날이 얼마 남지 않은 어느 날, 엠마는 서랍 속의 물건들을 정리하다가 무언가에 손가락을 찔렸다. 그것은 결혼 꽃다발을 묶었던 철사였다. 오렌지 꽃봉오리는 먼지가 쌓여 누렇게 변했고, 은빛 테를 두른 새턴 리본은 가장자리가 많이 손상되었다. 그녀는 그것을 불 속에 집어 던졌고, 그것은 마른 짚보다 더 빨리 타 버렸다. 잠시 후 그것은 빨간 덤불같이 사그라지더니 서서히 무너져 내렸다. 그녀는 그것이 타는 모습을 물끄러미 지켜보았다. 마분지로 만든 작은 열매가 터지고, 놋쇠 철사가 뒤틀렸으며, 장식용 끈은 녹아 버렸다. 종이 꽃잎은 난로 판을 따라 검은 나비처럼 난로 속에서 한들거렸고, 끝내는 굴뚝 속으로 날아가 버렸다.

3월에 토트를 떠날 때 보바리 부인은 임신 중이었다.

2부

Madame Bovary
A Tale of Provincial Life

1

용빌 라베이는 루앙에서 약 32km 정도 떨어진 곳에 있었고, 아베빌 도로와 보베 도로 사이, 뤼엘 강이 흐르는 분지의 안쪽에 있었다. 뤼엘 강은 하구 근처에 있는 세 대의 물레방아를 돌린 후 앙델 강으로 흐르는 조그만 강이다. 이곳에는 숭어가 좀 있어서 일요일이면 아이들이 낚시를 즐기기도 했다.

라 브와시에르에서 큰길을 벗어나 루 언덕 꼭대기까지 가면 분지가 내려다보인다. 그곳으로 흐르는 강은 그 분지를 뚜렷하게 다른 두 개의 지역으로 갈라놓았다. 왼쪽은 완전한 초원이고 오른쪽은 경작지다. 둥그렇게 부풀어 올라 낮은 언덕이 이어져 있는 목장은 아래로 뻗어 베레 지방의 목초지에 맞닿아 있다. 동쪽은 평야가 완만한 경사를 이루면서 차츰 넓어져, 황금빛 보리밭이 끝없이 펼쳐져 있다. 초원의 가장자리를 흐르는 강은 목장의 색과 밭이랑의 색을 흐린 선으로 갈라놓아, 들판은 마치 녹색 벨벳 깃을 달고 은색 장식 끈을 두른 큰 망토를 펼쳐 놓은 것처럼 보였다.

이곳에 이르면 지평선 너머로 아르괴이유 삼림의 떡갈나무들과 위에서 아래로 고르지 않게 붉은 선이 그어져 있는 생 장 언덕의 절벽이 눈에 들어온다. 그것은 빗물의 흔적이다. 주변에서 솟아 나오는 철분이 많이 함유된 샘물이 흘러들었기 때문이다.

이곳은 노르망디와 피카르디, 그리고 일 드 프랑스와의 경계 지역으로 풍경은 별 특징이 없고, 언어도 강한 사투리를 쓰지 않는다. 이 일대에서 제일 질이 떨어지는 뇌샤텔 치즈를 만드는 곳도 이곳이다. 그뿐만 아니라 모래와 자갈밭뿐인 이곳 땅을 기름지게 하려면 많은 비료가 들기 때문에 이곳에서는 경작하는 데 많은 비용이 들 수밖에 없다.

1835년까지는 용빌 지방까지 오는 길다운 길이 하나도 없었다. 하지만 그 무렵 지방 도로가 생겨 아베빌 가도를 아미앙 가도와 이어 주고, 때로는 루앙에서 플랑드르 지방으로 가는 짐 마차꾼들을 고용하기도 했다. 그렇지만 이 새로운 통로의 발전에도 용빌 라베이는 전혀 발전하지 않았다. 이곳 사람들은 농사 방식을 개선하지 않고, 수지가 맞지 않아도 여전히 방목장을 선호했다. 그리하여 이 게으른 마을은 평야에서 떨어진 개울에 형성되어 있었다. 마을은 멀리서 바라보면 마치 물가에서 낮잠을 자는 목동처럼 길게 늘어져 있었다.

언덕 아래 다리를 건너면 어린 백양나무를 심은 길이 시작되고, 이 길은 마을 변두리 집들에까지 일직선으로 이어져 있었다. 마당에 있는 집들은 모두 생목 울타리에 둘러싸여 있었다. 마당에는 포도를 압착하는 곳, 짐수레를 두는 곳, 사과주를 만드는 곳 등 여러 건물이 우거진 나무들 밑에 산재해 있고, 나뭇가지에는 사다리, 장대, 큰 낫 따위가 걸려 있었다. 짚을 이어 넣은 지붕은 털모자를 눈 위까지 올려 쓴 것처럼 얄은 창의 1/3까지 내려와 있었으며, 볼품없는 창유리는 병 밑바닥처럼 한복판이 볼록 튀어나와 있었다. 검은 가름 나무가 비스듬히 지나가며 박힌 회벽에는 군데군데 메마른 배나무가 자리를 차지하고 있었다. 아래층 출입문에는 조그만 회전 울타리가 있었다. 그 이유는 사과주가 밴 빵 조각을 쪼아 먹으려고 달려드는 병아리들을 막기 위해서였다. 안으로 들어갈수록 마당은 차차 좁아지고, 집과 집 사이가 가까워져서 생목 울타리는 없어졌다. 어떤 창문 아래서는 빗자루 끝에 매달아 놓은 고사리 묶음이 흔들거렸다. 말발굽을 만드는 대장간이 있었고, 수레를 만드는 목수의 가게 앞에는 두세 대의 새 짐마차가 길에까지 나와 있었다. 울타리 너머로 둥근 잔디밭 저편에 하얀 집이 나타났다. 그 안에는 손가락 하나를 입에 대고 있는 큐피드상이 있었다. 돌계단 양쪽에는 주물로 뜬 무쇠 항아리가 두 개 놓여 있었고, 입구에는 방패 모양의 문장이 빛을 내고 있었다. 마을에서 가장 좋은 그 집은 어느 공증인의 주택이었다.

그곳에서 스무 발자국 정도 더 나아가면, 길 건너편 광장 입구에 성당이 자리 잡고 있었다. 성당 옆에는 조그만 묘지가 팔꿈치 높이의 담에 둘러싸여 있었고, 무덤이 많아 옆으로 쓰러진 비석들은 지면과 거의 같은 높이가 되어, 마치 돌을 깔아 놓은 것처럼 보였다. 그 비석들 위로 잡초가 자라 저절로 규칙적인 초록의 사각형을 이루었다. 나무로 만든 원형 천장은 윗부분이 썩기 시작해, 파란색 칠 군데군데가 검고 우묵하게 패여 있었다. 문 위쪽, 파이프 오르간이 있어야 할 곳에는 남자용 자리가 마련되어 있었고, 나막신을 신고 나선형 계단을 오르면 울림이 퍼졌다.

무늬 없는 판유리를 통해 들어오는 밝은 햇빛은 벽 옆에 나란히 놓아둔 긴 의자들을 비스듬히 비추었다. 그 의자들에는 못이 군데군데 박혀 있었으며, 그 아래에 '000 씨의 좌석'이라는 굵은 글씨가 표시되어 있었다. 좀 더 안쪽의 좁은 공간에는 고해실이 조그마한 성모상과 마주 보고 있었다. 새틴 옷(표면은 윤이 나고 뒷면은 그렇지 않은 직물로 만든 옷)을 입은 성모상은 은빛 별을 박아 넣은 엷은 명주 망사 베일을 쓰고 있었고, 하와이 섬들의 우상처럼 두 볼이 빨갛게 물들어 있었다. 또한 내무 대신이 그린 〈성가족〉 그림 한 폭이 네 개의 촛대 사이로 재단 높이 걸려 있었다. 성가대의 자리는 전나무로 만들었는데, 아무것도 칠하지 않은 원목 그대로였다.

스무 개의 기둥 위에 기와지붕을 덮은 시장은 용빌 대광장의 거의 절반을 차지하고 있었다. 파리 건축가의 설계로 지은 면사무소는 그리스 신전식 건물이었고, 이것은 약제사의 집과 나란히 길모퉁이를 차지하고 있었다. 아래층에는 이오니아식 둥근 기둥이 세 개 있었고, 2층에는 반원의 아치가 있는 회랑이 자리를 차지하고 있었다. 그 끝 저울판에는 한쪽 다리를 '프랑스 헌장' 위에 딛고, 다른 한쪽은 정의의 저울을 딛고 서 있는 갈리아 풍의 수탉이 그려져 있었다.

하지만 무엇보다 사람들의 눈길을 끄는 것은 '황금 사자'라고 불리는 여관 맞은편에 있는 오메 씨의 약국이었다. 그곳은 저녁에 불이 켜지고, 진열장에 장식해 놓은 빨강과 파랑의 유리 약병이 멀리까지 두 줄기 빛을 길게 늘이곤 했다. 그럴 때면 그 빛을 통해 마치 뱅갈 불꽃 속에 있는 것처럼 책상에 팔꿈치를 괴고 있는 약제사의 그림자가 보였다. 약국 안에는 영국 글씨체, 둥근 글씨체, 인쇄 글씨체 등으로 쓰인 광고

물들이 벽 여기저기에 붙어 있었다. 뷔시 수, 셀츠 수, 바레쥬 수 등 여러 가지 종류의 광천수와 정화제 시럽, 라스파이유 약, 아라비아 분말, 다르세 정, 르뇨 연고, 붕대, 욕약, 자양 초콜릿 같은 것들이었다.

약국 입구의 넓은 간판에는 '약사 오메'라는 글씨가 금빛으로 빛나고 있었다. 또 가게 안쪽 카운터 위에 고정해 놓은 큰 저울 뒤에는 '조제실'이라고 쓴 글씨가 유리문 위쪽에 가로놓여 있었고, 그 문 한복판에는 검은 바탕에 금빛 글씨로 쓰인 '오메'라는 단어가 있었다.

그 외에 용빌에서는 볼만한 것이 아무것도 없었다. 하나뿐인 큰길은 소총의 사정거리 정도의 길이였고, 양쪽에 대여섯 개의 가게가 있었지만 길모퉁이에서 갑자기 끊겨 있었다. 큰길을 오른쪽에 두고 생 장 언덕 아래를 따라가면 묘지가 나왔다.

콜레라가 유행했을 때 묘지를 확장하기 위해 담 한쪽을 무너뜨리고, 인접한 토지를 3에이커 정도 사들였다. 하지만 이곳에는 무덤이 거의 없고, 여전히 마을 입구 가까이에만 무덤이 모여 있었다. 무덤 파기와 성당지기를 겸한 묘지 관리인은 빈터에 감자를 심었다. 그래도 나날이 그 조그마한 밭은 좁아져 갔다. 그는 역병이 번지면 죽은 사람들이 생겨 기뻐해야 할지, 아니면 슬퍼해야 할지 잘 알 수 없었다.

"자네는 죽은 사람들을 먹으며 살아가고 있는 거야, 레스티부드와."

어느 날, 본당 신부는 그에게 이렇게 말했다. 별로 좋지 않은 소리를 들은 그는 생각에 잠겼고, 한동안 감자를 심지 않았다.

"감자는 저절로 자라게 마련이야."

그는 태연하게 중얼거리면서 여전히 감자를 계속 심었다.

지금부터 이야기하려는 사건 뒤에도 용빌은 조금도 변한 것이 없었다. 양철판으로 만든 삼색기는 여전히 교회 종루 꼭대기에서 휘날리고, 새로 유행하는 물건을 파는 잡화상에는 두 줄의 사라사로 만든 길쭉한 깃발이 바람에 나부끼며, 약국 안에 놓인 태아 표본은 흰 부싯깃 덩어리처럼 탁해진 알코올 속에서 점점 더 썩어 가고 있었다. 여관의 큰 대문 위에는 비를 맞아 퇴색한 낡은 황금 사자가 곱슬곱슬한 털을 지나가는 사람들에게 보여 주고 있었다.

보바리 부부가 용빌에 도착하던 날 저녁, 여관 주인인 르프랑수와는 분주하게 냄비를 저으며 구슬 같은 땀을 흘리고 있었다. 다음 날에는 마을에 장이 서기 때문에 미리미리 고기를 썰어 놓고, 닭 내장을 꺼내고, 수프와 커피를 마련해 놓아야 했다. 게다가 그녀는 이곳에 묵기로 한 의사와 의사 부인, 그리고 하녀를 위해 음식을 준비해야만 했다. 당구장은 웃음소리로 떠들썩했다. 작은 홀에서는 제분소 남자 세 명이 브랜디를 가져오라고 소리를 질렀다. 장작불에는 불꽃이 일고, 숯이 튀었으며, 부엌의 길쭉한 식탁 위에는 생고기 덩어리 사이로 접시가 높이 쌓여 있었는데, 접시들은 잘게 재료를 써는 도마 때문에 흔들거렸다. 닭장에서는 하녀가 닭을 잡으려고 하자, 닭들이 비명을 질러 댔다.

금빛 술이 달린 벨벳 모자를 쓰고, 녹색 가죽 실내화를 신은 데다 얼굴이 얽은 사나이 하나가 난로에 등을 돌리고 몸을 녹이고 있었다. 그의 얼굴에는 자기만족의 표정이 담겨 있었다. 그의 머리 위에 걸려 있는 버드나무 새장 속의 방울새만큼이나 만사가 행복한 표정이었다. 그는 약제사였다.

"아르테미즈."

여관 주인이 큰 소리로 말했다.

"장작 좀 패고, 주전자에 물을 담아 놓아라. 그리고 손님에게 브랜디를 갖다 주거라. 빨리빨리 해. 기다리고 있는 손님들에게 어떤 후식을 내놓을까. 아니, 이삿짐 짐꾼들이 당구장에서 또 떠들어 대는군. 저 사람들은 짐마차를 문 앞에 세워놓고 있네. 역마차 '제비'가 들이닥치다가 부딪혀 망가지게생겼군. 그냥 놓아두면 말이야. 아, 글쎄, 오메 씨. 저 패거리들은 아침부터 열다섯 번쯤 내기하고, 사과주를 여덟 병이나마셨다고요. 저러다가 우리 집 당구대 융단이 남아나질 않겠어요."

여주인은 거품을 걷어 내던 숟가락을 한 손에 쥔 채 그들쪽을 바라보면서 말했다.

"그리 대수롭지도 않은 일이네요."

오메 씨가 말했다.

"당구대를 하나 더 사라는 소리인가요?"

여관 주인이 큰 소리로 말했다.

"저 당구대는 이제 못 쓰겠더라고요, 르프랑수와 부인. 그래요, 당신은 손해를 보고 있어요. 아주 큰 손해 말이에요. 게

다가 요즘 손님들은 당구공은 작은 것, 큐는 무거운 것을 좋아해요. 이제는 아무도 옛날식으로 당구를 치지 않는다고요. 세상이 점점 변해 가고 있어요. 변화하는 시대에 맞추어 살아야 해요. 텔리 군을 좀 보라고요."

화가 난 여주인은 얼굴이 빨개졌다. 이에 아랑곳하지 않고 약제사는 계속 말했다.

"텔리네의 당구대는 당신네 것보다 훨씬 멋져요. 게다가 폴란드를 구하거나 리옹의 수해 이재민을 위한 돈을 걸고 내기한다고요."

"나는 그런 거지 같은 놈들을 두려워하지 않아요."

여주인은 어깨를 으쓱하며 말을 막았다.

"오메 씨, 황금 사자상이 서 있는 한 손님은 온다고요. 우린 아직 먹고살 만해요. 머지않아 저 '카페 프랑세'가 창문에 보기 좋은 딱지를 붙이게 되어 곧 문을 닫을 텐데 우리 당구대를 바꾸라니!"

여주인은 혼잣말로 중얼거렸다.

"저 당구대는 빨래를 널기에도 좋고, 사냥철에는 손님을 여섯 명 정도 저곳에서 재울 수 있어요. 그건 그렇고 이베르 느림보는 뭐 하느라 안 오는 거지?"

"손님들 저녁 식사 때문에 그 사람이 일찍 도착하기를 바라는 건가요?"

약제사가 물었다.

"기다리는 건 그 녀석이 아니라 비네 씨예요. 그가 어떤 사람인데요. 6시 정각이면 틀림없이 도착할 거예요. 그분은 항상 작은 방을 선호해요. 죽어도 딴 자리에서는 식사하지 않아요. 또 굉장히 입맛이 까다롭지요. 사과주 같은 것을 먹을 때도 까다로워요. 레옹 씨하고는 아주 다르고요. 물론 그 양반이 7시나 7시 30분에 올 때도 있지요. 내놓은 음식을 잘 보지도 않아요. 참으로 좋은 젊은이예요. 그분은 항상 차분하고 조용하지요."

"물론 큰 차이가 있겠지요. 제대로 교육받은 사람과 기병대 출신의 세무 관리와는 말이에요."

이윽고 6시가 되자, 비네 씨가 안으로 들어섰다. 푸른 프록코트는 바싹 마른 그의 몸과 잘 어울렸다. 그는 양쪽 덮개를 머리 위에서 끈으로 잡아매게 되어 있는 모자를 썼는데, 모자를 오래 써서인지 챙을 젖히면 벗겨진 머리가 눈에 들어왔다. 그는 까만 나사 조끼에 올이 굵은 섬유의 깃과 회색 바지를 입었는데, 늘 신고 다니는 반질반질한 장화는 튀어나온 발가락 때문에 양쪽 끝이 볼록했다.

둥그렇게 턱을 에워싼 구레나룻은 잘 다듬어져 화단 가장자리처럼 그의 긴 얼굴을 두드러지게 했다. 눈은 작고 매부리코였다. 그는 카드놀이라면 뭐든지 잘했고, 사냥도 잘했으며, 글을 잘 쓰는 재주가 있었다. 또한 집에 녹로(목공에 쓰이는 선반)가 있어 그것으로 취미 삼아 냅킨 고리를 만들었다. 그래서 예술가 같은 시기와 소시민적인 아집으로 만든 고리가 집 안 가득히 채워졌다.

비네는 식당 안 작은 방 쪽으로 걸어갔다. 하지만 그곳에는 세 명의 제분업자들이 있어서 그들을 내보내야 했다. 식사가 준비되는 동안 비네는 난로 옆 자기 자리에 앉았다. 그러고 나서 문을 닫고 모자를 벗었다.

"인사한다고 혀가 닳는 것도 아닌데."

여주인과 자신만 남게 되자 약제사가 말했다.

"언제나 저런 걸요."

여주인이 말을 계속했다.

"지난 주일에는 포목 장수 두 사람이 왔었어요. 그 사람들은 아주 재미있는 이야기를 많이 해서 포복절도할 뻔했어요. 하지만 저 비네 씨는 아무 말 없이 청어 대가리처럼 있더라고요."

"그런가요? 상상력이나 재치도 부족하고, 사교성이란 찾아볼 수 없는 사람 같은데요."

"하지만 실력이 좋다던데요."

여주인이 말을 받았다.

"실력이 있다고요? 저 사람이? 저런 친구에게요? 카드놀이를 할 때나 실력을 발휘하겠지요."

그는 약간 부드러운 어조로 말했다.

"거래처를 많이 확보한 상인이나 법률가, 의사, 약제사 등은 자기 일에 너무 몰두해 좀 이상하게 비쳐질 수 있어요. 무뚝뚝하기도 하고. 그런 건 이해가 되지요. 하지만 그것은 그 사람들이 무언가 깊이 생각하기 때문이에요. 나만 하더라도 약 이름을 쓰려고 책상 위에서 펜을 아무리 찾아도 없을 때가 있어요. 그리고 나서 문득 펜을 귀에 꽂았다는 생각이 떠올라요. 그런 적이 많아요."

그러는 동안 여주인은 문간에 나가서 '제비'가 도착했는지 살펴보다가 깜짝 놀랐다. 검은 옷을 입은 남자가 불쑥 부엌으로 들어왔기 때문이다. 저녁 무렵의 어슴푸레한 빛 속에서도 붉은 얼굴에 체격이 좋은 사내라는 것을 알 수 있었다.

"어머, 신부님. 무슨 볼일이라도 있으신가요?"

여주인은 벽난로 위에 나란히 세워 놓은 촛대를 하나 집어 들면서 말했다.

"뭐라도 드시겠어요? 머루주나 포도주 같은 걸로 한잔하시지요."

하지만 신부는 정중하게 사양했다. 그는 얼마 전 에르느몽 수도원에 놓고 간 우산을 찾으러 온 것이었다. 신부는 오늘 밤 안으로 사제관으로 우산을 가져다 달라고 여주인에게 부탁하고 나서 저녁 기도 종소리가 울리는 성당으로 가려고 했다.

신부의 구두 소리가 들리지 않게 되었을 때, 약제사는 그를 힐뜯었다. 마실 것을 권했는데 거절하는 것은 예의에 벗어나는 위선적 행동이라고 비아냥거렸다. 사람들이 보지 않는 곳에서는 먹고 마시며, 십일조 시절로 되돌아가려고 한다는 것이었다.

"우선 저 신부님은 당신 같은 사람 넷쯤은 무릎 위에 앉혀 놓고 부러뜨릴 힘이 있어요. 작년에도 우리 집 사람들을 거들어 볏단을 나르셨는데, 여섯 묶음을 한꺼번에 짊어지시더군요. 그렇게 힘이 세요."

여주인은 신부의 편을 들었다.

"훌륭하시군요."

약제사는 말을 이었다.

"그럼 그렇게 혈기 왕성한 사람에게 댁의 따님들을 고해하러 보내시지 그래요. 만일 내가 정부 고위직이라면, 신부들은 한 달에 한 번씩 피를 뽑아 힘을 못 쓰게 만들었을 텐데. 풍기를 바로잡고 치안을 위해서는 정맥을 끊어 피를 뽑게 할 거요."

"그만해요. 오메 씨, 당신은 어찌 그렇게 신앙심이 없나요."

"나에게도 신앙심은 있어요. 내 나름대로 말이에요. 호의호식이나 부리고 엉터리 같은 저런 사람들보다 신앙심이 깊다고요. 나는 그들과 달리 지고의 존재를 믿고, 창조자를 믿어요. 이름이야 뭐라 부르던 아무 상관이 없어요. 하지만 우리가 시민으로서, 한 집안의 가장으로의 의무를 다하도록 하는 창조자를 믿지요. 하지만 군이 성당에 나아가 은 접시에 입을 맞춘다거나 우리보다 잘 먹고 잘 지내는 어릿광대 무리를 내 주머닛돈으로 더 배불리 먹게 할 필요는 없어요. 신을 숭배하는 일은 숲속에서도 벌판에서도, 옛날 사람들처럼 하늘을 우러러보면서도 할 수 있는 겁니다."

약제사는 말을 계속 이었다.

"내가 믿는 신은 소크라테스, 프랭클린, 볼테르, 베랑제가 모시는 신입니다. 나는 '사보아의 보좌 신부의 신앙 고백'과 1789년 불후의 원칙을 지지합니다. 그러니까 나는 지팡이를 짚고 화단을 어슬렁거리거나, 친구들을 고래 배 속에 집어넣는다거나, 외마디 소리를 내고 죽었다가 사흘 만에 부활한 예수 같은 이들은 인정하지 않는다고요. 그 자체가 물리학의 원리에 다 어긋나는 것이니까요. 말하자면 신부들은 여태까지 무지 속에서 살고 있고, 민중을 그들에게로 끌어들이려는 속셈을 가지고 있는 거지요."

그는 주위에 청중이 모여들었나 둘러보려고 잠시 말을 멈추었다. 자신이 하는 말에 도취한 약제사는 마을 회의에라도 나간 것처럼 착각을 일으켰기 때문이었다. 하지만 이미 여주인은 그의 말을 듣지 않은 채, 멀리서 들려오는 바퀴 소리에 귀를 기울였다. 느슨해진 편자가 땅을 치는 소리에 섞여 마차 구르는 소리가 들려왔다. 그러더니 제비가 대문 앞에 섰다.

마차는 커다란 두 개의 바퀴 위에 올려놓은 노란 상자 같았다. 바퀴가 포장(베나 무명 따위로 만든 휘장)에 닿을 만큼 높았기 때문에 승객들은 오는 동안 밖의 경치를 볼 수 없었고, 튀어 오른 진흙으로 어깨가 지저분해져 있었다. 마차에 달린 조그만 유리는 마차 문이 닫혀 있는 동안 창틀에서 들썩였고, 세찬 소나기에도 씻기지 않을 만큼 오래 묵은 먼지 위에 진흙이 여기저기 튀어 있었다. 마차는 한 필의 말을 앞에 세우고 그 뒤에 두 필의 말을 가지런히 세워 총 세 필의 말이 끌었는데, 언덕 내리막길에서 마차 뒤 끝이 덜컹거려 바닥이 땅에 닿곤 했다.

제비가 도착한다는 소리에 용빌 사람들이 광장으로 모여들었다. 그들 모두가 각자 한마디씩 지껄여 댔고, 소식을 궁금해하는 사람이 있는가 하면 몇몇은 광주리를 달라고 소리를 지르기도 했다. 마부 이베르는 누구에게 먼저 답을 해야 좋을지 몰랐다. 그는 읍에 나가서 마을 사람들의 심부름을 해 주기도 했다. 구둣방에는 두루마리 가죽을, 대장간에는 고철을, 여관집 여주인에게는 청어 한 궤짝을, 모자점에는 보닛 모자를, 이발소에는 가발을 가져다 주었다. 돌아갈 때는 마부석 위에 일어서서 큰 소리로 각각의 보따리들을 마당 울타리 너머로 던져 주었다.

오늘은 뜻하지 않게 사고가 발생해 도착이 늦어졌다. 엠마의 그레이하운드가 들판을 가로질러 도망갔기 때문이었다. 사람들은 15분 넘게 휘파람을 불며 개를 찾아다녔다. 이베르도 개를 본 듯해서 왔던 길을 2km나 되돌아갔다. 그러다가 결국 개를 찾지 못하고 가던 길을 계속 갔다. 엠마는 화내기도 하고 울기도 하면서 이게 다 샤를 탓이라고 말했다. 마차에 같이 타고 있던 양복점 주인 뤼르 씨는 기르던 개가 집을 나갔다가 몇 년이 지나도 주인을 잊지 않고 알아본다고 말하면서 그녀를 위로하려고 애썼다. 어떤 개는 콘스탄티노플에서 파리까지 찾아온 일도 있다고 이야기했고, 또 어떤 개는 강을 네 번이나 헤엄쳐 건너면서 200km나 되는 길을 달려 주인 품에 안겼다는 말도 했다. 자신의 아버지가 기르던 강아지는 12년 동안이나 집을 떠나 있다가 어느 날 저녁 식사를 하러 가는데 거리에서 그의 등에 뛰어올랐다는 이야기도 해 주었다.

2

마차에서 엠마가 제일 먼저 내리고, 이어서 하녀인 펠리시테, 뤼르 씨, 그리고 유모가 차례대로 내렸다. 그러고는 구석에 잠들어 있던 샤를을 깨워야만 했다. 그는 해가 지면서 곧히 잠들어 있었기 때문이었다.

오메가 자기소개를 했다. 그는 부인에게 경의를 표하고 주인에게 인사를 건넨 다음 조금이라도 도움이 될 일이 생겨 기쁘다고 말했다. 또 아내가 집에 없어서 결례를 무릅쓰고 자신이 나왔다는 인사말도 덧붙였다.

부엌으로 들어간 보바리 부인은 난로 가까이에 섰다. 그녀는 두 손가락 끝으로 무릎 위에서 옷을 가볍게 집어 복사뼈까지 드러나게 들어 올렸다. 그런 후 꼬챙이에 양의 넓적다리를 꿰어 굽고 있는 불 위로 검정 구두를 신은 발을 내밀었다. 장작불이 옷의 올과 흰 살결의 부드러운 털구멍, 이따금 깜빡거리는 눈썹 안에까지 강한 빛으로 비추어 주었다. 반쯤 열린 문으로 바람이 들어올 때마다 그녀 위로 새빨간 불기운이 스치고 지나갔다. 난로 저편에서 어떤 금발의 청년이 말없이 그녀를 바라보고 있었다.

공증인 기요맹의 사무소에서 서기 일을 하는 레옹 뒤퓌 씨는 용빌에서의 생활에 너무 싫증을 느끼고 있었기 때문에 혹시 하룻밤만이라도 이야기 상대가 되어 줄 손님이 오지 않을까 싶어 식사 시간을 가끔 늦추곤 했다. 일이 끝나고 나면 별다른 일도 없기에, 일정한 시간에 이곳에 와서 식사의 시작부터 끝까지 비네와 마주 앉아 있을 수밖에 없었다. 그래서 그는 새로 막 도착한 손님들과 함께 식사하겠냐는 말에 기뻐했다. 사람들은 넓은 방으로 안내되었다. 르프랑수와 부인은 특별히 그곳에 4인분의 식탁을 성대하게 차려 놓은 것이다.

오메는 코감기에 걸릴까 봐 터키모자를 쓰고 있겠다면서 양해를 구했다.

"부인, 많이 피곤하시지요? 제 '제비'는 매우 덜커덩거려서요."

오메는 옆자리의 보바리 부인에게 말했다

"네, 그렇더군요. 하지만 그게 오히려 재미있더라고요. 저는 머무는 장소를 바꾸는 걸 아주 좋아하니까요."

보바리 부인이 대답했다.

"같은 자리에서 오래 사는 것은 사실 지긋지긋한 일이지요."

레옹이 두 사람의 말에 끼어들었다.

"하지만 당신도 항상 말을 타야 하는 사람의 입장이 된다면."

샤를이 레옹의 말에 반박했다.

"하지만."

레옹은 보바리 부인에게 말을 걸면서 다음과 같이 덧붙였다.

"내가 만일 그런 경우라면 좋겠어요. 말을 타는 것처럼 기분 좋은 일은 없는 것 같아요."

"무엇보다."

다시 오메가 끼어들었다.

"이 마을에서는 의료 행위 자체가 그리 힘들지 않아요. 왜
냐하면 도로 상태가 좋아 이륜마차를 타고 다닐 수 있고, 대
부분 농민이 넉넉하게 살기 때문에 치료비 걱정도 없어요. 의
학상으로는 장염, 기관지염, 간장염 같은 흔한 질병이나 수확
기에 유행하는 감기 정도가 있는데, 심각하지 않은 질환일 뿐
만 아니라 특별히 조심해야 할 필요도 없지요. 하지만 연주창
(림프샘의 결핵성 부종인 갑상샘 종이 헐어서 터진 부스럼)이 많은
데, 이는 농가의 위생 상태 때문일 겁니다. 보바리 씨도 많은
편견과 싸워야 할 거예요. 이 마을 사람들은 의사나 약제사와
의논하기보다 기도하거나, 성자의 유물을 얻어 오거나, 신부
에게 의지하고 있습니다. 당신의 의학적 노력은 이와 늘 싸워
야 한다고요."

그는 한숨을 돌리고 다시 말을 시작했다.

"하지만 기후는 그다지 나쁘지 않아요. 마을에는 아흔 살
이 넘은 사람이 몇 명 있습니다. 온도는 겨울에는 4도까지 내
려가고, 더워 봤자 25도 정도, 가끔 30도 정도밖에 안 되거든
요. 즉, 화씨로 54도를 넘는 경우는 거의 없습니다. 왜냐하면
한쪽으로는 아르괴이유의 숲이 북풍을 막아 주고, 다른 한쪽
으로는 생 장 언덕의 삼림이 서풍을 막고 있기 때문입니다.
그런데 이 더위는 사실 강에서 증발하는 수증기와 함께 목장
에 있는 많은 가축 때문에 다량의 암모니아 가스, 즉 질소, 수
소, 산소를 발산하는 데서 옵니다. 그 때문에 무더위가 부식
토의 기화 물질을 빨아올리고, 이 발산물들은 서로 섞여 대기

중에 퍼져 있는 전기와 결합하고, 열대 지방에서처럼 유독 가스를 방출하는 것일지도 몰라요. 그런데 이 무더위는 남쪽에서 남동풍에 의해 완화되기도 합니다. 또 이 남동풍도 센강을 건너면서 냉각되어 어떨 때는 러시아의 미풍처럼 살랑거리면서 불어오지요."

"그런데 이 근처에 산책할 만한 곳이 없을까요?"

보바리 부인이 레옹에게 물었다.

"거의 없습니다. 언덕 위에 있는 숲 변두리에 목장이라 불리는 곳이 있습니다. 가끔 일요일에 가는데, 책을 가지고 가서 지는 해를 바라보곤 하지요."

"해 지는 것만큼 멋진 장면은 없는 것 같아요. 특히 바닷가에서 보면요."

보바리 부인이 말했다.

"그래요? 저도 바다를 굉장히 좋아해요."

레옹이 말했다.

"당신 생각은 어떤가요? 끝없는 바다 위에서는 마음이 더욱더 자유롭게 방황하지 않을까 싶네요. 바다를 가만히 바라보고 있으면 영혼이 고양되어 영원이나 이상 같은 것도 생각하게 되지요."

보바리 부인이 말을 받았다.

"그건 산의 경치를 볼 때도 마찬가지예요."

그러자 레옹이 말을 이었다.

"작년에 제 사촌이 스위스 여행을 했답니다. 사촌의 말에 따르면, 시적인 호수나 폭포의 매력이나 장엄한 빙하는 가 보지 못한 사람은 상상조차 할 수 없다고 합니다. 믿기 어려울 정도로 커다란 소나무들이 급류를 가로질러 뻗어 있고, 깎아지른 듯한 절벽 위에는 오두막이 서 있고, 구름이 걷히면 천 길 낭떠러지 밑으로 계곡이 한눈에 들어온다고 합니다. 그런 경치를 보면 정말로 열광하게 되고, 기도도 하고 싶어지고, 황홀경에 빠져들겠지요. 그래서 어느 유명한 음악가가 보다 큰 상상력을 자극하기 위해 장엄한 풍경 앞에 가서 피아노를 치곤 했다는 이야기는 전혀 이상하지 않지요."

"당신은 음악을 하시나요?"

보바리 부인이 물었다.

"아니요. 하지만 무척 좋아해요."

레옹이 말했다.

"그 말은 거짓이에요."

오메가 접시 위로 등을 구부리면서 참견했다.

"저 사람은 아주 겸손해요. 자네, 무슨 말을 하는 건가. 얼마 전에 자네는 방에서 〈수호천사〉를 멋들어지게 부르지 않았나. 내가 약국에서 들었는데 가수 못지않았어. 아주 잘 부르더라고."

레옹은 약제사의 집에 세 들어 살고 있었다. 광장을 향해 있는 조그만 방이었다. 그는 집주인이 칭찬을 늘어놓자 얼굴이 빨개졌다. 그때 오메는 샤를 쪽으로 돌아앉아 용빌에 사는 마을 유지들을 알려 주었다. 또한 여러 가지 소문이나 참고가 될 만한 이야기들을 전해 주었다. 공증인의 재산이 얼마인지는 아무도 모른다거나, 잘난 체하는 튀바슈 집안에 대해 말해 주기도 했다.

"당신은 어떤 음악을 좋아하나요?"

보바리 부인이 물었다.

"독일 음악을 좋아합니다. 꿈꾸게 해 주는 음악이지요."

"이탈리아 극장에 가 본 적은 있나요?"

"아니요, 없습니다. 하지만 내년에는 가 볼 수 있어요. 파리로 법률 공부를 하러 떠나거든요."

"이것은 지금 의사 선생님에게도 말한 것이지만."

오메는 다시 보바리 부인을 바라보면서 말했다.

"저 가엾은 야노다가 도망쳐서 말이에요. 그는 분에 넘치게 사치했기 때문에 부인께서는 용빌에서 가장 좋은 집 중 하나에 사시게 된 겁니다. 이 집이 의사에게 특히 더 편리한 이유는 골목길로 문이 나 있기 때문에 환자들이 남의 눈에 띄지 않고 출입할 수 있다는 겁니다. 그뿐만 아니라 이 집은 살림에 편리한 건 다 갖추었습니다. 세탁실, 조리실, 부엌, 거실, 과일 저장고 등이요. 도망친 그 친구는 호강한 셈이지요. 또 마당 깊숙한 곳에는 여름철에 맥주를 마시기 위해 정자를 지어 놓았어요. 만일 부인께서 원예에 취미가 있으시다면."

"집사람은 그런 것에 별로 취미가 없어요."

샤를이 덧붙였다.

"운동을 권하고 있지만, 언제나 방 안에 틀어박혀 책 읽는 것을 좋아하지요."

"저도 그렇답니다."

레옹이 말을 받았다.

"밤에 책을 들고 난롯가에 앉아 있는 것보다 재미있는 건 없지요. 바람이 유리창을 툭툭 건드리는 소리를 듣는 것도 좋고요."

"그래요, 정말."

보바리 부인이 까만 눈을 더 크게 뜨고 그를 바라보며 말했다.

"아무것도 생각하지 않는 동안 시간이 흐르지요."

레옹은 계속해서 말했다.

"가만히 앉아서 눈앞에 보이듯 여러 나라를 돌아다니고, 생각이 소설과 뒤얽혀 자질구레한 묘사까지 마음을 끌고, 사건의 기발한 줄거리를 쫓아가기도 하지요. 등장인물과 한 몸이 되어 주인공의 옷을 입고 있는 듯한 착각이 들기도 하고요."

레옹이 말했다.

"정말 적절한 표현이에요."

보바리 부인은 맞장구를 쳤다.

"부인께서도 책을 읽으면서 예전에 막연하게 생각했던 일들이나 옛날에서 되살아온 듯한 의미 있는 모습과 마주치거나, 자신의 가장 미묘한 감정을 그대로 표현해 놓은 것을 책 속에서 발견하는 일을 경험한 적이 있습니까?"

"그럼요. 그런 느낌을 알아요."

보바리 부인이 대답했다.

"저는 그것 때문에 시가 좋습니다. 시는 산문보다 섬세하고 한층 더 마음을 울리거든요."

레옹이 말했다.

"하지만 시는 금방 싫증이 나요. 그래서 저는 오히려 단숨에 읽어 버릴 수 있는 아슬아슬한 이야기가 좋아요. 일상에서 흔히 보는 평범한 인물에 대해 묘사한 것은 미지근해서 싫고요."

보바리 부인이 반론을 제기했다.

"그렇긴 해요."

조심스럽게 레옹이 말을 이어 나갔다.

"그런 작품은 사람의 마음에 울림을 줄 수 없고, 예술의 참된 목적에서도 벗어난 것이라고 생각합니다. 인생의 여러 가지 환멸 속에서 상상으로나마 고귀한 성격, 순수한 사람, 또는 행복이 충만한 장면을 머릿속에 그리며 마음으로 좇는 것은 즐거운 일이지요. 저처럼 이런 곳에 파묻혀 사는 사람에게는 독서가 유일한 낙입니다. 사실 용빌에서는 마음을 줄 만한 것이 아무것도 없어요."

"토트도 마찬가지예요. 그래서 저는 늘 도서 대여점 회원에 가입했지요."

보바리 부인이 다시 말을 받았다.

"만일 부인께서 제게 영광을 베풀어 주신다면……."

보바리 부인의 마지막 말을 귀담아듣던 오메가 대화에 끼어들었다.

"제게도 볼테르, 루소, 드릴, 월터 스콧이라든가 『에코 드 푀이유통』 같은 책들을 모아 둔 서재가 있는데, 그걸 부인께 개방하면 어떨까 싶습니다. 그 외에 여러 가지 신문도 있습니다. 그중에서도 〈루앙의 등불〉은 매일 옵니다. 실은 제가 뷔시, 포르주, 뇌샤텔, 용빌과 그 근처의 통신원으로 일하고 있기 때문입니다."

그들은 두 시간 반이나 식탁에 앉아 있었다. 심부름하는 아르테미즈는 헝겊 실내화를 타일 바닥 위로 질질 끌면서 요리 접시를 하나씩 가지고 오는 데다가, 이것저것 잊어버리기 일쑤였으며, 도무지 시키는 것을 제대로 가져오지 못했기 때문이었다. 게다가 당구장 문을 제대로 닫지 않아서 문고리 끝이 벽에 쾅쾅 부딪히기도 했다.

레옹은 이야기하는 동안 자신도 깨닫지 못한 채, 한쪽 발을 보바리 부인이 앉아 있는 의자의 가름 나무에 올려놓고 있었다. 그녀는 푸른색의 작은 깃 장식을 하고 있었는데, 그것이 주름 잡힌 깃을 마치 프레즈(넥타이의 일종. 앙리 4세 때 유행함)처럼 떠받치고 있었다. 그래서 머리를 움직일 때마다 그녀의 턱은 옷 속에 살짝 파묻히기도 하고, 살며시 드러나기도 했다. 샤를과 약제사가 잡담하는 동안, 보바리 부인과 레옹은 이렇게 가까이 다가앉아 우연히 내뱉는 한 마디 한 마디가 언제나 서로 간의 공감의 핵심 속으로 이끌리는 것처럼 대화 속으로 빠져들어 갔다. 파리의 연극, 소설 제목, 새로운 카드릴 춤, 그들이 알지 못하는 사교계, 그녀가 살았던 토트의 거리, 그리고 지금 살게 된 용빌에 대해서 두 사람은 식사가 끝날 때까지 여러 가지 이야기를 나누었다.

커피가 나오자 펠리시테는 새로 살 집의 잠자리를 준비하기 위해 자리를 떠났고, 나머지 사람들도 자리에서 일어났다.

르프랑수와 부인은 난로 옆에서 졸고 있었고, 마구간지기는 보바리 부부를 새집까지 데려다주기 위해 기다리고 있었다. 그는 왼쪽 다리를 절었고, 붉은색 머리카락에는 지푸라기가 묻어 있었다. 그가 다른 한쪽 손에 신부님의 우산을 집어 들자 일행은 걷기 시작했다.

거리는 잠들어 있었다. 공동 시장의 기둥들이 큰 그림자를 드리우고 있었고, 땅바닥은 마치 여름날처럼 잿빛으로 물들었다.

하지만 보바리 부부의 집은 여관에서 50걸음 정도 떨어진 곳에 있어서 그들은 곧 작별 인사를 하게 되었고, 일행은 뿔뿔이 흩어졌다.

엠마는 현관에 들어서자마자 회벽의 냉기가 젖은 빨래처럼 어깨 위를 지나는 것을 느꼈다. 벽은 산뜻한 편이었지만 나무 층계가 삐걱거렸다. 위층 침실에는 커튼이 있었기 때문에 창문을 통해 들어온 뿌연 빛이 어른거렸다. 바깥으로 나무들의 우듬지가 희미하게 보였고, 그 너머 목초지는 시냇물을 따라 일렁이는 달빛을 안고 안개 속에 반 정도 젖어 있었다. 방 한가운데에는 옷장 서랍, 병, 커튼 걸이, 금칠한 막대기 따위가 매트리스, 마룻바닥의 대야들과 더불어 방을 어지럽히고 있었다.

가구를 나르는 사람들이 그것들을 정리하지 않은 채 가 버린 모양이었다.

엠마가 생소한 장소에서 잠을 자는 것은 이번이 네 번째였다. 수도원에 들어갔을 때와 토트에 막 도착했을 때, 보비에사르의 저택을 방문했을 때, 그리고 지금이 그랬다. 그것은 마치 그녀 생애에서 어떤 새로운 국면에 들어서게 되는 관문 같았다. 엠마는 장소가 달라졌기에 자기 앞에 펼쳐질 생활도 다를 것이라고 생각했다. 그래서 지금까지는 초라하게 살아왔을지언정 이제부터는 좋은 일만 있을 것이라고 되뇌었다.

3

다음 날 아침, 자리에서 일어난 엠마는 광장에 서기가 서 있는 것을 보았다. 그녀는 잠옷을 입은 채였다. 서기는 고개를 들어 인사했고, 그녀도 머리를 숙여 인사하면서 창문을 닫았다.

레옹은 온종일 저녁 6시만을 기다렸다. 그는 지금까지 부인을 상대로 두 시간 이상 이야기를 나누어 본 적이 없었다.

'예전에는 굉장히 말이 어눌했는데, 어떻게 그 부인 앞에서는 말이 매끄럽게 술술 나왔을까.'

평소에 내성적이었던 그는 부끄럼을 잘 탔으며, 뭔가를 감추려고 하듯이 조심성이 지나쳤다. 용빌 사람들은 그의 태도가 신사답다고 생각했다. 그는 나이가 많은 노인들의 말에 귀를 잘 기울였고, 요즘 젊은이답지 않게 정치 이야기를 하지 않았다. 젊은 사람들은 그의 이러한 점을 신기하게 생각했다. 그는 여러 분야에 소질이 있어 수채화를 잘 그리고, 악보도 읽을 줄 알았으며, 저녁 식사 후 카드놀이를 하지 않을 때는 문학에 빠져 있었다. 오메 씨는 이 청년의 교양을 격찬했고, 오메 부인은 그의 친절함을 좋아했다. 또 지저분하고 가정 교육이 엉망인 데다 어머니를 닮아 좀 신경질적인 오메의 아이들과 뜰에서 곧잘 놀아 주었다. 그들 부부는 아이들의 시중을 들어주기 위해 하녀 이외에 쥐스탱이라는 약국 수습생을 두었다. 그는 오메 씨의 먼 친척으로, 그들은 측은한 마음에 그를 데리고 왔지만, 실은 하인처럼 부려 먹었다.

약제사는 이웃으로서 더없이 친절하게 보이려고 애썼다. 그는 보바리 부인에게 어느 곳에 가면 물건이 좋은지 말해 주었고, 자신이 거래하는 사과주 장수를 일부러 불러들여 자신이 먼저 맛본 술 창고에 들어가 술통을 똑바로 놓도록 감독했다. 또 버터를 싸게 사는 방법을 일러 주었고, 성당지기인 레스티부드르와의 계약도 성사시켜 주었다. 그는 성당지기일 이외에 묘지와 관련된 일을 하고 있었지만, 용빌의 정원이있는 집들과 시간제 또는 1년제로 계약을 맺어 정원을 손질해 주고 있었다.

약제사가 이토록 아첨과도 같은 친절을 베푸는 데는 이유가 있었다. 노리는 바가 있었기 때문이었다.

그는 예전에 혁명력 제11년 풍월 19일(1813년 3월 8일)에 발표한 법률 제1조를 위반한 적이 있었다. 즉, 면허가 없는 사람은 의료 행위를 해서는 안 되는데도 치료하다가 밀고를 당한 오메는 루앙의 검사실로 소환되었다. 검사는 어깨에 흰 담비가죽을 걸치고, 머리에는 법모를 쓴 채 그와 마주 앉았다. 아직 법정이 열리기 전인 이른 아침이었다. 복도를 오가는 헌병의 둔탁한 군화 소리가 들려왔고, 멀리서는 큰 자물쇠를 채우는 듯한 소리도 들렸다. 약제사는 그만 정신을 잃어버리는 것이 아닌가 싶게 귓속이 윙윙거렸다. 깊은 지하 감옥에서 가족들이 눈물이 그렁그렁한 채 약을 파는 광경, 약병들이 여기저기 흩어져 있는 약국 내부가 눈앞에서 어른거렸다. 그는 기운을 차리기 위해 카페에 가서 셀츠 수와 럼주를 섞은 술을 마시지 않으면 안 될 정도였다.

당시 이 기억은 가물가물했지만, 그는 예전처럼 약국 뒤에서 진찰해 주곤 했다. 하지만 면장이 그것을 좋지 않게 여겼고, 동업자들의 시기심 때문에 어찌해야 좋을지 모르는 상황이었다. 그래서 보바리 부부에게 친절한 사람이라는 것을 각인시켜 보바리 씨와 친분을 쌓아, 그가 자신의 의료 행위를 다른 사람들에게 말하지 않게 하려는 의도가 있었다. 이 때문에 그는 매일 아침 신문을 가져다주었고, 오후에는 약국을 잠시 비워 놓은 채 보바리 씨에게로 가 이야기를 나누곤 했다.

샤를은 매우 표정이 언짢아 보였다. 환자가 전혀 오지 않았기 때문이었다. 그는 오랫동안 한자리에 그냥 앉아 있거나 진찰실에서 낮잠을 잤고, 때때로 아내가 바느질하는 모습을 가만히 바라보았다. 기분 전환을 위해 일꾼을 부려야 할 만한 어려운 일을 하기도 했고, 칠장이가 깜빡 잊은 채 놓고 간 페인트로 광을 칠하기도 했다. 하지만 가장 큰 걱정거리는 돈 문제였다. 토트의 집수리 비용이 많이 들었고, 엠마가 자신의 몸을 치장하는 데 많은 돈을 썼으며, 이사 때 돈을 너무 써 버려 2년 동안 3,000에퀴 이상 되는 아내의 지참금을 모두 써 버리고 말았다. 게다가 토트에서 용빌로 이사 오면서 운반되어 오던 짐이 망가지고, 많은 것이 없어졌다. 신부의 석고상도 캥캉프와의 길 위에서 짐마차가 흔들리는 바람에 깨져 버렸다.

한 가지 걱정거리는 그의 마음을 더욱 심란하게 만들었다. 바로 아내가 임신했던 것이다. 해산이 얼마 남지 않았을 때, 그는 엠마를 더더욱 아끼게 되었다. 이제 또 하나의 새로운 육체와 인연을 맺는다는 것이 이전보다 더욱 그의 마음을 어지럽게 했다. 아내의 걸음걸이가 거북해 보일 때, 코르셋을 하지 않은 허리 위를 나른하게 돌리는 모습을 볼 때, 또는 아내와 마주 앉아 있을 때, 그녀가 안락의자 위에 앉아 매우 피곤한 기색을 보일 때, 그는 행복감을 억제하지 못했다. 그는 아내를 껴안기도 하고 얼굴을 어루만지면서 '귀여운 엄마'라고 불러 보기도 했다. 또 그녀에게 춤추라고 하거나 반은 올먹이면서 반은 웃으면서, 이런저런 다정한 농담을 하기도 했다. 자신의 아기가 태어난다고 생각하니 좋아하지 않을 수 없었다. 이제는 부족한 것이 하나도 없었다. 인생의 큰 반환점을 돌게 된 것이다. 그는 상쾌한 마음으로 만찬을 차린 식탁에 팔꿈치를 괴고 앉아 있는 기분이었다.

엠마는 임신 사실을 알고 매우 놀랐지만, 엄마가 된다는 것이 어떤 것인지 궁금해 빨리 아기를 낳고 싶었다. 하지만 마음대로 돈을 쓸 수 없어서 장밋빛 비단 커튼이 달린 조그만 태양 모양의 요람이나 수가 놓인 아이 모자를 살 수 없었다. 결국 그녀는 심사가 뒤틀려 아기에게 필요한 물건을 장만

하는 것을 포기하고 말았다. 그러고는 마을에서 바느질하는 여자에게 아이에게 필요한 모든 것을 아무런 홍정도 없이 맡겨 버렸다. 이 때문에 그녀는 세상의 예비 엄마들이 들뜬 마음으로 출산을 준비하는 행복감을 누릴 수 없었다.

이러저러한 이유로 태어날 아기에 대한 그녀의 애정은 식어 버렸다. 하지만 샤를이 저녁마다 아기 이야기를 했기 때문에 그녀는 그 일을 좀 더 신중하게 생각하기로 했다.

엠마는 아들을 낳고 싶었다. 게다가 튼튼하고 갈색 머리를 가진 아들이면 더 좋을 것 같았다. 이름은 조르주라고 지을 셈이었다. 이렇게 그녀는 아들을 낳기를 바라면서 무기력했던 마음을 추스르게 되었다. 아무튼 남자는 여자보다 자유롭게 마련이다. 남자는 정열적으로 세계의 여러 나라를 돌아다닐 수 있었고, 행복이 아무리 멀리 있어도 야심을 품을 수 있었다. 하지만 여자는 항상 방해하는 것이 생긴다. 무기력에 빠져 남의 말대로만 하는 여자는 육체가 연약하고, 제도상의 제약에 속박되어 있다. 여자의 의지는 끈으로 매달아 놓은 베일처럼 사방에서 불어오는 바람에 나부낀다. 여자는 곧잘 욕망에 이끌리지만, 체면과 구제 때문에 그것이 충족되지 않는다.

어느 일요일 아침 8시에 엠마는 해산했다.

"딸이요."

샤를이 말했다. 엠마는 고개를 돌리고 정신을 잃었다. 이때 오메 부인이 황금 사자의 르프랑수와 부인과 함께 달려와 산모에게 키스했다. 약제사는 신중하게 살짝 열린 문틈으로 그녀에게 짧은 인사말을 건넸다. 그는 아기를 보고는 매우 잘

생겼다고 칭찬했다.

산후조리를 하는 동안 엠마는 딸아이의 이름을 무어라고 지을지 고민했다. 처음에는 이탈리아식 어미를 가진 클라라, 루이자, 아만다, 아탈리 같은 이름이 떠올랐다. 갈쉬앵드라는 이름도 매우 마음에 들었다. 샤를은 자기 어머니의 이름을 쓰려고 했지만, 엠마가 크게 반대했다. 그들은 성자의 이름이 적힌 달력을 한 장 한 장 뒤적이며 고민하기도 하고 남들과 의논도 했다.

"샤를 씨."

약제사인 오메가 그를 불렀다. 그러고는 말을 이었다.

"지난번에 레옹 군과 이름 짓는 일로 같이 고민했는데, 그는 왜 마들렌이라는 이름을 지어 주지 않는지 의아해하더군요."

하지만 보바리 노부인은 그렇게 죄가 많은 여자의 이름은 쓰고 싶지 않다고 반대했다. 오메 씨는 위인이나 큰 업적을 남긴 사람, 그리고 관대한 사상을 연상시키는 이름을 좋아했기 때문에 자신의 네 아이도 그렇게 이름을 지었다. 즉 나폴레옹은 영광을, 프랭클린은 자유를 상징했다. 이르마는 당대의 낭만주의 문예 사조를 물려받았음을 뜻하는 것이고, 아탈리는 프랑스 연극의 최고 걸작에 경의를 표하는 이름이었다. 그의 철학적 신조는 예술에 대한 찬미를 방해하지 않는 것이었고, 사상가는 감성이 풍부한 인간을 구속하지 않는 것이었다. 그는 상상과 광신의 영역을 각기 인정하고 있었다.

예를 들어 그는 「아탈리」가 가진 사상은 비난했지만, 그

문체는 찬양했다. 전체 구성은 엉망이지만, 그 섬세함에는 찬사를 보냈다. 그는 명문장을 읽을 때마다 황홀감에 젖었다. 그러나 성직자들이 돈을 벌기 위해 이런 것들을 이용한다는 생각에 이르면, 분노에 가득 찼다. 그리하여 자신도 주체할 수 없는 혼란에 머리가 어지러웠다. 그는 자기의 두 손으로 라신느에게 월계관을 씌워 주고 싶기도 했고, 그와 잠시 토론하고 싶다는 생각도 들었다.

결국 엠마는 보비에사르 저택에서 후작 부인이 어떤 젊은 부인을 베르트라고 부르던 것을 기억해 내고는 즉시 그 이름으로 정하기로 마음먹었다. 그리고 루올 씨는 거동이 불편해 올 수가 없기 때문에 오메 씨에게 대부가 되어 달라고 부탁했다. 그는 자기 가게에서 직접 만드는 물건들을 선물로 가지고 왔다. 사탕 대추 여섯 상자, 쌀, 감자 전분, 설탕, 코코아 등으로 만든 가루 한 항아리, 접시꽃으로 만든 크림 세 통, 그리고 벽장 속에서 찾아낸 얼음사탕 꼬치 여섯 개를 가지고 온 것이다.

축하식 날 저녁에는 성대한 만찬이 열렸다. 본당 신부도 초대되었으며 모두 들뜬 마음으로 참석했다. 오메 씨는 리큐어가 나올 즈음 〈보통 사람들의 하느님〉을 불렀고, 레옹 씨는 뱃노래를, 대모가 된 보바리 노부인은 제정 시대에 불리던 사랑 노래를 불렀다. 그런데 부친 보바리 씨가 억지로 아기를 데려오게 하고는 아이의 머리에 샴페인을 뿌리면서 세례를 주었다. 부르니지앙 신부는 신성한 종교적 행사를 우롱했다면서 크게 분노했다. 하지만 부친 보바리는 〈신들의 싸움〉을 인용하면서 응수했고, 신부는 자리를 박차고 나가려고 했다. 그런데 부인들이 그가 그냥 머물기를 바라며 애원했고, 오메 씨는 그들 사이에 끼어들어 이를 말렸다. 그리하여 신부를 간신히 제자리에 앉혔고, 그는 먹다 만 커피를 마셨다.

이후 샤를의 아버지는 한 달간 용빌에 머물렀다. 그는 이른 아침 광장에서 은색 줄이 달린 멋진 경관 모자를 쓰고 파이프 담배를 피워 사람들을 놀라게 했다. 또한 그는 브랜디를 많이 마시기 때문에 하녀를 '황금 사자'에 보내어 반병씩 사오라고 했고, 돈은 아들이 부담케 했다. 그러고는 며느리가 쓰는 향수를 머플러에 뿌려 모두 없애 버렸다.

하지만 엠마는 시아버지를 그리 싫어하지 않았다. 그는 여러 나라를 두루두루 여행 다녔던 인물이었다. 그는 베를린, 비엔나, 스트라스부르에서 겪은 일이나 장교 시절 이야기, 옛날 정부(情婦)들과의 이야기, 그가 열었던 성대한 연회에 대한 이야기를 들려주었다. 또한 친절하게 가끔 계단이나 뜰에서 며느리의 허리를 감으면서 이렇게 말하기도 했다.

"아가야, 조심해라."

이때 보바리 노부인은 아들의 행복을 빼앗지 않기 위해, 그리고 남편이 젊은 며느리에게 부도덕한 영향을 주지 않도록 하기 위해 급히 집으로 돌아가야겠다고 생각했다. 남편은 무례한 일을 잘 저지르는 사람이었다.

어느 날, 엠마는 목수 아내인 유모에게 맡긴 딸아이가 무척 보고 싶었다. 그래서 산후 6주간의 근신 기간이 지났는지 확인도 하지 않고, 룰레의 집으로 갔다. 그 집은 마을 변두리

언덕 밑 큰길과 목장 사이에 있었다.

마침 정오였다. 집마다 덧문이 내려져 있었고, 강렬한 햇빛 때문에 슬레이트 지붕들이 박공판 꼭대기에서 어른어른거렸다. 바람이 강하게 불었다. 길을 가던 엠마는 정신이 아득해져 갔다. 길거리의 조그만 돌만 밟아도 몸이 아팠다. 그녀는 그냥 집으로 돌아갈지, 아니면 어디 들어가서 쉴지 생각해 보았다.

그때 레옹 씨가 서류 뭉치를 옆구리에 낀 채 한 집에서 나오는 것이 보였다. 그는 그녀에게 다가와 인사말을 하고 나서 뤼르 씨의 가게 앞에 있는 회색의 햇빛 차양 그늘로 들어섰다.

보바리 부인은 딸아이를 보러 가는 중인데 너무 몸이 힘들다고 말했다.

"혹시."

레옹은 입을 열었지만, 말을 계속하는 것을 망설였다.

"무슨 볼일이라도 있나요?"

그녀가 물었다. 레옹 씨가 없다고 말하자, 그녀는 그렇다면 함께 가 주지 않겠냐고 부탁했다.

이 일에 대한 이야기가 용빌 전체로 퍼져 나갔다. 튀바슈 면장 부인은 자기 하녀에게 말했다.

"보바리 부인의 처신이 바르지 못하군."

유모네 집에 가기 위해서는 한길을 지나 묘지에 갈 때와 같이 왼쪽으로 꺾어져서 조그마한 집들과 마당 사이의 쥐똥나무가 있는 좁은 오솔길을 걸어 일직선으로 나아가야 했다. 쥐똥나무에는 꽃이 피었고, 개불알풀, 들장미, 쐐기풀, 딸기

나무 등에도 꽃이 피어 있었다. 울타리 구멍으로 농가의 마당에 있는 돼지가 퇴비 더미 위에 누워 있는 것이 보였고, 끈을 매어 놓은 암소가 나무줄기에 뿔을 비벼 대고 있는 것도 보였다.

두 사람은 어깨를 나란히 하고 조용히 걸었다. 그녀는 그에게 몸을 조금 기댔고, 그는 그녀의 발걸음에 맞추려고 천천히 걸었다. 두 사람 앞에서 파리 떼가 윙윙거리며 날아다녔다. 그들은 그늘을 드리운 커다란 호두나무를 보고 유모의 집임을 알아챘다. 집은 갈색 기와를 얹고 있었는데, 다락방의 채광창 밑에는 염주처럼 엮은 양파를 걸어 놓았다. 울타리는 가시나무로 만들었고, 가시나무에 기대어 놓은 땔나무 묶음이 네모난 배추밭과 몇 그루의 라벤더, 그리고 받침대 위에 놓인 꽃이 피어 있는 완두콩을 둘러싸고 있었다. 또 더러운 물이 풀 위를 흐르고 있었고, 그 주위에는 뭔지 모를 누더기와 손으로 짠 양말, 그리고 붉은 인도 옥양목으로 된 부인용 윗도리와 두꺼운 홑이불이 울타리에 널려 있었다. 유모는 울타리 문을 여는 소리에 아기를 한 손으로 안고 젖을 먹이면서 나왔다. 다른 손에는 종기가 여기저기에 난 허약해 보이는 사내아이를 데리고 있었다. 그 아이는 루앙에서 내복 장사를 하는 부부의 아들이었다.

"어서 오세요. 따님은 저쪽에서 자고 있어요."

이 집에는 방이 하나밖에 없었다. 벽 옆에 커튼도 없는 침대가 놓여 있었고, 맞은편 창 쪽에는 밀가루 반죽을 하는 통이 있었다. 깨진 유리창에는 파란 종이를 둥그렇게 붙여 놓았다. 문 뒤쪽 구석에는 번쩍이는 징을 박은, 목이 조금 긴 구두 몇 켤레가 있었다. 그 옆에는 가느다란 주둥이에 새털을 꽂아 놓은 기름 담긴 병이 놓여 있었다. 뽀얀 먼지가 내려앉은 벽난로 위에는 마티외 랑스베르그 달력이 어지럽게 늘어놓은 부싯돌, 양초 토막, 부싯깃 부스러기와 함께 있었다. 그리고 아기 방에 전혀 어울리지 않는 '명성의 여신'이 나팔을 부는 그림이 있었다. 향수 회사의 광고지를 오려 낸 것 같았는데, 나막신에 박는 여섯 개의 못으로 벽에 박혀 있었다.

엠마의 아기는 버드나무 요람 속에서 잠을 자고 있었다. 그녀는 포대기째 아기를 안고는 몸을 이리저리 흔들면서 노래를 흥얼거리기 시작했다.

레옹은 방 안을 왔다 갔다 했다. 그는 이렇게 누추한 곳에서 비단옷을 입은 아름다운 여자가 방 가운데 있다는 것이 이질적으로 느껴졌다. 보바리 부인은 얼굴이 빨개졌다. 레옹은 자신이 봐서는 안 될 것을 보려 했나 하는 생각에 고개를 돌렸다. 보바리 부인은 턱받이 위에 젖을 토한 자신의 딸을 다시 원래 자리에 눕혔다. 얼른 유모가 와서 그것을 닦으면서 아무 일도 아니라고 변명했다.

"제가 늘 이러고 살아요. 그래서 아기를 닦아 주기 위해 늘 대기 중이지요. 그런데 필요할 때 비누를 쓸 수 있도록 카뮈네 가게에 말씀해 주실래요? 그러면 사모님도 귀찮지 않고 오히려 더 편하실 거예요."

"알았어요. 그러지요. 그럼 잘 부탁해요."

엠마는 이렇게 대답하고 나서 문턱에서 발을 닦고 방문을 나섰다. 유모는 마당 끝까지 따라오면서 자신이 한밤중에 거의 잠을 못 잔다고 호소하며 말했다.

"그래서 가끔 의자 위에서 저도 모르게 잠이 들어요. 그러니 가루 커피 반 파운드도 부탁드려요. 매일 아침 우유에 타서 먹게요."

유모의 공치사를 듣고 나서 엠마는 그 자리를 떠났다. 그런데 샛길로 접어들 때 나막신 끄는 소리가 들려왔다. 뒤돌아보니 유모였다.

"무슨 일이지요?"

느릅나무 그늘로 엠마를 이끈 그녀는 남편 이야기를 했다.

"제 남편은 1년에 6프랑을 벌어요. 그런데……."

"빨리 용건을 말해 보세요."

엠마가 말했다.

"그래서……."

유모는 자꾸 한숨을 쉬면서 떠듬떠듬 말하기 시작했다.

"제가 혼자서 커피를 마시면 남편이 언짢아 할 것 같아서요. 아시다시피 남자란……."

"주겠다고 했잖아요. 정말 귀찮게 구는군요."

엠마의 목소리 톤이 조금 높아졌다.

"사실 남편이 부상 때문에 가슴이 아파요. 게다가 사과주만 마시면 몸에 안 좋잖아요."

"빨리 말해요, 롤레 아줌마!"

"그래서."

유모는 몸을 굽히면서 말했다.

"염치없지만 형편이 넉넉하시다면 브랜디 한 병만…….
그렇게 해 주시면 그걸로 아기 발도 닦아 줄게요. 아기들 발
은 혓바닥처럼 부드럽잖아요."

겨우 유모를 물리친 엠마는 다시 레옹의 팔을 잡고 빠른
걸음으로 걸었다. 발걸음을 늦추었을 때 앞만 바라보던 그녀
의 시선이 문득 청년의 어깨에서 멈추었다. 그는 까만 벨벳
깃이 달린 프록코트를 입고 있었고, 단정한 머리가 어깨 위에
얹어져 있었다. 그의 손톱은 용빌 사람 같지 않게 잘 다듬어
져 있었다. 손톱 손질은 서기의 큰 관심사였고, 손톱 손질용
칼이 그의 필기도구 안에 놓여 있었다.

두 사람은 개울을 따라 걷다가 용빌에 도착했다. 날씨가
더워지면서 강둑이 넓어져 마당의 돌담 밑까지 훤하게 드러
났고, 그곳에 강으로 내려가는 낮은 돌층계가 있었다. 시냇
물은 아무 소리도 내지 않으면서 빠르고 시원스럽게 흘렀다.
길고 힘없는 풀들이 강물의 흐름에 떠밀린 채 휘어져서 마치
버려진 녹색 머리카락이 맑은 물속에 퍼져 있는 것 같았다.
때때로 등심초 끝이나 수련 잎사귀 위에서 다리가 가는 곤충
이 기어 다니기도 하고, 엎드린 채 가만히 서 있기도 했다. 햇
살은 부서지고, 흐르는 냇물이 작은 물방울을 비추어 파랗게
빛을 발하고 있었다. 나뭇가지를 쳐낸 오래된 버드나무가 잿
빛 껍질을 물에 비추고 있었다. 맞은편 일대 목장은 텅 비어
있었다. 농가는 저녁 식사 시간이어서 젊은 여자와 그녀를 동
반한 남자의 귀에는 오솔길 흙을 밟는 자신들의 발자국 소리
와 그들이 주고받는 말, 그리고 엠마의 옷자락이 사락사락 스

치는 소리만이 들려왔다.

깨진 병 조각을 박아 놓은 담벼락은 온실의 유리창처럼 뜨거워져 있었다. 벽돌 사이에는 계란풀이 돋아 있었다. 보바리 부인이 펼친 양산 끝으로 건드리자, 시든 꽃잎들은 노란 가루로 변해 떨어졌다. 또 바깥으로 비어져 나온 인동덩굴과 참으아리 가지가 비단 천을 살짝 스쳐 양산의 가장자리 술에 엉키기도 했다.

그들은 곧 루앙 극장을 찾게 되는 스페인 무용단에 관한 이야기를 나누었다.

"관람하실 건가요?"

엠마가 물었다.

"네, 그럴 수만 있다면."

그 밖에 다른 할 이야기는 없을까? 두 사람의 눈에는 좀 더 진지한 어떤 이야기가 담겨 있었다. 평범한 말을 하려 노력하는 중에도 두 사람은 똑같이 나른함에 휩쓸렸다. 그것은 목소리로 속삭이는 것이 아니라 좀 더 깊은 곳에 있는 영혼의 속삭임 같은 것이었다. 두 사람은 이러한 새로운 느낌 때문에 놀랐고, 그 느낌을 서로 말하지는 않았지만 그 이유를 알려고 하지도 않았다. 미래의 행복은 열대 지방의 해변처럼 넓디넓은 대양 특유의 쾌감이 향기로운 미풍처럼 스며드는 것이다. 하지만 사람들은 눈에 보이지 않는 지평선보다는 현재의 생활에 도취해 잠들어 있기 마련이다.

어떤 곳은 가축들이 밟아서 웅덩이가 된 바닥도 있었다. 그래서 둘은 진흙 속에 드문드문 박혀 있는 커다란 녹색 돌을 밟으면서 걸을 수밖에 없었다. 엠마는 어디에 발을 디뎌야 할지 몰라서 여러 번 멈추곤 했다. 그러고는 흔들리는 돌 위에서 몸을 가누지 못해, 두 팔을 쳐들고 여기저기를 두리번거리면서 물웅덩이에 빠질까 봐 겁을 먹고는 살며시 웃었다.

그들이 엠마의 집 뜰 앞까지 왔을 때 그녀는 조그마한 살문을 열고 계단을 따라 올라가더니 곧 사라졌다.

레옹은 사무실로 돌아왔고, 주인은 부재중이었다. 그는 서류들을 들여다보고 나서 거위 깃으로 장식한 펜을 깎아 놓은 다음 모자를 들고 밖으로 나왔다.

그는 아르괴이유 언덕 위 숲 입구에 있는 목장으로 갔다. 그러고는 전나무 그늘 아래에 누워서 손가락 사이로 하늘을 바라보았다.

"아, 따분해. 정말 권태롭군."

그는 혼자 중얼거렸다.

그는 오메 같은 남자를 친구로 두고, 기요맹 씨 같은 이를 주인으로 섬기며 시골 생활을 하는 자신이 불쌍하다고 생각했다. 기요맹 씨는 일 이외에는 관심이 없었다. 오메는 금테 안경에 흰 넥타이를 착용하고 붉은 구레나룻을 길러 위엄 있는 영국 신사처럼 행동해 처음에는 레옹을 감탄하게 했다. 하지만 그는 정신적인 섬세함이 전혀 없는 인물이었다.

약제사의 아내는 노르망디 출신으로 양처럼 온순하고, 어린아이들과 부모, 그리고 친척을 소중하게 여기는 여자였다. 그녀는 남이 불행한 일을 당하면 눈물을 보이고, 집안일에는 별로 신경을 쓰지 않았으며, 코르셋이라면 질색하는 여자였다. 하지만 동작이 너무 굼뜨고, 말하는 것은 지루했으며, 품위 없는 자태에 세상 돌아가는 일에는 관심이 없었다. 서른 살인 그녀와 스무 살인 그는 이웃 방에서 지내며 매일 이야기를 나누었지만, 그는 그녀가 누군가의 아내라는 것, 그리고 여자 옷을 입고 있다는 것을 빼고는 여자라고 생각한 적이 한 번도 없었다.

또 누구를 떠올려 볼까? 비네와 몇몇 장사꾼, 그리고 두서너 명의 술집 주인, 본당 신부, 마지막으로 면장 튀바슈와 그의 두 아들이 있다. 돈이 꽤 있었던 두 아들은 성질이 까다롭고 어리석었으며, 자신들의 땅을 경작하고, 집에서는 좋은 음식을 먹었다. 하지만 신앙심이 깊은 신자라 도저히 사귀고 싶은 생각이 들지 않았다.

이런 군상들이 모인 따분한 것들을 배경으로 엠마의 얼굴이 아득하게 떠올랐다. 그는 그녀와 자신 사이에 막연한 심연 같은 것이 놓여 있는 것만 같았다.

처음에 그는 약제사와 함께 몇 번 엠마의 집을 찾았다. 하지만 샤를은 그들을 별로 반기지 않았다. 그는 실례를 범해서는 안 된다는 불안한 마음과 동시에, 거의 불가능하다고 생각하면서도 친하게 지내고 싶은 욕망 때문에 어찌할 바를 모르고 있었다.

4

엠마는 첫 추위가 몰려오면서 침실에서 벗어나 아래층 방을 쓰기로 했다. 그 방은 천장이 낮고 길이가 길었다. 벽난로 위 거울 옆에는 산호초가 무성한 가지를 뻗치고 있었다. 엠마는 창가의 안락의자에 앉아 사람들이 거리를 지나다니는 모습을 지켜보았다.

레옹은 하루에 두 번 '황금 사자'로 갔다. 엠마는 멀리서부터 그가 오는 소리에 귀를 기울였다. 그는 언제나 똑같은 옷을 입고 머리를 꼿꼿하게 세운 채 커튼 뒤를 지나가 버리곤 했다. 저녁 즈음에 자수틀을 무릎 위에 내려놓고 왼손으로 턱을 괴고 있을 때, 그녀는 가끔 눈앞으로 휙 지나가는 청년의 그림자를 보면서 가슴이 두근거리는 것을 느꼈다. 그녀는 일어서서 식사 준비를 하라고 하녀에게 말했다.

식사 도중 오메 씨가 방문했다.

"안녕하십니까, 여러분."

그는 터키모자를 손에 들고, 집안사람들을 방해하지 않기 위해 발소리를 죽이며 항상 똑같은 말을 하면서 들어서곤 했다. 그러고는 식탁을 마주하고 있는 부부 사이에 앉아 의사에게 환자들에 관해 물었고, 의사는 진료비로 얼마를 받으면 좋은지 의견을 구했다. 그 후에는 신문에 실린 내용을 화제로 이야기가 오갔다. 오메는 이미 그러한 것들을 외우고 있었기에 신문 기자의 의견과 프랑스에서 일어난 일들, 외국에서 일어난 여러 가지 사건에 관해 이야기를 늘어놓았다. 그러다가 화제가 떨어지면, 재빨리 식탁에 차려진 음식에 관해 소견을 말했다. 어떤 때는 몸을 반쯤 일으켜 보바리 부인에게 가장 연한 고기를 가르쳐 주기도 하고, 하녀에게는 스튜를 만드는 방법이며 조미료의 위생에 대해 주의를 주었다. 하지만 이내 향료, 자양고, 고깃국물, 젤라틴에 대한 이야기를 늘어놓아서 사람들을 어리둥절하게 만들었다. 사실 수많은 약병이 있는 약국 못지않게, 그의 머릿속은 각종 요리법으로 가득 차 있었기에 그는 각종 잼과 식초, 리큐르 등을 잘 만들었다. 그리고 새로 고안해 낸 경제적인 난로나 치즈 보존법, 상한 포도주를 다시 먹을 수 있게 만드는 방법 등도 잘 알고 있었다.

8시에 약국 문을 닫기 위해 쥐스탱이 그를 데리러 올 때면, 오메 씨는 수습생이 의사 집에 오는 것을 좋아한다는 사실을 눈치챘다. 특히 펠리시테가 함께 있으면, 놀리는 듯한 눈길을 보냈다.

"저 녀석이."

오메가 말했다.

"마음이 슬슬 동하나 보네요. 아무래도 이 집 하녀를 좋아하는 것 같아요."

하지만 오메가 생각하는 쥐스탱의 가장 나쁜 버릇은 사람들이 말할 때 살며시 엿듣는 것이었다. 예를 들어 일요일에 아이들이 안락의자에 누워 지나치게 큰 옥양목 커버를 덮고 떨어질 듯 낮잠을 잘 때, 오메 부인이 쥐스탱에게 아이들을 데리고 나가라고 말해도 도무지 거실에서 나갈 생각을 하지 않았다.

약사 집에서 열리는 밤 모임에는 그리 많지 않은 사람이 참석했다. 그는 다른 사람을 험담하고 정치적인 견해를 고집했기 때문에 마을 유지들은 차츰 발길을 끊었다. 그래도 서기만은 빠지지 않고 참석했다. 그는 초인종 소리가 들리자 재빨리 보바리 부인을 마중 나가 숄을 받았고, 눈이 오는 날이면 그녀가 신발 위에 신고 온 덧신을 약국 책상 밑에 따로 보관하기도 했다.

먼저 사람들이 트랑 에 왠(카드놀이의 일종)을 몇 번 하고 나서 오메 씨는 엠마와 함께 에카르테 놀이를 했다. 레옹은 그녀 뒤에서 훈수를 두었다. 그러면서 그녀의 빗어 올린 머리에 꽂혀 있는 빗살을 내려다보았다. 그녀가 트럼프를 던지려고 몸을 움직일 때마다 윗도리의 오른쪽 겨드랑이 부분이 위로 쳐들리곤 했다. 틀어 올린 머리는 갈색 그림자를 떨어뜨리고 점점 희미해지다가 마침내 어둠 속으로 사라졌다. 주름이 가득 잡힌 그녀의 옷은 부풀어 올라 의자 양쪽을 덮었다가, 마루 위에 끌리면서 많은 주름을 만들어 냈다. 가끔 자신의 장화가 그 옷을 밟고 있다는 것을 깨달은 레옹은 누군가의 몸을 밟기라도 한 듯 놀라 뒤로 물러서곤 했다.

트럼프 놀이가 끝나자 약제사와 의사는 도미노 게임을 시작했고, 엠마는 자리를 옮겨 탁자 위에 팔꿈치를 괸 뒤 〈일뤼스트라시옹〉을 뒤적거렸다. 그것은 그녀가 애독하는 유행 잡지였다. 레옹은 그녀 옆에 자리를 잡았다. 자연스레 두 사람은 함께 삽화를 들여다보기도 하고, 먼저 읽은 사람이 페이지를 넘기지 않고 기다려 주었다. 그녀는 종종 레옹에게 시를 읽어 달라고 했다. 그러면 그는 길게 빼는 어조로 시를 낭송했으며, 애정을 표현하는 내용이 나오면 일부러 잦아드는 목소리를 냈다. 하지만 도미노 놀이를 하면서 다시 시끄러워졌다.

오메 씨는 노름에 능해 폴 더블 식스로 샤를을 앞섰다. 그리고 100점짜리 세 판이 끝나면 두 사람은 난로 옆에 몸을 펴고 잠이 들었다. 불은 재 속에서 꺼져 가고, 주전자는 텅 비어 있었다. 레옹은 시 낭송을 계속했다. 엠마는 그 소리에 귀를 기울이면서 기계적으로 램프 갓을 빙글빙글 돌리고 있었다. 램프 갓 위 얇은 천에는 마차에 올라탄 어릿광대와 장대를 들고 줄타기하는 여자 곡예사가 그려져 있었다. 레옹은 잠든 사람들을 몸짓으로 가리키면서 낭송을 멈추었다. 그런 후 두 사람은 소곤소곤 이야기를 주고받았다. 아무도 듣는 사람이 없었기 때문에 이야기는 더 즐거웠다.

이렇게 두 사람 사이에는 일종의 결속, 즉 책과 사랑 노래를 통한 교제가 시작되었다. 질투심이 강하지 않은 보바리 씨는 그것을 의아하게 생각하지 않았다.

샤를은 생일 때 가슴뼈까지 일일이 번호를 매기고 파랗게 색을 칠한 멋진 골상학용 흉상 하나를 선물 받았다. 서기가 준 것이었다. 레옹은 이외에도 여러 번 호의를 보여 루앙에 가서 그의 심부름까지 해 주었다. 소설가가 쓴 책의 영향을 받아 선인장이 유행했을 때는 부인을 위해 그것을 사서 제비호를 타고 뾰족한 가시에 손을 찔러 가며 무릎 위에 올려놓고 돌아온 적도 있었다.

엠마는 화분들을 올려놓기 위해 창가 난간에 선반 하나를 달았다. 그러자 레옹도 창가에 화분 선반을 만들어 놓았다. 그러고는 두 사람은 서로 창가에서 화분을 손질하며 서로를 바라보았다.

마을의 창문들 가운데는 그보다 더 빈번하게 사람 모습이 보이는 창문이 있었다. 일요일이면 아침부터 저녁까지, 날씨가 좋은 날이면 평일 오후에 다락방 채광창에서 돌림판 위로 몸을 구부리고 있는 비네의 옆모습이 보였다. 돌림판이 돌아가는 소리는 '황금 사자'에까지 들려왔다.

어느 날 밤, 집에 돌아온 레옹은 연한 초록 바탕에 꽃잎 무늬가 있는 양털 융단이 방 안에 놓여 있는 것을 보았다. 그는 오메와 그의 부인, 쥐스탱, 아이들, 그리고 하녀까지 불러 그것을 보여 주었다. 또한 사무소 주인에게도 이 이야기를 했다. 모든 사람이 그 융단을 보고 싶어 했다. 왜 의사 부인이 서기에게 이러한 것을 선물했던 것일까? 사람들은 이를 이상하다고 생각했다. 그래서 결국 그녀가 그의 애인인 것 같다고 수군거렸다.

그렇게 생각하는 것이 당연할 만큼 레옹은 보바리 부인에게 어떤 매력이 있고, 재치가 넘친다고 사람들에게 말했기 때문이었다. 한번은 비네가 매우 무뚝뚝한 소리로 말했다.

"그건 나와 상관없는 일이야. 나는 그런 여자와는 사귈 마음이 없으니까."

레옹은 자신의 마음을 어떻게 그녀에게 고백할지 고민했다. 혹시 그녀가 기분 상하지 않을까 하는 불안과 부끄러운 마음 사이에서 주저하면서, 소심한 자신이 부끄러워서 눈물을 흘렸다. 곧 단호하게 결심한 그는 편지를 썼다가 찢어 버리고, 고백 시기를 자꾸 미루었다. 가끔 용기를 내 고백해 보려 하다가도 막상 엠마 앞에 서면 결심은 곧 사그라졌다. 그때 샤를이 갑자기 나타나 근처 환자의 상태를 보러 가자고 권하면, 곧바로 부인에게 인사만 하고 밖으로 나갔다. 샤를 역시 그녀의 소중한 존재였다는 것을 알았으니 말이다.

엠마는 자신이 그를 사랑하는지 어떤지 생각해 본 적이 없었다. 연애란 뇌성이나 번개처럼 별안간 들이닥치고, 세찬 바람이 불어와 일상을 흩트려 버리고, 인간의 의지를 나뭇잎처럼 뿌리째 뽑아 버리고, 마음을 온통 깊은 못 속으로 떨어뜨리는 태풍 같은 것이라고 믿었다. 하지만 그녀는 집 안의 테라스에서 물받이 홈통이 막히면 빗물이 호수를 이룬다는 것을 알지 못했다. 그래서 안심하고 있다가 문득 벽에 틈이 생긴 것을 깨닫게 되었다.

5

눈 내리는 2월 어느 일요일 오후였다. 보바리 부부와 오메씨, 그리고 레옹은 용빌에서 2km 정도 떨어진 계곡에 짓고 있는 제마(製麻) 공장 구경을 갔다. 약제사는 운동을 시키기 위해 아들 나폴레옹과 딸 아탈리를 데리고 왔고, 쥐스탱은 우산 몇 자루를 어깨에 메고 나타났다.

오메는 쉴 새 없이 떠들어 댔다. 그는 일행들에게 이 공장이 아주 대단하게 될 것이라며 이유를 구구절절 늘어놓았고, 판자의 강도와 벽의 두께를 재 보기도 하며, 비네 씨가 항상 지니고 다니는 눈금자를 가져오지 않은 것을 아쉬워했다.

약제사에게 팔을 맡긴 엠마는 그의 어깨에 머리를 기댄 채 저 멀리 안개 속에서 눈부시게 하얀빛을 발하는 둥근 태양을 바라보았다. 그러다가 문득 고개를 돌렸다. 샤를이었다. 그는 챙 달린 모자를 쓰고 있었으며, 두꺼운 입술이 파랗게 질려 추위에 부들부들 떨고 있었는데, 그 모습이 우둔한 느낌을 더해 주었다. 그의 모습, 그 태연한 얼굴을 보기만 해도 엠마는 짜증이 났다. 그리고 프록코트 차림의 뒷모습은 그녀가 진부하다고 여기는 것이 모두 들어 있는 것만 같았다.

엠마는 짜증스러웠지만, 그것은 일종의 잔인한 쾌감이 되었다. 그녀가 남편의 모습을 바라보는 동안 레옹은 엠마 옆으로 다가왔다. 그는 추위 때문에 창백해 보였지만 얼굴에는 한층 더 감미로운 우수가 서려 있는 듯했다. 넥타이와 목 사이의 약간 느슨해진 깃 사이로 살이 드러나 보였다. 머리카락 아래로는 귓불이 드러나 있었다. 엠마가 보기에는 구름을 바라보고 있는 크고 푸른 눈동자가 하늘을 비추는 산속 호수보다 더 맑고 깊어 보였다.

"야, 이 녀석아!"

갑자기 약제사가 소리를 지르며 자기 아이한테 달려갔다. 아이는 이제 막 석회 더미 속으로 들어가 구두를 하얗게 칠하려고 하고 있었다. 크게 혼난 나폴레옹은 울음을 터뜨렸고, 쥐스탱은 짚으로 아이의 구두를 닦아 주었다. 그런데 칼이 필요했다. 샤를이 자기 것을 빌려주었다.

"아니, 저이가 농사꾼처럼 칼을 가지고 다니네."

엠마는 혼잣말로 중얼거렸다.

그러다가 진눈깨비가 오기 시작하자 일행은 용빌로 돌아왔다.

그날 밤 보바리 부인은 이웃집에 가지 않았다. 샤를이 나가 버린 후, 그녀는 혼자라는 것을 느끼면서 선명하게, 또한 으레 기억이 사물에 부여하기 마련인 거리감을 느끼며 두 사람을 비교했다.

침대에 누운 그녀는 난롯불을 바라보면서, 레옹이 한 손으로 가는 지팡이를 짚고 다른 한 손으로는 아이스크림을 먹고 있는 아탈리의 손을 잡고 서 있는 모습을 보았다. 그녀는 그에게 매력을 느껴서 그에게서 눈을 뗄 수가 없었다. 또 다른 날에 보았던 그의 말, 목소리, 그리고 그 사람 전체를 다시 생각해 보았다. 그러고는 키스라도 하듯 입술을 삐죽이 내밀면서 계속 중얼거렸다.

"레옹은 참 매력적이야. 저 사람이 혹시 사랑하고 있는 건 아닐까."

그녀는 스스로에게 물었다.

"그렇다면 누구를 사랑하고 있을까. 그야 물론 나 아닐까?"

그렇다고 생각되는 그간의 관계 속 증거가 한꺼번에 펼쳐지면서 엠마의 가슴은 쿵쾅쿵쾅 뛰었다. 난로의 불빛이 눈부신 광채를 내면서 일렁거렸다. 그녀는 두 팔을 뻗어 천장을 보고 누웠다. 그러다가 틀에 박힌 탄식이 흘러나왔다.

"하늘이 우릴 맺어 주셨으면 좋겠다. 어째서 그렇게 되지 못한 걸까. 대체 무엇이 우리 사이를 방해하는 걸까."

밤이 이슥해지자 샤를이 돌아왔다. 엠마는 잠에서 막 깨어난 척했다. 그가 옷을 벗는 동안 소리를 내자, 그녀는 머리가 아프다고 했다. 그러고는 건성으로 밤 모임이 좋았냐고 물었다.

"레옹 군은 일찍 2층으로 올라가 버렸어."

그녀는 내심 미소를 지었다. 그러고는 새로운 기쁨에 들뜬 채 잠에 빠져들었다.

다음 날 해질 무렵 잡화상 주인 뢰르가 그녀 집을 방문했다. 이 장사꾼은 빈틈이 없는 유능한 사람이었다.

가스코뉴 태생으로 노르망디 사람이 된 그는 코 지방의 독특한 교활함이 숨겨져 있었다. 부드럽고 수염이 없는, 기름기 흐르는 얼굴은 마치 얇게 달인 감초를 바른 것처럼 보였고, 흰머리는 조그맣고 검은 눈의 날카로움을 더 두드러지게 만들었다. 그가 예전에 무엇을 했는지 아는 사람은 누구도 없었다. 어떤 사람은 자질구레한 물건을 팔던 행상이라고 했고, 어떤 사람은 루토의 은행가였다고 말했다. 아무튼 확실한 것은 그가 비네조차 혀를 내두를 만큼 복잡한 계산을 암산으로 해치우는 능력이 있다는 사실이었다. 그는 비굴할 정도로 공손하게 절하거나 초대하려는 사람의 자세로 허리를 절반쯤 구부리고 있었다.

뢰르는 크레이프 장식이 달린 모자를 입구에 놓은 후, 푸른 종이 상자를 책상 위에 올려놓았다. 그러고는 세련된 말투로 아직도 그녀가 자신의 단골이 아닌 것에 대해 섭섭함을 느낀다고 말했다. 그의 보잘것없는 가게는 멋진 분이 오실 만한 곳은 못 된다면서, '멋진 분'을 강조해 말하기도 했다. 하지만 무엇이든 주문만 해 주면 옷이든 잡화든 리넨 제품이든 모자든 새로운 유행품이든 원하는 것은 무엇이라도 구해 주겠다고도 말했다. 자신은 한 달에 네 번씩 반드시 시내에 들르기 때문이라는 것도 강조했다. 그는 일류 상점들과 거래하고 있어서 '트르와 프레르' 상점이나 '바르브 도르' 상점, 그리고 '그랑 소바주' 상점 등에서는 그의 이름을 알고 있다고 말했다. 그래서 오늘 지나가는 길에 좋은 기회가 되어 입수한 몇 가지 물건을 보여 주기 위해 왔다고 했다. 그러고 나서 그는 상자 속에서 반 타스 정도의 수놓은 칼라를 꺼냈다.

보바리 부인은 그것들을 이모저모 살펴보았다.

"지금은 필요한 게 아무것도 없네요."

그녀가 말했다. 그러자 뢰르 씨는 익숙한 솜씨로 알제리 풍의 숄 세 개, 영국식 바늘들, 밀짚 슬리퍼 한 켤레, 수인들이 야자열매에 장식 구멍을 낸 삶은 달걀 받침 네 개를 조심스럽게 꺼냈다. 그러고는 책상 위에 두 손을 짚고, 등을 구부려 허리를 굽히면서 입을 크게 벌린 채 이런 것들을 신기하게 바라보는 엠마의 시선을 좇았다. 이따금 먼지가 묻은 것을 털어내는 것처럼 쫙 펴 놓은 비단 천을 손톱으로 퉁기곤 했다. 그러자 숄은 가벼운 소리를 냈고, 옷감에 찍힌 금박들이 햇빛에 반사되어 작은 별처럼 반짝거렸다.

"이건 얼마예요?"

"아주 쌉니다."

그가 대답했다.

"얼마 되지 않아요. 돈은 나중에 주셔도 좋습니다. 형편 좋을 때 아무 때나 주시면 됩니다. 저는 유대인이 아니니까요."

한참을 생각하던 엠마는 다시 안 사겠다고 말하면서 뤼르 씨의 호의를 거절했다. 그러자 그는 아무렇지도 않다는 듯 말했다.

"네, 알았습니다. 언젠가는 마음에 드는 게 생기시겠지요. 나는 언제나 부인들하고 소통을 잘합니다. 우리 마누라하고는 어떤지 모르겠지만."

그는 이렇게 농담을 던지면서 사람 좋은 표정으로 다음과 같이 말했다.

"이런 말씀을 드리는 것은 돈 같은 것은 아무래도 좋기 때문입니다. 만일 필요하신 물건이 있으면 언제든지 절 불러 주세요."

그녀는 놀란 듯한 시늉을 했다.

"괜찮습니다, 부인."

그는 재빠르고 낮은 목소리로 말했다.

"부인께서 필요로 하는 물건이라면 먼 곳까지 가서 살 필요가 없습니다. 말씀만 하세요."

그러더니 갑자기 샤를에게 치료를 받고 있는 카페 프랑세의 주인인 텔리에 노인에 관해 물었다.

"텔리에 노인은 어디가 아픈 건가요? 집이 흔들릴 정도로 기침을 심하게 하더군요. 아무래도 머지않아 플란넬의 속옷

대신 전나무 외투가 더 필요하게 되지 않을까 걱정이에요. 그 노인은 젊어서 방탕한 생활을 했다더군요. 부인, 그런 사람들은 절제를 못 해요. 그래서 브랜디를 엄청나게 마셔 댔지요. 어쨌든 아는 사람이 아픈 걸 보면 마음이 언짢잖아요."

그는 마분지로 만든 상자를 노끈으로 다시 묶으면서 환자에 대한 이야기를 늘어놓았다.

"날씨 때문일 거예요."

그는 유리창을 바라보면서 말했다.

"그런 병에 걸린 건. 저도 몸이 좋지 않아요. 가까운 시기에 저도 선생님께 진찰을 받아야 할 것 같습니다. 등이 아프거든요. 그럼 부인, 안녕히 계십시오. 앞으로 잘 부탁드립니다."

말을 마친 그는 조용히 문을 닫았다.

엠마는 저녁 식사를 쟁반에 담아 벽난로 옆에 놓게 했다. 그러고는 천천히 밥을 먹었다. 모두 맛이 좋았다.

"난 참 현명해."

엠마는 숄에 대해 생각하면서 이렇게 중얼거렸다. 그때 누군가 계단을 밟고 올라오는 소리가 들렸다. 레옹이었다. 그녀는 자리에서 일어나 가장자리를 감침질하려고 옷장 위에 쌓아 두었던 행주 중 하나를 꺼내 들었다. 레옹이 방에 들어왔을 때, 그녀는 꽤 바빠 보였다.

하지만 두 사람의 대화는 활기가 없었다. 보바리 부인은 매번 말을 꺼내는 듯하다가 입을 다물었고, 레옹도 몸 둘 바를 모르겠다는 듯 머뭇거렸다. 그는 벽난로 옆에 있는 낮은 의자에 앉아 상아 바느질 상자를 매만지고 있었고, 그녀는 부지런히 바느질하거나 헝겊에 주름을 잡았다. 그녀는 아무 말도 하지 않았다. 그는 마치 그녀의 말에 사로잡혔던 것처럼 그녀의 침묵에 발목이 잡혀 잠자코 있었다.

'좀 가여운 사람이군.'

그녀는 생각했다.

'나의 어떤 면이 맘에 안 들어서 저러고 있을까?'

그도 이렇게 생각했다.

레옹은 마침내 가까운 시일 안에 사무소 일로 루앙에 가게 되었다고 말했다.

"부인의 악보 구독 기간이 끝났던데, 다시 신청할까요?"

"괜찮아요."

"왜요?"

"그건……."

그녀는 입술을 오므리며 바늘에 꿴 회색 실을 천천히 길게 뽑았다.

레옹은 이렇게 바느질만 하는 엠마를 보면서 초조했다. 엠마가 손가락을 다칠까 봐 안절부절못했다. 애정이 깃든 멋진 문구가 머리에 떠올랐으나 말하지는 않았다.

"그럼 이제 그만두시는 건가요?"

"뭘요?"

그녀가 급하게 되물었다.

"음악 말이에요. 하긴 그만두어야지요. 집에 할 일이 많잖아요. 남편 시중도 들어야 하고, 그 외에도 여러 가지 할 일이 많을 거예요."

그녀는 벽시계를 바라보았다. 샤를의 귀가가 늦어지자, 그녀는 걱정스러운 표정을 지었다. 그러고는 두서너 번 반복해서 말했다.

"제 남편은 참 착해요."

서기도 보바리 씨에게 호감이 있었지만, 그녀가 이렇게 애정 표현을 하는 것이 못내 불쾌했다. 그래도 그는 칭찬에 맞장구를 쳤고, 모든 사람이 그 의사를 좋아한다고 말했다.

"또 남편은 마음씨가 아주 좋아요."

"그럼요, 그렇고말고요."

그도 말을 받았다. 그러고는 오메 부인 이야기를 했다. 두 사람은 그녀의 몸단장이 너무 허술하다고 언제나 비웃곤 했었다.

"그런 게 어때서요. 가정주부가 몸치장에 신경을 쓰는 것은 옳지 않아요."

그러고 나서 그녀는 다시 침묵했다.

다음 날도 그다음 날도 마찬가지였다. 엠마의 말투와 행동이 달라져 있었다. 그녀는 이제 가사에 충실하고, 성당에 빠지지 않고 갔으며, 하녀도 엄격하게 다루었다.

엠마는 유모에게 맡긴 베르트도 집으로 데리고 왔다. 그리고 손님들이 찾으면 펠리시테를 시켜 아기를 데려오게 했고, 그 앞에서 옷을 벗겨 아기의 팔다리를 보게 해 주었다. 또 자신은 아기를 매우 좋아하며, 아기야말로 자신의 위안이고 즐거움이며 열애의 대상이라고 말했다. 용빌에 살지 않는 사람이 이 이야기를 들었다면 〈노트르담 드 파리〉를 머리에 떠올렸을 것이다.

샤를은 집으로 돌아오면 벽난로의 재 가까이에 놓아둔 자신의 슬리퍼가 따뜻해졌다는 것을 알았다. 이제는 조끼의 안감이나 셔츠의 단추가 떨어져 있는 일도 생기지 않았다. 또는 잠잘 때 쓰는 모자들이 옷장 속에 차근차근하게 쌓여 있는 것을 보는 것도 기쁨 중 하나였다. 그녀는 이제 마당을 산책하는 것을 싫어하지 않았다. 또한 무엇이든 남편의 말에 따랐다. 남편의 뜻을 잘 모르더라도 언제든 남편에게 복종했다. 레옹은 샤를이 저녁 식사를 하고 나서 난로 옆에 앉아 양손을 모아 배 위에 올려놓고, 두 다리는 장작 받침대에 올려놓고, 두 볼은 벌게지고, 융단 위를 기어 다니는 아이와 의자 뒤에서 이마에 키스하는 아내를 보고 너무 행복해 눈물을 글썽거리는 것을 보았다.

"내가 바보같이 굴었군. 저 여자와 가까워지려 했다니."

레옹은 그녀가 아주 정숙하고 점차 가까이하기 쉬운 사람이 아니라는 것을 깨닫고, 모든 희망이나 막연했던 기대마저 저버릴 수밖에 없었다. 레옹은 이렇게 체념하고 나자, 그녀가 특별한 대상으로 보였다. 그녀의 육체적 아름다움이 더는 느껴지지 않았다. 이제 그는 그 육체에 다시는 손가락 하나 댈 수 없다는 것을 알았다. 그의 마음속에서 그녀는 하늘에 사는 숭고한 존재처럼 높이 올라가 버려, 그로부터 떠나간 것이었다. 그것은 일상적인 삶과 무관하게 순수한 감정, 매우 희귀한 것이기에 사람들이 기꺼이 키워 가는 그런 감정이었다. 그것을 소유해서 맛보는 즐거움보다, 그저 사람을 슬프게 하는 그런 감정이었다.

엠마는 점점 말라 갔다. 두 뺨은 창백해지고 얼굴은 길어졌다. 검은 머리채, 커다란 두 눈과 오똑한 콧날, 새처럼 가벼운 발걸음, 그리고 이제는 침묵에 잠겨 있는 모습이 마치 삶을 스치듯 지나가는 것 같았고, 이마에는 무언가 막연하고 장엄한 운명의 표적을 찍은 것처럼 보였다. 그녀는 슬퍼 보였고, 조용하고 상냥했으며, 조심성을 보여 그녀 곁에 가까이 간 사람은 얼음장 같은 차가운 매력을 느낄 정도였다. 마치 성당 안에 들어갔을 때, 대리석의 냉기에 섞인 꽃향기에 몸을 부르르 떨듯 다른 사람들도 이러한 그녀에게서 매혹을 느꼈다. 약제사는 이렇게 곧잘 이야기했다.

"아주 대단한 여자야. 군수 부인으로도 손색이 없다니까."

마을의 부인네들은 그녀의 살림 솜씨에 감탄했고, 환자들은 그녀가 예의 바르다는 것에, 가난한 사람들은 그녀의 자비로움에 칭찬을 아끼지 않았다.

하지만 그녀는 탐욕과 분노, 심한 고통과 증오로 가득 차 있었다. 주름이 똑바로 잡힌 옷은 그녀의 동요를 감추고 있었고, 정숙해 보이는 입술은 마음의 고뇌를 드러내지 않았다. 그녀는 레옹을 사랑했다. 그의 모습을 마음껏 그려 보기 위해 고독을 선택한 것이었다. 그를 생각하는 것만으로도 기쁨이 넘치고, 그의 발소리만 들어도 가슴이 뛰었다. 하지만 막상 그와 마주치면 그런 감동은 사라지고, 큰 놀라움을 느꼈다가 어느덧 그것이 슬픔을 불러일으켰다.

레옹은 절망에 빠져 그녀의 집에서 나올 때, 그녀가 일어나 그를 바라본다는 것을 알지 못했다. 그녀는 그의 일거수일투족에 주의를 기울이고 안색을 살폈다. 그를 방문하기 위한 그럴 듯한 구실을 지어내기도 했다. 그리고 약제사의 아내가 레옹과 한 지붕 아래서 살고 있다는 것을 떠올리자, 그녀는 행복하겠다는 생각이 들기도 했다. 또한 마치 장밋빛 발과 하얀 날개를 그녀의 물받이 홈통에 적시려 황금 사자 집의 비둘기가 오는 것처럼 그녀의 생각은 항상 그 집 위에 머물렀다. 하지만 엠마는 자신의 사랑을 깨닫게 될수록 마음을 아무에게도 드러내지 않고, 그런 감정을 억누르려고 했다. 한편으로는 레옹이 자신의 마음을 알아주었으면 싶었고, 그럴 때마다 우연한 기회나 이변 같은 일을 상상했다. 하지만 그녀의 마음 안에는 무기력함과 공포, 수치심이 들어 있었다.

엠마는 레옹을 지나치게 멀리하는 바람에 이제는 때를 놓치게 되었고, 모든 것이 엉망이 되었다고 생각했다. 그러고는 "나는 정숙해."라고 중얼거리면서, 체념한 채 거울에 비친 자신의 모습을 보면 그나마 그 순간의 자긍심과 기쁨을 통해 자신의 희생이 조금은 위로받는 기분이 들었다.

그럴 때면 육체적인 욕망과 돈에 대한 욕심, 그리고 정욕에서 오는 우울증이 하나가 되어 그녀의 괴로움과 뒤엉켰다. 그녀는 자신의 고뇌를 딴 데로 돌리는 것이 아니라 그 고통에 자극을 받았고, 그곳에만 생각을 집중했다. 그녀는 음식이 입에 맞지 않는다고 투덜거렸다. 또 꼭 닫지 않은 방문을 보면 화를 냈고, 자기에게는 벨벳이 없어 행복하지 않다고 했다. 또한 너무 큰 꿈, 좁은 집에 대해 불만을 표출했다.

하지만 그녀를 더욱 화나게 하는 점은 샤를이 그녀의 이러한 고통을 전혀 눈치채지 못했다는 것이었다. 아내를 행복하게 해 주고 있다는 남편의 생각이 그녀에게는 어리석은 모욕처럼 느껴졌고, 그가 자신에 대해서 안심하는 것이 은혜를 모르는 것이라고 생각했다. 그렇다면 그녀는 누구를 위해 옷치장을 하는가. 샤를은 그녀의 행복에 방해가 되고, 모든 불행의 원천 아닌가? 그녀는 그를 지금 자신을 옥죄고 있는 이 복잡한 가죽 벨트의 뾰족한 쇠꼬챙이 같은 존재라고 여겼다.

그래서 그녀는 평소에 불쾌한 일이 생겼을 때 남편에게 증오심을 느꼈다. 증오심을 없애려고 노력하면 할수록 오히려 그것을 부채질하는 것이 되고 말았다. 이 같은 쓸데없는 노력이 다른 절망의 원인과 뒤엉켜, 그녀는 남편에게서 점점 멀어져만 갔다. 부드럽게 남편을 대하려는 마음에는 오히려 반항심이 생겼다. 보잘것없는 가정생활이 오히려 그녀에게 사치를 공상하게 했고, 부부의 애정은 불륜의 욕망을 자극했다. 좀 더 정당한 이유로 샤를을 미워하고 복수할 수 있도록 그녀는 남편이 자신을 때려 주었으면 좋겠다는 생각까지 했다. 그녀는 마음에 떠오르는 여러 가지 무서운 추측을 하다가 깜짝 놀라기도 했다. 그래서 항상 미소를 지었고, "당신은 행복한 사람이야."라는 말을 되풀이하는 것을 들으면서 그런 척했으며, 그렇게 믿도록 했다.

그녀는 이러한 자신의 위선이 너무나도 싫었다. 레옹과 함께 먼 곳으로 도망가, 새로운 운명을 시작하고 싶다는 생각도 했다. 하지만 곧 그녀의 마음속에서는 캄캄하고 어두운 심연이 입을 벌렸다.

'레옹은 이제 나를 사랑하지 않을 거야. 나는 이제 어떻게 될까. 어떤 구원과 위안과 안도감을 기대한단 말인가.'

너무나 지친 그녀는 가슴이 답답해져 오자, 헐떡거리며 꼼짝도 못 한 채 눈물을 흘리면서 낮은 목소리로 흐느꼈다.

"주인 나리께 말씀드리지 그래요."

그녀가 발작을 일으킬 때 들어온 하녀가 말했다.

"신경이 예민해져서 그럴 뿐이야. 남편에게는 말하지 마. 걱정할 테니."

엠마가 대답했다.

"그렇다면 말이지요."

펠리시테가 말을 이었다.

"마님은 제가 여기에 오기 전에 디에프에서 알았던 폴레의 어부 게랑의 딸 게린느 같아요. 그 아가씨는 무척 우울해 했어요. 표정이 너무 슬퍼 보여서 게린느 아가씨가 문 앞에라도 서 있으면 집에 초상난 것이 아닌가 싶을 정도였어요. 그 아가씨는 머릿속에 안개가 끼어 있는 듯한 증세를 보였는데, 어떤 의사나 신부님도 손을 쓸 도리가 없었어요. 병이 심해지면 그 아가씨는 바닷가에 나갔어요. 세관 관리가 보니까 그 아가씨가 모래 위에 엎드려 울고 있는 것 같았다고 해요. 그런데 결혼하고 나서는 그 병이 싹 없어졌어요."

"하지만 내 경우는 결혼한 후에 생긴 거야."

엠마가 대답했다.

6

어느 날 저녁 무렵, 엠마는 열어젖힌 창가에 앉아 성당지기 레스티부드와가 회양목의 가지를 치는 것을 바라보다가 만종이 울리는 소리를 들었다.

때는 벚꽃이 피는 4월 무렵이었다. 막 김을 맨 화단 위로 따사로운 햇살이 스치고, 정원은 여름 축제를 하기 위해 여자들이 화장하는 것 같은 풍경이었다. 아치형의 나무를 올린 덩굴 선반의 가름장을 통해 목장으로 흐르는 시내가 보였는데, 그것은 풀밭 위에 곡선을 그리고 있었다.

저녁 안개가 잎 떨어진 미루나무 사이로 지나면서, 가지에 걸린 엷은 막보다 더 희미하고 투명한 보랏빛으로 나무의 윤곽을 물들이고 있었다. 먼 곳에서 가축들이 돌아다니고 있었지만, 발소리도 울음소리도 들리지 않았다. 종소리만이 계속 울리면서 마음을 가라앉히는 것 같은 슬픈 노래가 하늘에 울려 퍼졌다.

계속되는 종소리를 들으면서 이 젊은 여자의 마음은 소녀 시절과 기숙사 시절의 옛 추억 속에서 방황했다. 그녀는 제단 위의 꽃이 가득한 화병이나 작은 기둥이 달린 성궤 위에 우뚝 서 있던 촛대를 생각했다. 그녀는 그 시절처럼 하얀 베일을 쓴 기다란 대열에 다시 섞이고 싶은 심정이었다. 그 줄 군데군데에는 기도대 위에 몸을 굽힌 수녀들의 빳빳한 머릿수건이 반점을 이루고 있었다. 일요일에 미사를 올릴 때 잠시 고개를 들면, 푸르스름하게 피어오르는 연기의 소용돌이 속에서 성모 마리아의 부드러운 얼굴이 보이곤 했다. 그때의 광경이 떠오르자, 그녀는 갑자기 감동에 사로잡혀 자신이 폭풍의 소용돌이에 휘말린 작은 새의 깃털처럼 믿을 수 없이 가냘프게 느껴졌다. 그리고 자신도 의식하지 못한 채 모든 영혼을 몰입시킬 수 있고, 삶을 그것에 바칠 수만 있다면 어떤 신앙이라도 좋다고 생각하면서 성당을 향해 걸었다.

엠마는 마침 광장에서 돌아오고 있는 성당지기 레스티부드와를 만났다. 그는 일손을 잠시 멈추고 성당에 나와 종을 치고는 다시 되돌아가는 일을 계속해 왔기 때문에 하루 벌이를 축내지는 않았다. 따라서 성당의 시간을 알리는 종도 자신의 편의에 따라 울렸다. 만약 조금 빠르게 종을 친다면, 그것은 근처 아이들에게 교리 문답 시간을 알리기 위한 행동이었다.

벌써 모여든 몇몇 아이가 묘지의 포석 위에서 구슬치기를 하고 있었다. 다른 아이들은 말을 타듯 담장 위에 올라앉아 두 다리를 건들거리며, 나막신으로 낮은 울타리와 구석에 있는 묘지 사이에 돋아난 키 큰 잡초를 찼다. 녹색 빛을 띠는 곳은 그곳 하나뿐이고, 다른 곳은 모두 묘석만이 있었다. 성구실에는 빗자루가 있었지만, 묘석은 청소하지 않아서 뽀얗게 먼지에 뒤덮여 있었다.

운동화를 신은 아이들은 그곳이 마치 자신들을 위한 놀이터라도 된다는 듯이 이리저리 뛰어다녔다. 그 때문에 윙윙거리는 종소리의 울림에 섞여 아이들이 떠드는 소리가 들려왔다. 종루 꼭대기에서부터 늘어진, 땅에 끌리는 듯한 굵은 밧줄의 흔들림이 멈추면서 바람을 타고 울리던 종소리는 차츰 작아졌다. 조그마한 소리로 지저귀던 제비가 갑자기 날카롭게 바람을 가르면서 추녀 끝 빗물막이 밑에 있는 노란빛의 둥지 속으로 재빨리 돌아갔다. 성당 안쪽에는 램프가 켜져 있었다. 매달린 유리 상자 속에 야등의 심지가 타고 있었기 때문에 그 빛은 멀리서 보면 마치 기름 위에서 떨고 있는 하얀 점 같았다. 길게 뻗친 햇살이 본당 안을 가로질러 양쪽 복도와 구석진 곳을 한층 어둡게 만들었다.

"본당 신부님이 어디에 계신지 아니?"

보바리 부인은 축의 구멍이 헐거운 회전문을 흔들면서 장난을 치고 있는 사내아이에게 물었다.

"지금 오실 거예요."

소년이 대답했다.

소년의 말처럼 사제관의 문이 삐걱 열리면서 부르니지앙 신부가 나타났다. 아이들은 성당 안으로 몰려 들어갔다.

"이놈들, 항상 이 모양이지."

신부가 중얼거렸다. 그는 발밑에 걸린 너덜너덜한 교리 문답서를 집어 들면서 말했다.

"저 나이에는 물건을 아낄지 모른다니까."

그는 보바리 부인을 보며 말했다.

"아이고, 실례했습니다. 미처 못 알아보았네요."

교리 문답서를 안주머니에 넣은 신부는 잠시 멈춰서 성구실의 무거운 열쇠를 두 손가락 사이에 끼고 흔들었다.

신부의 얼굴을 비치고 있는 햇살은 신부복을 바랜 것처럼 하얗게 보이게 했다. 옷의 팔꿈치 부분은 반들반들 빛나고 옷깃은 해져 있었다. 폭넓은 가슴 위에는 자그마한 단추들을 따라 기름 자국과 담배 얼룩이 묻어 있었고, 가슴 쪽에서 멀어진 곳일수록 얼룩이 더 많이 나 있었다. 가슴 장식 위에는 주름이 잔뜩 잡힌 붉은 피부가 있었고, 피부에는 누런 반점들이 희끗희끗 센 거친 수염 속에 가려져 있었다. 신부는 방금 식사를 마쳐서 가쁘게 숨을 쉬고 있었다.

"몸은 어때요?" 신부가 물었다.

"좋지 않아요. 괴로워서 견딜 수 없을 지경이에요."

"하하, 저도 그래요. 이른 봄날에는 누구나 몸이 나른하잖아요. 어쩔 수 없지요. 성 바오로께서 말씀하셨듯이 인간은 고통을 받기 위해 태어난 것입니다. 그런데 보바리 씨는 부인의 병에 대해 말해 주었나요?"

"그이야, 뭐!"

그녀는 경멸한다는 듯이 말했다.

"아니, 보바리 씨께서 아무런 처방도 해 주지 않았습니까?"

신부는 놀란 표정으로 말했다.

"제게 필요한 것은 약이 아니에요."

엠마가 대답했다.

신부는 자주 성당 안을 둘러보았다. 그곳에서는 아이들이 무릎을 꿇고 앉아 서로 어깨를 밀치다가 일렬로 세워 둔 카드처럼 쓰러지곤 했다.

"제가 알고 싶은 것은."

그녀는 다시 말하려고 했다.

"이놈, 리부데. 널 때려 줘야겠다. 이 장난꾸러기야!"

신부는 성난 목소리로 고함을 질렀다. 그러고 나서 엠마를 다시 바라보면서 말하기 시작했다.

"저 녀석은 부데 목수의 아들인데, 살림살이가 넉넉해서 버릇없이 자랐습니다. 하지만 영리해서 하고자 하면 뭐든지 잘 해내요. 그래서 전 농담으로 저 녀석을 리부데라 부르곤 하지요. 마을로 가는 길에 리부데라는 이름의 언덕이 있습니다. 그래서 또 몽 리부데라고 부르기도 해요. 리부데 산이라고 말이지요. 언젠가 그 얘기를 주교님께 했더니 그분도 웃으시더군요. 그런데 보바리 씨는 어떻게 지내나요?"

그녀는 못 들은 것 같았다. 신부는 말을 계속 이었다.

"여전히 바쁘시겠지요. 사실 보바리 씨와 저는 이 교구에서 일을 가장 많이 하는 사람이니까요. 물론 그분은 육체의 의사고, 저는 영혼의 의사지만요."

"그렇지요."

엠마는 애원하는 듯한 얼굴로 신부를 바라보았다.

"그래요. 신부님께서는 사람들의 괴로움을 덜어 주시지요."

"그런 말씀 마세요, 보바리 부인. 오늘만 하더라도 암소 한 마리가 붓는 병에 걸렸다고 해서 바디오빌까지 갔다 왔어요. 그곳 사람들은 소가 저주받은 게 아닌가 하고 생각하더라고요. 무슨 영문인지 모르겠지만 차례차례 그 집 소들이 모조리……. 아, 잠깐 실례하겠습니다. 롱그마르, 그리고 부데! 얌전하게 있어야지. 이제 그만들 해라."

신부는 성당 안으로 뛰어 들어갔다. 아이들은 큰 책상 주위에 몰려 성가대 걸상 위에 기어 올라가 기도서를 펼치기도 하고, 살금살금 고해실 안으로 들어가기도 했다. 갑자기 나타난 신부는 아이들을 따귀 소리가 나도록 때렸다. 그런 다음 땅에서 번쩍 들어다가 나무라도 심듯이 그들을 성가대 돌바닥 위에 무릎 꿇도록 했다.

　다시 엠마에게 돌아온 신부는 인도산 옥양목 손수건을 입술로 물고 펴면서 말했다.

　"사실 농민들은 불쌍해요."

　"그들 외에도 불쌍한 사람은 많아요."

　엠마가 대답했다.

　"물론이지요. 도시의 노동자들도 그러하지요."

　"그런 사람들뿐만 아니라……."

　"아니, 들어 보세요. 실례지만 저는 아이를 키우는 불쌍한 가정의 어머니들이나 성녀 같은 정숙한 여인들인데, 그런 사람들도 먹을 것이 없어서 고생하는 것을 보았습니다."

　"하지만 저……."

　말을 이어 가는 엠마의 입가에 가벼운 경련이 일었다.

　"신부님, 빵은 있어도 다른 무언가가 없는 사람들은……."

　"겨울에 불을 못 피우는 사람들도 많지요."

　신부가 말했다.

　"아니, 그게 아니라……."

　"무슨 말씀을! 그게 아니라니깐요. 아무튼 제 생각으로는 겨울에 따뜻하게 지내고, 먹을 것만 있다면……. 그렇지…….”

“전 어쩌면 좋습니까, 저는.”

그녀는 탄식했다.

“어디 몸이 안 좋으신가요? 혹시 소화 불량에라도 걸렸나요. 그렇다면 댁에 돌아가셔서 차를 좀 드세요. 그렇지 않으면 찬물에 흑설탕을 타서 한잔 드셔 보는 것도 좋을 거 같습니다.”

신부는 걱정스럽다는 듯 그녀에게 말했다.

“왜요?” 그녀는 꿈에서 깨어난 사람처럼 물었다.

“부인이 손으로 이마를 짚기에 드리는 말씀입니다. 현기증이 나신 거 아닌가 해서요.”

그러고는 문득 생각난 것처럼 말했다.

“그런데 방금 제게 무언가 묻지 않으셨나요? 그게 뭔지 생각이 안 나서요.”

“제가요? 아니에요. 아무것도.”

엠마는 되풀이해서 말했다. 주변을 두리번거리던 그녀의 눈길이 신부복을 입은 노인을 향했다. 두 사람 모두 마주 서서 아무 말도 하지 않았다.

“보바리 부인.”

신부가 입을 열었다.

“그럼 먼저 실례하겠습니다. 할 일이 많아서요. 저 장난꾸러기 아이들, 공부도 시켜야 할 것 같고요. 이제 곧 영성체가 있는데 이번에도 허둥지둥할까 봐 걱정입니다. 그래서 부활절 이후 수요일마다 한 시간씩 공부를 봐주고 있습니다. 보시

다시피 저렇게 장난이 심한 아이들은 조금이라도 빨리 하느님의 길로 인도하는 것이 중요하지요. 하느님께서도 그리스도를 통해 그렇게 말씀하셨고요. 암튼 그럼 몸조심하시고, 남편분에게도 안부 전해 주십시오."

말을 마친 신부는 입구에서 허리를 약간 구부려 인사한 뒤 성당 안으로 들어갔다.

엠마는 머리를 어깨 쪽으로 기울이고 두 손을 벌린 채 신부가 무거운 듯한 걸음걸이로 두 줄로 나란히 놓인 의자 사이로 사라지는 것을 지켜보았다.

그녀는 조각상이 축 위에서 회전하듯이 발꿈치를 돌려 집으로 향했다. 신부의 굵은 목소리와 개구쟁이들이 떠드는 소리가 아직도 귀에 생생했다.

"당신은 그리스도 신자입니까?"

"네, 저는 그리스도 신자입니다."

"그리스도 신자라는 건 어떠한 것인가요?"

"그것은 세례를 받은…… 세례를 받은…… 세례를 받은……."

그녀는 난간에 의지하면서 계단을 올랐다. 마침내 그녀는 방에 들어서자, 안락의자 위에 쓰러졌다.

유리창으로 비쳐 드는 햇살이 물결처럼 출렁거리다가 서서히 옅어져 갔다. 언제나 같은 자리에 있는 가구들이 더는 움직일 수 없는 것처럼 여겨지고, 컴컴한 바다 속으로 떨어지듯이 어둠 속으로 잠겨 들어갔다. 난롯불은 이미 꺼졌고, 시계추만이 변함없이 일정한 소리를 냈다. 그녀는 자신의 마음이 이렇게 동요하고 있는데, 주위 사물들이 너무나 조용해서 이상하다고 생각했다. 그때 창문과 재봉틀 사이에 있던 베르트가 털로 짠 신발을 신고 위태위태한 걸음걸이로 다가와 그녀 앞치마에 달린 리본 끝을 흔들려고 했다.

"귀찮게 굴지 마."

엠마는 손으로 아이를 떠밀었다. 하지만 베르트는 엠마의 무릎께로 다가왔다. 그러고는 두 팔로 그녀의 무릎에 매달리면서 푸른 눈동자로 엄마를 가만히 올려다보았다. 그때 아이의 입에서 침이 나와 비단 앞치마 위로 흘러내렸다.

"귀찮다니까!"

엠마는 짜증 섞인 목소리로 화를 냈다. 엄마의 표정이 무서웠는지 아이는 겁을 먹고 울음을 터뜨렸다.

"제발 나를 귀찮게 하지 말거라."

그녀는 팔꿈치로 아이를 떠밀었다. 그러자 베르트는 옷장 밑으로 넘어지면서 놋쇠 장식에 얼굴을 부딪쳤다. 깜짝 놀란 엠마는 허둥지둥 달려가 아이를 안아 일으키고 나서 초인종 끈을 힘껏 잡아당겨 하녀를 큰 소리로 불렀다. 그녀가 자신의 경솔함을 자책하고 있던 중에 샤를이 들어왔다. 저녁 식사를 하러 온 것이었다.

"당신이 좀 봐주세요. 내 방에서 놀다가 넘어져서 다쳤어요."

엠마는 침착하게 말했다. 하지만 샤를은 대수롭지 않은 일이라고 아내를 안심시킨 뒤 연고를 찾으러 아래층으로 내려갔다.

엠마는 식당으로 내려가지 않았다. 그녀는 혼자 아이를 간호하고 싶어 했다. 잠든 아이를 가만히 바라보자, 불안했던 마음이 어느 정도 사그라졌다. 대수롭지 않은 일에 잔뜩 긴장했던 자신이 바보 같고 어리석게 느껴졌다. 베르트는 이제 울지 않았다. 아이가 숨을 내쉴 때마다 무명 이불이 살짝 들썩일 뿐이었다. 굵은 눈물방울이 반쯤 감은 눈꺼풀 끝에 매달려 있었고, 속눈썹 안쪽에 두 개의 눈동자가 보였다. 볼에 붙인 반창고가 팽팽한 피부를 비스듬히 지나가고 있었다.

'참 이상해. 저 아이는 왜 그리도 못생겼을까.'

엠마는 생각했다.

밤 11시쯤 샤를이 약국에서 돌아왔을 때, 아내는 아기의 침대 곁에 서 있었다.

"아무 일 아니야. 괜찮다니까!"

샤를은 엠마의 이마에 키스하면서 말했다.

그는 약제사의 집에 오래 머물렀다. 별로 걱정스러운 얼굴을 하지 않았는데도 오메 씨는 그를 안심시키려 애쓰고, 힘을 돋워 주려고 했다. 그리고 어린애들이 직면하기 쉬운 여러 위험한 상황에 관해 이야기했고, 하인들의 부주의함에 대해서도 이야기했다. 오메 부인도 그런 상황에 처한 적이 있었다. 예전에 하녀가 아내의 앞치마에 숯불을 떨어뜨렸는데, 그때 데인 상처 자국이 지금도 남아 있다고 했다. 그때부터 그녀의 부모는 많은 주의를 했다. 칼은 절대 갈지 않았고, 방이나 마룻바닥은 미끄러지지 않도록 초를 칠하지 않았으며, 창문에는 철창을 해 달았다. 창틀에는 튼튼한 나무를 대어 놓았다.

오메는 아이들을 자유분방하게 키웠지만, 그들의 행동을 지켜보는 아이를 꼭 붙여 주었다. 감기 기운이 있으면 억지로 감기약을 먹게 했고, 네 살이 될 때까지는 상처를 막기 위해 두건을 꼭 씌웠다. 사실 이 모든 것은 오메 부인의 고집 때문이었다. 남편은 그렇게 머리를 압박하면 두뇌 기능에 문제가 생긴다고 걱정하면서 내심 달갑지 않게 여겼다. 그래서 그녀에게 이렇게 말했다.

"그러면 당신은 애들을 카리브족이나 보토 쿠도스 족 아이처럼 키울 거야?"

샤를은 이야기가 길어지자, 몇 번이나 대화를 끝마치게 하려고 애썼다.

"당신에게 할 이야기가 있어요."

샤를이 먼저 층계를 내려가는 서기에게 작은 목소리로 속삭였다.

'뭔가 눈치챈 게 아닐까?'

이렇게 생각하자 레옹은 가슴이 철렁했고, 여러 가지 억측이 솟아올랐다.

그때 입구에서 문을 닫은 샤를은 최고급 은판 사진의 가격을 알아봐 달라고 부탁했다. 검은 예복을 입은 사진을 찍어 아내를 놀라게 하려는 살뜰한 마음의 배려였다. 그러면서 비용이 얼마나 되는지 알고 싶다고 말했다. 또한 레옹은 시내에 자주 나가기 때문에 이러한 부탁이 폐가 되지는 않을 거라고 생각했다.

오메 씨는 레옹이 시내에 자주 나가는 것은 뭔가 젊은이들만의 비밀이고, 무슨 꿍꿍이속이 있는 거라고 생각했다. 하지만 이는 틀린 생각이었다. 레옹은 바람이 나서 시내에 나가는 것이 아니었다. 지금 그는 아주 침울했다. 르프랑수와 부인은 그가 요즘 식사도 많이 남기고 있어서 그 점을 눈치채고 있었다. 그녀는 자세한 것을 알고 싶어서 세무 관리인 비네 씨에게 그 이유를 아느냐고 물었다. 그러자 그는 무뚝뚝하게 말했다.

"나는 경찰에게서 돈을 받아먹는 사람이 아닙니다."

하지만 비네가 보아도 레옹의 태도는 뭔가 의아했다. 그는 양팔을 벌리고 의자에 드러누워 알 수 없는 말로 한탄했다.

"그것은 기분 전환을 할 만한 게 없기 때문이야."

비네 씨가 말했다.

"어떤 즐거움 말입니까?"

"내가 자네라면 녹로를 하나 사겠네."

"하지만 나는 그런 걸 돌릴 줄 모릅니다."

레옹이 대답했다.

"하긴 그렇군."

비네 씨는 턱을 쓰다듬으면서 만족감과 경멸감을 함께 표하면서 말했다.

레옹은 사랑받을 수 없다는 데 지쳐 있었다. 또한 흥미를 느낄 만한 일도 없고, 아무런 희망도 없이 똑같은 생활을 반복한다는 데 견딜 수 없는 압박감을 느끼게 되었다. 그는 용빌과 그곳에 사는 사람들에게도 싫증이 났기 때문에, 이 마을의 집이든 동네 사람이든 일단 만나면 짜증이 났다. 약제사는 호인이기는 했지만, 레옹은 그를 대하는 것이 참을 수 없을 정도가 되었다. 그러면서 상상 속에서 다른 생활을 꿈꾸고 있노라면 유혹을 느끼게 되고 그것이 두려웠다.

하지만 두려움은 조바심을 낳았다. 마치 파리에서 바람둥이 아가씨들이 웃음을 지으면서 가면무도회에 초대하고 있는 소리가 들리는 듯했다.

'어차피 나는 파리로 가서 법률 공부를 해야 하는데 왜 이렇게 망설일까? 왜 그저 머뭇거리기만 하는 것일까?'

그는 마음속으로 준비하기 시작했다. 그곳에서의 생활을 미리 그려 보기도 하고, 방 안 가구 배치를 어떻게 해야 하는지도 생각했다.

그곳에서 예술가와 같은 생활을 할 것이다. 기타도 배우고, 실내복을 사고, 바스트 지방식 베레모를 쓰고, 푸른 벨벳 실내화를 신어야겠다.

그는 심지어 벽난로 선반 위에 펜싱 칼을 십자 모양으로 장식하고, 그 위를 기타로 장식하는 것에 대해서도 상상했다.

하지만 문제는 어머니를 설득하는 일이었다. 그렇지만 이것만큼은 그의 큰 소망이었다. 그의 주인도 공부를 더 하고 싶으면, 더 좋은 사무소로 옮겨도 괜찮다고 말했다. 레옹은 우선 루앙에서 수습 서기 자리를 찾아보았지만, 자리가 없었다. 그는 마침내 어머니에게 편지를 써서 파리에 가서 살아야 하는 이유를 세세히 설명했고, 어머니는 승낙했다.

레옹은 서두르지 않았다. 마부인 이베르는 거의 한 달 동안 매일 그를 위해 용빌에서 루앙으로, 루앙에서 용빌로 트렁

크나 짐 꾸러미를 날라 주었다. 레옹은 의복을 장만하고, 세 개의 안락의자를 고쳤으며, 여러 개의 비단 목도리를 샀다. 하지만 세계 일주를 하는 사람처럼 준비를 마치고는 한 주 한 주 날짜를 미루었다. 그러다가 결국 휴가 전에 시험에 합격하려면 하루빨리 출발하라는 어머니의 재촉 편지가 두 번이나 배달되었다.

작별 인사를 할 시간이 되자 오메 부인은 눈물을 흘렸고, 쥐스탱은 흐느끼며 작별을 아쉬워했다. 오메는 남자답게 감정을 억눌렀다. 그는 자신의 마차로 루앙까지 태워 주겠다는 공증인의 집 앞까지 레옹의 외투를 들어 주겠다고 말했다. 이제 레옹은 보바리 씨와 작별 인사를 할 시간밖에 남아 있지 않았다.

레옹은 계단 꼭대기까지 올라가자 숨이 몹시 가빠졌다. 그가 들어오는 것을 본 보바리 부인은 황급히 일어섰다.

"레옹입니다. 또 오게 되었네요."

"당신이 올 거라 생각했어요."

그녀는 입술을 지그시 깨물었다. 피부 아래에서 피가 몰려 한순간 앞이마에서 목덜미까지 붉게 물들었다. 그녀는 벽에 어깨를 기댔다.

"주인어른은 안 계신가요?"

"네."

그러고는 대화가 뚝 끊겼다. 두 사람은 서로의 얼굴을 바라보았다. 두 사람의 마음은 똑같은 고통으로 참을 수 없는 감정에 다다랐고, 두근거리는 두 개의 가슴처럼 서로 얽혀 있었다.

"베르트에게 키스해 주고 싶어요."

마침내 레옹이 입을 열었다. 엠마는 계단을 내려가 펠리시테를 불렀다.

레옹은 재빠르게 주변을 둘러보았다. 벽과 선반과 난로 위를 눈으로 더듬으면서 모든 것을 가져가고 싶어 하는 것처럼 말이다. 곧 엠마가 돌아왔고, 베르트는 줄 끝에 거꾸로 매달린 바람개비를 흔들면서 하녀와 함께 들어왔다. 레옹은 몇 번이고 베르트의 목덜미에 키스했다.

"아가야, 안녕? 잘 있어. 예쁜 아가야."

레옹은 아이를 엠마에게 돌려주었다.

"데리고 나가."

그녀가 말했다. 그리고 또 두 사람만이 남았다.

보바리 부인은 등을 돌린 채 이마를 유리창에 댔다. 레옹은 손에 든 모자로 가볍게 허벅지를 쳤다.

"비가 올 것 같네요."

엠마가 말했다.

"외투가 있습니다."

레옹이 대답했다.

"그렇군요."

엠마는 턱을 숙이고 이마를 내밀면서 고개를 돌렸다. 햇살이 대리석 위에 미끄러지듯 그녀의 둥근 눈썹을 비추고 있었다. 엠마가 지평선 너머로 무엇을 보고 있는지, 무슨 생각을 하고 있는지 레옹으로서는 알 수가 없었다.

"그럼, 안녕히 계세요."

레옹은 인사하면서 한숨을 쉬었다. 이때 그녀가 얼굴을 번쩍 들었다.

"네, 가세요."

두 사람은 서로 가까이 섰다. 그가 손을 내밀었지만, 그녀는 망설였다.

"그럼 영국식으로 하지요."

그녀는 자신의 손을 내밀면서 웃으려고 애썼다. 레옹은 그녀의 손바닥 감촉을 느끼면서 자신의 모든 존재가 송두리째 촉촉한 손바닥 속으로 내려가는 것처럼 느꼈다.

이윽고 그는 손을 놓았다. 두 사람의 눈이 다시 마주쳤다. 레옹은 돌아섰다.

그는 시장의 지붕 아래에서 걸음을 멈춰 섰다. 그러고는 네 개의 녹색 덧문이 달린 하얀 집을 마지막으로 한 번 더 보려고 기둥 뒤에 숨었다. 그녀의 방 창문 너머로 그림자가 스치는 것 같았다. 하지만 커튼 걸이에서 커튼이 벗겨져 비스듬한 주름을 흔들면서 한꺼번에 펼쳐졌다. 레옹은 달리기 시작했다.

멀리 큰길에 주인의 이륜마차가 있는 것이 보였다. 그 옆에는 거친 헝겊으로 만든 앞치마를 두른 사내가 말을 붙들고 있었다. 오메 씨와 기요맹 씨는 이야기를 나누고 있었다. 모두 그를 기다리고 있었다.

"포옹해 주게. 그리고 이것은 외투일세. 감기에 들지 않도록 조심하고. 절대 무리해서는 안 돼."

약제사가 눈물을 글썽이면서 말했다.

"레옹, 어서 타게나."

공증인이 말했다.

오메는 수레바퀴의 흙받기 위로 몸을 굽히고 흐느끼면서 슬프다는 듯 말했다.

"가는 길, 조심하게나."

"안녕히. 이제 떠나야지."

기요맹 씨가 대답했다.

그들은 출발했고, 오메는 집으로 돌아왔다.

보바리 부인은 뜰 쪽으로 나 있는 창문을 열어젖히고 구름을 바라보았다. 구름은 서쪽의 루앙 쪽 하늘에서 시커먼 소용돌이처럼 재빠르게 움직였고, 그 뒤에서 굵은 태양 광선이 공중에 매달아 놓은 트로피의 금빛 화살을 쏘는 것처럼 뻗어 나왔다. 하지만 넓은 하늘의 나머지 부분은 도자기처럼 하얬다. 그때 갑자기 동풍이 불면서 미루나무 가지를 뒤흔들었고, 굵은 빗방울이 떨어지기 시작했다. 그러더니 다시 해가 나고, 닭이 울고, 참새는 젖은 숲속에서 깃을 퍼덕였으며, 모래 위에 생긴 구덩이는 아카시아의 꽃잎을 떠내려 보냈다.

"이제 멀리 갔겠군."

그녀는 중얼거렸다.

오메 씨는 평소와 마찬가지로 6시 반에 한참 식사하는 도중에 찾아왔다.

"결국 그 젊은이도 떠났네요."

"그러게 말입니다."

샤를이 대답했다. 그리고 의자 위에 앉아 오메 쪽을 바라보며 말했다.

"댁에는 별일 없으시고요?"

"별다른 일 없어요. 아무튼 여자란 아무것도 아닌 일에 흥분을 잘하잖아요. 우리 집사람은 유난히 더 그래요. 여자들의 신경 조직은 남자들 것과 달리 훨씬 연약하잖아요."

"불쌍한 레옹."

샤를이 말했다.

"파리에서 어떻게 지낼는지, 적응은 잘할는지."

보바리 부인은 한숨을 쉬었다.

"뭘요. 여자들과 섞여 떠들어 대고, 요릿집의 연회나 가면 무도회, 그리고 샴페인 등이 있잖아요. 모두 잘 해낼 것입니다. 걱정하실 필요 없어요."

약제사는 혀를 차면서 말했다.

"레옹은 잘못된 길로 들어설 사람이 아니에요."

그러자 샤를은 불평하는 투로 말했다.

"저도 그럴 거라고 생각해요. 하지만 다른 사람이 하는 걸 자신이 하지 않으면, 위선자라 여겨질 거예요. 라틴 지구 일대에서 어떤 생각을 하고 있는지 모르실 거예요. 여배우 등을 상대하면서 말이지요. 사실 파리에서는 학생들이 인기가 많거든요. 조금이라도 사교에 관심이 많으면 상류 사회에서 초대해 그 사회에 들어가게 됩니다. 그렇게 되면 포부르 생제르맹의 부인들 가운데 청년들과 사랑하는 사람들도 있어서, 이

것을 계기로 출세할 수 있는 거예요."

그러자 오메가 황급하게 말을 받았다.

"그러나 저로서는 그가 걱정되긴 합니다."

샤를이 말했다.

"옳은 말씀이에요."

그러자 약제사가 말을 이었다.

"좋은 일이 있으면, 나쁜 일도 생기기 마련이지요. 파리에서는 주머니 끈을 단단히 조여 매야 해요. 이를테면 선생께서 공원에 갔다고 칩시다. 그곳에서 옷차림이 훌륭하고 심지어 훈장을 차고 있으며, 외교관 같은 풍모의 사람이 얘기를 걸어 옵니다. 그는 자연스레 상대의 환심을 사고 나서 담배를 권하기도 하고 선생의 모자를 집어 주기도 합니다. 그렇게 친해지면 그는 선생을 카페로 데리고 가 자기 별장에 와 달라고 말하지요. 또한 술자리에서 여러 부류의 사람들을 소개해 줄 겁니다. 그런데 사실은 그는 십중팔구 선생의 주머니를 노리거나 좋지 않은 일에 끌어들이려 합니다."

"맞는 말씀이에요. 그러나 제가 걱정하는 것은 특히 병과 관련해서입니다. 장티푸스 같은 병은 지방에서 올라온 학생들이 많이 걸리거든요."

샤를의 대답에 엠마는 떨듯이 몸을 흔들었다.

"음식이 달라져서 그래요."

약제사가 말을 이었다.

"그럴 경우 몸의 균형에 이상이 오거든요. 게다가 파리의 물은 말도 못 하게 엉망입니다. 식당의 음식도 독한 향신료를

친 것을 먹으면 결국 피만 뜨거워질 뿐이에요. 뭐니 뭐니 해도 집밥이 좋지요. 저는 집에서 만든 요리를 가장 좋아해요. 그것이 몸에는 아주 좋거든요. 루앙에서 약제학을 공부할 때, 저는 하루 세끼를 다 차려 주는 하숙을 하면서 생활했어요. 교수들과 함께 식사했고요."

그러면서 그는 자신의 의견이나 개인적으로 좋아하는 것과 싫어하는 것에 관해 이야기를 늘어놓았다. 쥐스탱이 에그노그(우유를 기반으로 다양한 첨가물을 넣어 만든 음료)를 만들어야 한다고 부르러 올 때까지 그의 말은 멈추지 않았다.

"잠시 쉴 틈도 없군요. 1년 내내 쇠사슬에 얽혀 사니 말입니다. 단 1분도 밖에 나오지 못합니다. 마치 농사꾼의 말처럼 땀을 흘려 일해야 한단 말이지요. 가난한 사람들의 괴로움은 이런 것 아닐까요?"

그는 큰 소리로 말했다. 그러고는 문 앞에서 말했다.

"무슨 소식 말인가요?"

"거의 확실한 소식이에요."

오메 씨가 눈썹을 치켜뜨고 진지한 표정으로 말을 이었다.

"세느 엥페리에르 지방의 공진회(共進會)가 이번 해에는 용빌에서 열린답니다. 아무튼 그런 소문이 나돌고 있어요. 만일 그게 사실이라면 우리로서는 매우 좋은 일이지요. 어쨌든 이 문제에 대해서는 나중에 다시 이야기하지요. 걱정하지 마세요. 쥐스탱이 등불을 들고 있으니까요."

7

이튿날, 엠마는 침울한 하루를 보냈다. 모든 것이 사물의 표면에 감도는 음산한 분위기에 에워싸여 있는 것만 같았다. 그리고 슬픔은 마치 사람이 아무도 살지 않는 고성에 불어오는 차가운 겨울바람처럼 쓸쓸하게 그녀의 영혼 속으로 파고들었다.

그것은 두 번 다시 돌아오지 않는 꿈과 일을 끝내고 나면 찾아드는 권태 같은 것이었다. 또한 습관적인 동작을 막 중단하거나 오랜 진동이 갑자기 멈추었을 때 겪는 고통 같은 것이었다.

보비에사르에서 돌아왔을 때 카드릴 춤이 머릿속에서 소용돌이치던 당시처럼, 그녀는 음울하고 우울한 기분과 절망에 사로잡혀 있었다. 레옹의 모습이 더욱 크고 아름답게 생각났으며, 그의 상냥함도 떠올랐다. 그는 비록 그녀와 헤어졌지만, 완전히 떠나 버린 것은 아니었다. 집 안 담벼락에 아직 그의 그림자가 남아 있는 것만 같았다. 그녀는 그가 걸어 다니던 융단, 그가 앉아 있었던 텅 빈 의자에서 눈을 뗄 수가 없었다.

강물은 변함없이 흐르면서 잔잔하게 물결치고 있었다. 이끼가 끼어 있는 조약돌을 밟으며, 평소와 같은 물결의 속삭임에 귀 기울이던 두 사람이 이곳을 산책했었다. 그때 햇빛은 얼마나 싱그러웠던가! 두 사람은 뜰 깊숙한 나무 그늘에서 얼마나 즐거운, 얼마나 흐뭇한 오후를 보냈던가! 레옹은 모자를 쓰지도 않고 마른 나무로 만든 둥근 의자에 앉아 소리

높여 책을 읽곤 했다. 목장에서 서늘하게 불어오는 바람에 레옹이 읽던 책이 흔들거렸다. 하지만 이제 그 사람은 없다. 그녀의 삶 속에서 단 하나의 즐거움을 주었고, 행복을 가져다주던 레옹이었다. 왜 그 행복이 눈앞에 나타났을 때 붙잡지 못했을까. 왜 그 행복이 달아나려 할 때 두 손과 무릎으로 그것을 붙잡지 못했을까.

그녀는 레옹을 사랑하지 않았던 자신을 저주하면서 그의 입술을 갈망했다. 그의 곁으로 달려가 그의 품에 안기면서 "저예요. 저는 당신 소유예요."라고 말하고 싶은 마음을 참을 수가 없었다. 하지만 엠마는 그런 생각이 얼마나 어리석은지 알고 있었기에 괴로워했다. 그녀의 욕망은 후회하는 마음과 뒤섞여 더욱더 심해져만 갔다.

이때부터 레옹에 대한 추억은 그녀가 가진 괴로움의 중심이 되어 버렸다. 그 추억은 러시아의 광활한 눈밭 위에 나그네들이 두고 간 모닥불보다 더 강하게 큰 고통 속에서 타올랐다. 그녀는 그곳으로 달려가 그 곁에 웅크리고 앉아 꺼져가는 모닥불을 저어 보았고, 모닥불을 다시 살릴 방법은 없는지 주위를 두리번거렸다. 가장 가까운 아득한 기억이나 가장 가까운 곳에서 잡을 기회, 엊그제 같은 생생한 추억, 마음속으로 상상한 일이나 산산이 흩어지는 관능의 욕망, 죽은 나뭇가지처럼 바람에 꺾이는 계획, 자신의 보람 없는 정조, 깨져 버린 희망, 집안의 잔일. 이런 것들을 모두 모아 자신의 슬픔을 따뜻하게 데울 수만 있다면 얼마나 좋을까.

하지만 땔감이 떨어졌는지 아니면 땔감을 너무 많이 쌓아 올려서인지 불길은 그대로 사그라지고 말았다. 상대가 없는 사랑은 조금씩 꺼지고 있었고, 후회는 익숙한 것들 속에 눌려져 버렸다. 그녀는 의식이 분명하지 않은 상태에서 샤를에 대한 혐오감을 애인에 대한 동경으로 착각했고, 타오르는 증오심 때문에 증오를 다시 사랑의 정열이 되살아나는 것으로 여겼다. 여전히 폭풍 같은 바람이 휘몰아치고, 정열은 타오를 만큼 타올라 재가 되어 버렸다. 하지만 아무런 구원의 손길도 뻗어 오지 않았다. 더는 햇살이 비치지 않았기 때문에 어디를 보아도 캄캄한 밤이었으며, 그녀는 뼛속으로 스며드는 무서운 추위 속에서 목적지도 없이 방황하고 있었다.

토트에서와 마찬가지로 다시 저주스러운 나날이 시작되었다. 하지만 이번에는 이전보다 강렬했다. 왜냐하면 그녀는 슬픔을 경험했고, 그 슬픔이 끝나지 않으리라는 생각이 들었기 때문이었다.

그렇게 큰 희생을 받아들인 여자라면 자기 기분에 따라 변덕을 부릴 수도 있었다. 그녀는 고딕식 기도대를 샀고, 손톱 손질용 레몬을 사는 데만 14프랑을 썼다. 루앙의 푸른색 캐시미어 옷도 샀다. 또 뤼르의 가게에서 예쁜 목도리를 사서 실내용 가운의 허리에 맸다. 그러고는 덧문을 내리고 손에 책을 든 채 안락의자에 길게 누워 있었다.

그녀는 자주 머리 모양을 바꾸었다. 평소에는 부드럽게 끝을 말아 올린 중국식 쪽진 머리를 하기도 했고, 부드러운 웨이브를 주기도 했으며, 땋기도 했다. 어떤 때는 남자처럼 옆가르마를 타서 곱게 내려 빗기도 했다.

그녀는 이탈리아어를 공부하기 위해 여러 사전과 문법책 그리고 많은 백지를 사 놓았다. 그러고는 역사나 철학 등 진지한 책을 읽으려고 했다. 한편, 샤를은 조그만 기척에도 밤중에 환자가 그를 부르러 온 줄 알고 갑자기 눈을 번쩍 뜨며 일어나기도 했다.

"네, 지금 나갑니다."

그는 졸린 목소리로 말했다. 하지만 그 소리는 엠마가 램프의 불을 켜려고 성냥을 켜는 소리였다. 하지만 엠마의 독서는 수를 놓다 말고 벽장 속에 그대로 놓여 있는 것 같은 처지였다. 그녀는 책을 들었다가 곧 다른 책에 손을 뻗곤 했다.

그녀는 몇 번이나 발작을 일으켰다. 심지어 각혈까지 있었다. 샤를이 걱정스러워하는 표정을 보이자 엠마는 말했다.

"이 정도로 왜 그러세요?"

그럴 때면 샤를은 슬픔에 잠겨 진찰실로 갔다. 그러고는 양 팔꿈치를 책상 위에 괴고 사무용 의자에 앉아 골상학 해골 아래서 울음을 터뜨렸다.

결국 그는 어머니에게 편지를 써 집으로 와 달라고 했다. 두 사람은 엠마에 관해 이야기를 나누었다. 어떻게 하는 게 좋을까. 그녀는 모든 치료를 거부하고 있었다.

"네 아내에게 필요한 것이 뭔지 알아?"

보바리 노부인이 말했다.

"일을 시켜야 해. 아무 일이라도 좋으니 말이야. 저 아이도 많은 사람처럼 먹고살 것을 얻으려면 일을 하잖아. 그러니 우울증이 생기지 않지. 지금 네 아내가 온갖 잡생각에 시달리며 빈둥거리다 보면 병이 생기게 마련이야."

"하지만 저 사람도 바쁘게 살아요."

샤를이 말했다.

"바쁘다고? 개는 소설책이나 돼먹지 못한 책들을 읽고 볼테르의 말을 빌려 신부님들을 조롱하곤 하지. 그러다가는 큰일 난다, 샤를. 신앙심이 없는 사람은 결국 일이 꼬이게 마련이야."

그리하여 두 사람은 엠마가 소설책을 못 읽게 하기로 했다. 노부인이 그다지 쉽지 않을 것 같은 역할을 맡게 되었다. 그녀는 루앙을 지나는 길에 직접 도서 대여점에 들러 엠마가 더 이상 책을 구독하지 않을 거라고 말했다. 만일 대여점에서 계속 책을 빌려주면 경찰의 힘을 빌릴 수도 있다고 생각한 것이었다.

고부간의 작별 인사는 냉랭했다. 지난 3주 동안 함께 지내면서 두 사람은 식탁에서 얼굴을 마주할 때나 잠자리에 들기 전에 간단한 말이나 인사말 정도를 빼고는 아무런 대화도 하지 않았다.

보바리 노부인은 용빌의 장날인 어느 수요일에 떠났다.

광장은 아침부터 줄지어 있는 집 마차들로 북적였다. 마차들은 한결같이 꽁무니를 땅에 붙이고 있었고, 수레는 공중으로 뻗어 성당에서 여관에 이르기까지 추녀 끝을 따라 나란히 늘어서 있었다. 맞은편에는 포장을 친 막사들이 세워져 있었고, 그곳에서는 무명으로 만든 제품과 담요, 모직 양말 등과 말의 고삐, 펄럭이는 리본 등을 팔고 있었다. 피라미드 모양으로 쌓아 올린 달걀과 지푸라기가 삐져나온 치즈 바구니 사이에 큼직한 쇠그릇들이 땅바닥에 늘어서 있었다. 탈곡기 옆에는 평평한 소쿠리에 든 암탉이 꼬꼬댁거리며 바구니 사이로 모가지를 내밀고 있었다.

빽빽하게 모여 움직임이 없는 군중에 밀려, 때때로 약국의 진열대가 망가질 것만 같았다. 이 가게는 수요일마다 매우 붐볐다. 약을 사려는 게 아니라 진찰을 받기 위해 사람들이 모여든 것이었다. 그만큼 오메 씨는 근처 마을에 잘 알려져 있었다. 그의 다부진 자신감과 침착한 태도는 사람들을 끌어당겼다. 사람들은 그를 어느 의사보다 훌륭한 의사라고 생각했다.

엠마는 창가에서 팔꿈치를 괴고 있었다. 그녀가 군중의 군상을 바라보는 것을 즐기고 있을 때, 초록색 벨벳 프록코트를 입은 신사가 눈에 들어왔다. 그는 단단한 각반을 차고 있으면서도 손에는 노란 장갑을 끼고 있었다. 그는 의사의 집으로 걸어오고 있었다. 그 뒤로는 고개를 숙이고 생각에 깊이 잠긴 듯한 농부가 따라오고 있었다.

"선생님을 뵙고 싶습니다."

그는 현관에서 펠리시테와 이야기를 나누던 쥐스탱을 하인으로 착각해 말했다.

"라 위세트의 로돌프 블랑제라는 사람이 왔다고 선생님께 전해 주시기 바랍니다."

이 낯선 신사가 자신의 이름 앞에 '라 위세트'라는 말을 붙여 이야기한 것은 자신의 영지(領地)를 자랑하기 위해서가 아니라 자신이 누구인지 확실하게 밝히기 위해서였다. 라 위세트 지방은 용빌 가까이에 있는 영지로, 최근 그는 별장과 농장 두 곳을 사들였다. 그는 그 농장에서 일하면서 재미를 느끼고, 그리 고생스럽지도 않았다. 그의 연간 수입이 1만 5,000프랑은 될 거라는 소문도 돌았다.

손님이 왔다는 것을 전해 들은 샤를은 진찰실로 갔다. 로돌프는 데리고 온 사람을 소개했다. 그는 온몸이 저리고 쑤신다고 말하면서 피를 뽑아 주었으면 좋겠다고 말했다.

"그렇게 해 주시면 제 병이 나을 것 같습니다."

농부는 의사의 말은 아랑곳하지 않고 고집을 피웠다.

그래서 샤를은 붕대와 대야를 가지고 오게 했고, 쥐스탱에게 대야를 들고 있어 달라고 부탁했다. 그러고는 하얗게 질려 있는 농부에게 말했다.

"조금도 겁먹을 필요 없어요."

"아니요, 괜찮습니다. 어서 치료해 주세요."

이렇게 대답한 농부는 아무렇지도 않다는 듯 굵은 팔을 내밀었다. 바늘을 꽂자 피가 뿜어져 나와 거울까지 튀었다.

"대야를 좀 더 가까이에."

샤를이 큰 소리로 말했다.

"아이고, 마치 분수 같군요. 내 피가 왜 이렇게 빨간가요. 좋은 징조 같다는 생각이 드는데 제 말이 맞지요?"

"때때로 어떤 사람들은 멀쩡하다가 갑자기 기절하곤 해요. 특히 이 농부처럼 체격이 좋은 사람들이 그러하지요."

농부는 그 말을 들은 순간 손으로 만지작거리던 침 상자를 떨어뜨렸다. 이어 어깨에 경련이 일어났고, 의자 등이 삐걱거렸다. 그는 모자도 떨어뜨렸다.

"내 이럴 줄 알았어요."

샤를은 혈관을 누르면서 말했다. 쥐스탱이 들고 있는 대야가 흔들거렸다. 그무릎을 와들와들 떨던 그는 얼굴이 창백해졌다.

"여보, 엠마!"

샤를이 집 안쪽을 향해 소리를 치자, 엠마가 단숨에 계단을 뛰어 내려왔다.

"식초를 가지고 와요."

그는 큰 소리로 말했다.

"아이고, 세상에. 한꺼번에 두 사람이 기절하다니!"

당황한 샤를은 거즈를 가져다 대는 것조차 제대로 해내지 못했다.

"아무것도 아닙니다."

블랑제 씨가 침착하게 말했다. 그러면서 쥐스탱을 양쪽 팔로 안았다. 그리고 나서 그를 탁자 위에 앉히고는 벽에 등을 대도록 했다.

보바리 부인은 쥐스탱의 넥타이를 풀기 시작했다. 셔츠의 끈에 매듭이 지어져 있어서 그녀는 한참 동안 쥐스탱의 목덜미에서 가는 손을 움직였다. 그러고는 자신의 마포 손수건에 식초를 뿌려 그의 관자놀이를 가볍게 적셔 주었다.

농부는 정신을 차렸다. 하지만 쥐스탱은 여전히 기절 상태였다. 그의 눈동자는 마치 우유 속에 푸른 꽃잎이 가라앉은 것처럼 허연 막 속으로 꺼져 있었다.

"이걸 안 보이는 데로 치워 버려야 해."

샤를은 대야를 가리키며 말했다.

보바리 부인은 대야를 집어 들었다. 그것을 탁자 밑으로 넣으려고 허리를 굽히자, 그녀의 옷이 바닥 위에 펼쳐졌다. 엠마가 몸을 굽힌 채 양팔을 벌리면서 약간 비틀거리자, 부풀어 올랐던 옷의 허리 부분이 굴곡을 따라 군데군데 가라앉았다. 그녀가 물병을 가지고 와 설탕을 물에 녹이고 있을 때 약제사가 들어왔다. 하녀가 소동이 난 것을 보고 그를 데리고 온 것이었다. 그는 눈을 뜨고 있는 자신의 조수를 보고는 안도의 한숨을 내쉬었다. 그러고는 그를 위아래로 바라보았다.

"이 바보야, 넌 어쩔 수 없는 바보야. 겨우 피를 뽑는 걸 보고 정신을 잃다니. 겁도 없으면서 말이야. 이 녀석은 다람쥐처럼 높은 나무에 기어 올라가 호두를 따는 놈이에요. 안 그래? 그래서 나중에 약제사 일을 할 수 있겠어? 심각한 사고가 발생해 재판소에 불려가 재판관에게 재판을 받을 수도 있는데 말이야. 그럴 때는 냉정한 태도로 침착하고 당당하게 굴어야 해. 안 그러면 바보 취급을 받는다고."

쥐스탱은 아무 말도 하지 않았다. 약제사는 계속해서 말했다.

"누가 너더러 여길 오라고 했지? 넌 여기 선생님이나 보바리 부인에게 폐를 끼치기만 해. 특히 수요일에는 네가 집에 있어야 하잖아. 지금 우리 가게에는 스무 명도 넘는 손님이 밀려 있어. 그래도 나는 네놈이 걱정되어 이리로 달려온 거야. 자, 이제 돌아가. 가서 나를 기다려. 약병들도 잘 지키고 있어."

쥐스탱이 옷매무새를 고치고 나가자, 잠시 기절했던 것에 대한 이야기가 오갔다. 엠마는 아직 한 번도 기절한 적이 없다는 말이 나왔다.

"여자분이신데 대단하시네요. 세상에는 마음이 약한 사람이 많아요. 나는 결투할 때 피스톨에 총알을 넣는 소리만 듣고도 정신을 잃은 사람을 보았어요."

로돌프가 말했다.

"저는 말입니다."

약제사가 말했다.

"남의 피를 보아도 아무렇지 않아요. 그러나 제가 피를 흘린다는 생각만 해도 실신할 것 같아요."

그러는 동안 로돌프는 데리고 온 농부에게 원하는 대로 해주었으니, 안심하라고 타이르고는 돌려보냈다.

"저놈의 엉뚱한 변덕 때문에 선생님을 뵙게 되었네요."

그는 이렇게 말하면서 엠마를 쳐다보았다.

그러고는 3프랑을 탁자 한구석에 놓고 가벼운 인사말과 함께 돌아갔다.

잠시 후 그는 라 위세트로 돌아가는 시냇가 건너 언덕을 올랐다. 엠마는 그가 목장의 미루나무 밑으로 가는 것을 보았다. 그는 생각에 잠긴 듯 가끔 걸음걸이를 늦추기도 했다.

"아주 좋은 여자야!"

그는 중얼거렸다.

"아주 괜찮은 여자 같아. 저 의사의 아내 말이야."

로돌프는 계속 생각했다.

"이도 깨끗하고 검은 눈과 화사한 발, 게다가 파리 여인 같은 세련된 태도. 도대체 어디 출신의 여자일까? 그 뚱뚱한 선생은 어디서 골라 왔을까?"

34세인 로돌프는 기질이 거칠고 성격은 예민했으며, 여자 관계가 복잡해서 그 방면에 일가견이 있었다. 그 여자는 예뻤다. 그래서 그는 그 여자에 대해, 그리고 남편에 대해 멍하니 생각했다.

"남편은 그리 영리한 것 같지 않아. 그래서 여자는 아마 지겨워하고 있을 거야. 더러운 손톱에 수염도 다듬지 않고. 그가 환자를 보러 다니는 동안 여자는 집에서 바느질하고 있을 거야. 아마도 따분하겠지. 도회지에 살면서 매일 밤 폴카를 추고 싶을 거야. 가엾은 여자. 도마 위의 잉어가 물을 그리워하듯 그녀는 사랑을 동경하고 있을 거야. 서너 마디의 달콤한 말을 해 주면 나에게 홀딱 반하고 말걸. 아주 매력적인 여자야. 다 좋은데 나중에 어떻게 떼어 버린담."

그는 장차 다가올 미래와 어렴풋이 예감되는 많은 쾌락에 대해 생각했다. 그는 자신의 정부를 떠올렸다. 그의 정부는 여배우였는데, 두 사람은 루앙에서 비밀리에 동거하고 있었다. 그는 그녀의 모습을 떠올리자, 이내 싫증이 났다.

"아무래도 보바리 부인이 훨씬 더 아름다워. 더 싱싱하고. 비르지니는 요즘 너무 뚱뚱해졌어. 쾌활하게 말하는 것도 지겨워. 게다가 새우가 뭐 그리 좋다는 거지?"

거리에는 인적이 거의 끊어졌고, 구두에 밟히는 규칙적인 풀 소리와 보리밭에 숨어 있는 귀뚜라미 소리 외에는 아무런 소리도 들리지 않았다. 그는 조금 전에 보았던 옷차림으로 진찰실에 있는 엠마의 모습을 떠올렸다. 그러고는 그녀의 옷을 벗기는 것을 상상했다.

"그녀를 꼭 내 여자로 만들 테다!"

그는 지팡이로 흙을 찌르면서 외쳤다. 그러고는 앞으로의 계획을 검토하면서 자문했다.

'어디서 만날까? 어떤 방법으로? 그녀는 항상 아이와 함께 있을 거야. 게다가 하녀와 주변 사람들, 그리고 그녀의 남편. 방해물이 너무 많군. 그냥 있을까? 시간 낭비 같아.'

로돌프는 이내 생각을 고쳐먹었다.

'그 여자의 눈은 송곳처럼 심장을 쿡 찌르는 것 같아. 그리고 창백해 보이는 살결……. 나는 그런 여자가 너무 좋아.'

그는 아르괴이유 언덕에 이르러 결심을 굳혔다.

'기회를 노리는 일만 남았어. 그래, 가끔 집으로 찾아갈 때 사냥에서 잡은 짐승과 닭도 선물로 가져가는 거야. 필요하다면 찾아가서 피라도 뽑아야겠군. 그러다가 서로 친구가 되면 집으로 부부를 초대하는 거야. 그렇게 하면 되겠어. 이제 곧 농사 공진회가 열릴 거야. 그 여자도 나올 것 같군. 그렇다면 틀림없이 만날 수 있을 거야. 그래, 그곳에서 시작하자. 아무튼 여자는 밀어붙이는 게 가장 좋아.'

마침내 소문이 무성하던 공진회가 열렸다. 기념식이 있는 아침부터 마을 사람들은 자기 집 문 앞에 나와 여러 가지 준비에 대한 이야기를 나누었다.

면사무소 정면 옥상은 담쟁이덩굴로 장식되었고, 목초지 한 곳에는 연회를 열 천막을 쳐 놓았다. 성당 앞 광장의 중앙에 마련해 준 구식 대포는 지사의 도착과 표창을 받는 농부의 이름을 부를 때 사용하기로 되어 있었다. 뷔시의 국민군이 도착해 비네가 지휘하는 소방대와 합류했다. 이날 비네는 평소보다 한층 더 높은 옷깃을 달고 있었다. 제복에 가죽 혁대를 조여 맨 그의 상반신은 뻣뻣하게 굳어 있어 오직 발길음만 제대로 할 수 있을 뿐이었다. 세무 관리와 국민군 대장 사이에는 경쟁심이 남아 있어서 두 사람 모두 각자의 실력을 과시하고 싶어 부하들을 훈련시키고 있었다. 또 붉은 견장과 까만 흉갑이 교대로 왔다 갔다 하는 것이 보였다. 이런 행진은 끝날 줄 모르고 여러 번 되풀이되었다.

이처럼 화려하게 펼쳐지는 대규모 행사는 지금껏 본 일이 없었다. 어떤 마을 사람은 전날부터 집 안을 깨끗하게 청소하기도 했다. 반쯤 열어 놓은 창문에는 삼색기가 걸려 있었고, 선술집은 어디나 만원이었다. 마침 날씨가 좋아서 뻣뻣하게 풀을 먹인 모자, 금 십자가, 갖가지 색깔의 숄이 밝은 햇빛을 받아 눈보다 하얗게 번쩍거렸고, 가지각색의 빛깔이 점잖고 단조로운 프록코트와 푸른 작업복을 입은 어둡고 단조로운 색에 생기를 불어넣어 주었다. 근처의 농사꾼 아낙네들은 말에서 내릴 때 더러워질까 봐 허리춤에 꽂아 두었던 큰 핀을 뽑아 들었다. 반대로 남자들은 모자가 상하지 않도록 손수건을 그 위에 덮고 그 끝을 입에 물고 있었다.

사람들이 마을 양쪽 끝에서부터 큰길로 속속들이 도착했다. 그들은 좁은 골목, 가로수 길, 모든 집에서 쏟아져 나왔다. 가끔 실로 짠 장갑을 끼고 축제를 즐기려던 아낙네들의 뒤에서 노커(문에 달린 문 두드리는 쇠) 소리가 들려왔다. 특히 모든 사람의 시선을 끄는 것은 조명등을 매단, 연단 앞쪽에 장식 램프를 달아 놓은 두 개의 삼각대였다. 명사들이 자리 잡기로 한 곳이었다. 그 외에 면사무소의 기둥에 붙여 세운 네 개의 장대에는 녹색 바탕에 금색 글자로 쓴 깃발이 달려 있었다. 그 깃발에는 '상업을 위하여', '농업을 위하여', '공업을 위하여', '예술을 위하여'라는 말이 쓰여 있었다.

모든 사람의 얼굴을 환하게 해 주는 축제의 기쁨이 여관집 안주인 르프랑수와의 마음만큼은 우울하게 만들었다. 그녀는 부엌 계단 위에 서서 중얼거렸다.

"무슨 바보 같은 짓이지? 천막을 치고 연회를 열다니 말이야. 도지사님이 어릿광대처럼 그런 천막에 들어가 식사하면서 흐뭇해할 거라고 생각했나 보지? 그러면서 지역 발전에 도움이 된다니. 그럴 거라면 뇌샤텔에서 형편없는 요리사를 데려오는 건 왜지? 누구를 위해? 소 치는 놈들을 위해? 아니면 맨발의 거지 떼를 위해?"

그때 약제사가 지나갔다. 그는 검은 예복에 무명 바지를 입고 비버 가죽 구두를 신은 채, 모자를 쓰고 있었다.

"아이고, 안녕하세요. 그럼 저는 바빠서 실례하겠습니다."

뚱뚱한 과부는 그가 어디로 가는지 물었다.

"이상한 일이지요? 나라는 사람이야 항상 조제실에만 매여 있었으니까요. 쥐 새끼가 치즈 속에 코를 박고 있는 것처럼 말이에요."

"뭔 치즈라고요?"

여관 안주인이 물었다.

"아무것도 아닙니다. 그저 제가 언제나 집 안에 처박혀 있다는 말을 하는 겁니다. 그러나 오늘은 날이 날인만큼 아무래도."

"아, 거기에 가는군요."

그녀는 경멸스럽다는 듯이 말했다.

"그럼요. 저도 가요. 제가 심사 위원인걸요."

르프랑수와 부인은 잠시 그를 쳐다보다가 웃으면서 말했다.

"그럼 이야기가 다르네요. 당신과 농사짓는 일이 무슨 상관이 있지요? 농사에 대해 아는 것이나 보네요."

"알다 뿐입니까. 저는 약제사, 그러니까 화학자예요. 화학이라는 것은 모든 자연계 물질의 분자 작용을 아는 데 목적이 있어요. 따라서 농업도 마땅히 화학 분야에 포함됩니다. 비료의 성분, 액체의 발효, 가스 분석, 독소의 영향 등이 화학인 것입니다."

여관집 여주인은 아무 대꾸도 하지 않았다. 약제사는 말을 계속했다.

"당신은 농학자가 되기 위해서는 직접 농토를 경작하고, 닭이나 짐승을 키워야 한다고 생각하시나요? 그렇지 않아요. 오히려 근본적인 문제가 되는 물질의 구조, 토지의 지층, 공기의 작용, 토양과 광석의 성질, 여러 가지 물체의 밀도와 모세관 현상 등을 알아야 합니다. 그밖에 집을 짓는 방법이나 동물 사육법, 가축의 사료 공급, 인부들의 영양 상태를 보살피려면 위생학의 원칙을 알아야 하지요. 또 식물학도 익혀 식물의 종류를 식별할 수 있어야 합니다. 아시겠어요? 어느 것이 약이고 어느 것이 독인지 알아야 하지요. 또 어느 것에 자양분이 있고, 어느 것에 없는가 하는 것도요. 이것은 여기서 뽑아 버리고, 저것은 다시 심는 게 좋은지도 알아야 하지요. 책이나 공공 간행물을 통해 과학의 동향을 살피고 항상 공부하는 자세를 갖추지 않으면 개량해야 할 점을 알 수가 없습니다. 또 그것을 사람들에게 가르쳐야 해요."

여관집 여주인은 카페 프랑세의 출입문 앞에서 눈길을 떼지 않았다. 약제사는 계속 말했다.

"나는 우리 농민들이 화학자가 되었으면 좋겠습니다. 아니면 과학의 충고에 좀 더 귀를 기울였으면 하고 바라고 있습니다. 최근 저도 이런 생각에 주목할 만한 책을 썼습니다. 「사과주와 그 제조법 및 효능에 대해, 그리고 이 문제에 관한 약간의 새로운 고찰」이라는 제목의 70페이지 정도 되는 논문을 루앙에 있는 농학 협회에 보냈었지요. 그래서 그 협회의 농업부 과일재배과 위원의 추천을 받은 거예요. 만일 제가 저

술한 책이 세상에 널리 알려지면……."

그러나 르프랑수아 부인이 다른 곳에 정신이 팔린 것 같아 약제사는 입을 다물었다.

"저것 좀 보세요. 도무지 알 수 없다니까요. 저런 맛이 형편없는 식당에 가다니!"

그녀는 이렇게 말하고는 스웨터의 뜨개질 코가 가슴 위에서 찢어질 만큼 어깨를 들어 올리면서 노랫소리가 흘러나오는 경쟁 상대의 선술집을 가리켰다.

"어차피 저것도 오래가지는 못해요. 일주일도 못 가서 끝장날 거니 말이에요."

이 말을 들은 약제사는 깜짝 놀라 뒷걸음질을 쳤다. 그녀는 계단을 세 단쯤 내려와서 오메의 귀에 소곤거리며 말했다.

"아니, 모르고 계셨나요? 저 집은 일주일 후에 압류 당할 거라는군요. 저 집을 공매에 붙이도록 만든 건 뢰르예요. 그가 어음으로 저 가게를 망쳐 버린 거예요."

"아아, 정말 끔찍한 일이군요."

약제사가 큰 소리로 말했다. 그는 언제 어디서나 상황과 관련된 표현을 항상 준비하는 사람이었다.

그러자 여관집 주인은 기요맹 씨의 하인인 테오도르에게서 들은 말을 전했다. 그녀는 텔리에라면 딱 질색이지만 뢰르의 행동은 좀 지나친 일이며, 그 사람은 감언이설로 남을 속이는 비열한 인간이라는 것이었다.

"어머, 저것 좀 보세요. 그놈이 시장 처마 밑에 서 있어요."

그녀는 말했다.

"보바리 부인에게 인사를 건네네요. 부인은 푸른 모자를 쓰고 있고요. 부인은 로돌프 씨하고 정답게 팔짱을 끼고 있어요."

"보바리 부인이라!"

오메가 말했다.

"얼른 가서 인사하고 와야겠어요. 천막 속의 중앙 기둥 옆에 자리를 잡아 드리면 부인께서 기뻐하실 거예요."

좀 더 이야기를 나누고 싶어 하는 여주인을 남겨 놓고 약제사는 재빨리 자리를 떴다. 그는 입가에 웃음을 머금은 채 의젓한 걸음걸이로 좌우 사람들에게 연신 인사했고, 검은 예복의 옷자락을 휘날렸다.

로돌프는 먼 데서 약제사의 모습을 알아보고 걸음을 빨리했다. 그러자 보바리 부인은 숨이 찼다. 그래서 그는 걸음을 늦추고 웃으면서 말했다.

"저 뚱보 사내에게 붙들리는 건 질색입니다. 저 약제사 말입니다."

그녀는 팔꿈치로 사내를 찔렀다.

'이 행동은 무슨 의미일까?'

로돌프는 생각에 잠겼다. 그리고 다시 길을 걸으면서 그녀를 곁눈질했다.

그녀의 얼굴은 너무 평온했기 때문에 아무런 기색도 느끼지 못했다. 갈댓잎과 흡사한 엷은 푸른색 리본이 달린 부인용 모자의 타원형 속에서 햇빛을 흠뻑 받고 있는 그녀의 옆모습은 윤곽이 뚜렷했다. 속눈썹이 긴 그녀의 두 눈은 앞을 응시

하고 있었다. 커다란 두 눈동자는 섬세한 피부 밑에서 조용히 맥박이 뛰는 것 때문인지 광대뼈 쪽으로 당겨져 있는 듯했다. 콧구멍 언저리는 장밋빛으로 물들어 있었다. 고개는 약간 옆으로 기울어져 있었고, 입술 사이의 새하얀 이 끝이 진줏빛으로 반짝거렸다.

'나를 놀리고 있는 건가?'

로돌프는 그런 생각이 들었다.

하지만 엠마의 이 동작은 그저 상대에게 주의를 주는 것이었다. 뤼르가 그들을 따라오고 있었기 때문이었다. 그는 두 사람 사이에 끼어들고 싶어 이따금 말을 걸어왔다.

"날씨가 참 화창하네요. 모두 밖으로 쏟아져 나왔어요. 바람은 동쪽에서 불어오고요."

보바리 부인과 로돌프가 상대해 주지 않는데도 뤼르는 두 사람의 곁에 다가와 모자에 손을 대면서 말했다.

"뭐라고 하셨지요?"

대장간 앞에 다다르자 로돌프는 목책 쪽의 큰길로 가지 않고 갑자기 보바리 부인을 잡아끌고 샛길로 들어섰다.

"잘 가세요. 뤼르 씨, 또 봅시다."

"제대로 따돌리셨네요."

엠마가 웃으면서 말했다.

"방해꾼 아닙니까. 더구나 오늘은 당신과 함께 있어서 행복한……."

이 말에 엠마의 얼굴이 빨개졌다. 로돌프는 말을 마무리 짓지 않았다. 그러고는 화창한 날씨와 풀 위를 걷는 게 즐겁다는 식으로 말을 돌렸다. 샛길에는 데이지가 곳곳에 피어 있었다.

"데이지가 예쁘네요."

그는 말했다.

"이 정도면 사랑에 빠진 마을의 여인들에게 사랑 점(占)을 칠 수 있겠네요."

그러고는 말했다.

"꺾어 드릴까요?"

"당신은 사랑하고 계신가요?"

엠마는 가볍게 기침하면서 물었다.

"글쎄요, 잘 모르겠어요."

목장에는 점점 더 사람들이 몰려들었다. 커다란 양산을 쓰고 바구니를 든 부인네들이 아이들을 데리고 가는 것이 보였다. 시골에서 온 여자들의 긴 행렬이 이어져서 자꾸 그녀들과 부딪치자, 그들은 가끔 길을 터 주어야 했다. 이들은 푸른 양말에 납작한 구두를 신고 은반지를 꼈는데, 그들 옆을 지나가면 우유 냄새가 났다. 그들은 서로 손을 붙잡고 백양나무 가로수가 있는 데서부터 연회용 천막이 있는 곳까지 줄지어 걸었다. 마침 점심시간이어서 농부들은 말뚝에 긴 밧줄을 쳐 놓은 경마장 같은 곳으로 들어갔다.

그곳에는 가축들이 새끼줄을 쳐 놓은 쪽으로 코를 돌리고, 들쭉날쭉한 꽁무니로 줄을 맞추어 늘어서 있었다. 돼지들은 코를 땅에 박은 채 졸고 있었다. 송아지는 울어 대고, 염소들은 '음매에' 하고 소리를 질렀으며, 암소는 한쪽 무릎을 꺾고 잔디 위에 배를 깐 채 파리와 모기떼 밑에서 눈꺼풀이 무거운 듯 눈을 껌뻑거렸다. 팔의 소매를 걷어붙인 마차꾼들이 어미 말 곁에서 코를 벌름거리며 울고 있는, 뒷발로 일어서는 종마의 고삐를 잡고 있었다. 어미 말은 목을 길게 빼고 말갈기를 늘어뜨린 채 조용히 있었고, 망아지들은 어미 곁에서 놀다가 젖을 먹으러 오곤 했다.

이처럼 여러 종류의 가축이 한데 뒤섞여 길게 출렁거리는 몸뚱이 위로 바람 때문에 파도처럼 불쑥 내민 뾰족한 뿔과 뛰어다니는 사람들이 보였다. 그곳으로부터 100발자국 정도 떨어진 곳에서는 주둥이에 부리망을 씌운 커다란 검정 황소가 따로 떨어져, 코에 쇠고리를 끼우고 청동으로 만든 소처럼 아무런 움직임을 보이지 않았다. 누더기를 입은 한 소년이 그 고삐를 잡고 있었다.

동물들이 늘어선 사이로, 여러 명의 심사 위원이 동물들을 한 마리씩 검사하고 천천히 걸어 다니며 작은 목소리로 의견을 나누었다. 그중 제일 높은 자리에 있는 듯한 사람이 걸어 다니면서 노트에 무엇인가를 기록했다. 그는 심사 위원장인 드로즈레 라 팡빌 씨였다. 그는 로돌프가 눈에 들어오자 빠른 속도로 걸어갔다. 그러고는 다정한 웃음을 지으면서 말했다.

"아니, 로돌프 씨. 우리 쪽에는 오시지 않는 건가요?"

로돌프는 막 가려던 참이라고 말했다. 그는 위원장이 가버리자 엠마에게 말했다.

"당치도 않는 소리, 가긴 누가 갑니까. 이렇게 당신하고 같이 있는데 뭐 하러 저 사람한테 갑니까."

그러고는 농사 공진회를 비난하면서, 더욱 편안하게 돌아다닐 수 있도록 헌병에게 파란 쪽지를 내보이고는 계속 걸어갔다. 그는 가끔 훌륭한 출품작이 있으면 그 앞에서 걸음을 멈추곤 했다. 하지만 보바리 부인은 거들떠보지도 않았다. 그는 곧 이를 눈치챘다. 그는 이번에는 용빌 부인들의 옷차림에 대한 농담을 건넸다. 그러고는 자신의 복장이 허름한 것에 대한 변명을 늘어놓았다. 그의 복장은 멋있기도 하면서 멋을 부리지 않은 것처럼 애매했다. 속된 사람들은 이러한 것에 대해 이상야릇한 표현을 쓰기도 하고, 그것이 지닌 정서 불안, 예술가적인 몰입 상태를 알아내기도 한다. 즉, 그곳에서 그가 세상의 관습에 대한 모멸감을 느낀다고 믿고, 그 점에 대해 매혹되거나 화를 내기도 하는 것이다. 소매에 주름이 잡힌 그의 마직 셔츠는 조끼 사이로 바람이 불면 부풀었는데, 조끼는 회색의 목면이었다. 넓은 줄무늬 바지 밑자락으로는 복사뼈가 있는 부분의 가장자리에 가죽을 댄 구두가 드러나 보였다. 그는 구두로 말똥을 밟으며, 한쪽 손을 윗옷 호주머니에 넣고 밀짚모자를 비스듬히 쓰고 있었다.

"아무튼 시골에서 생활하다 보면……."

그가 말했다.

"무슨 일을 해도 아무런 보람이 없어요."

엠마가 말을 받았다.

"정말 그래요."

로돌프가 말했다.

"이 근방 사람들은 누구 하나 옷차림이 좋은지 안 좋은지

조차 이해하지 못하니까요."

로돌프가 이어 말했다. 곧 둘은 시골 생활의 평범함, 그런 생활에서 오는 숨 막힐 듯한 일상에 대해 말하면서 평범함에 의해 잃어버리는 꿈 같은 것에 관해 이야기를 나누었다.

"그러니까."

로돌프는 말했다.

"자꾸 마음이 어두워지네요."

"당신이요? 당신은 대단히 명랑한 분이라고 생각하고 있었는데."

엠마가 놀라서 말했다.

"겉으로 보기야 그렇지요. 사람들 앞에서는 웃는 가면을 쓰고 있어요. 하지만 달빛이 비치는 무덤 같은 것을 보면 그곳에서 잠자고 있는 이들 틈에 끼는 것이 더 좋지 않을까 많이 생각해 보았어요."

"어쩌면 좋아. 하지만 친구는 있을 거 아니에요."

"친구라니요. 어떤 친구 말인가요? 저는 없답니다. 누가 저 같은 사람을 걱정하겠어요."

그는 마지막 말을 하면서 입술로 자조하는 듯한 휘파람을 불었다.

그때 두 사람 뒤에서 산더미처럼 잔뜩 쌓아 올린 의자들을 날라서 둘은 잠깐 떨어져 있어야 했다. 그 남자는 나막신 끝과 어깨 위로 벌린 양쪽 팔 끝만이 보일 정도로 많은 의자를 들고 있었다. 그는 성당지기인 레스티부드와였다. 그는 자신과 이해관계가 있는 것이라면 잘 돌아가는 머리로 농사 공진회에서 실속을 차리려고 했다. 그의 생각이 맞았다. 누구의 말을 들어야 할지 분간할 수 없을 정도로 주문이 쇄도했기 때문이다. 마을 사람들은 더운 날씨 때문에 짚 냄새와 향내를 풍기는 의자를 다투어 빌렸다. 그러고는 촛농으로 얼룩진 등받이에 기대어 경건해 보이는 태도로 앉아 있었다.

보바리 부인은 또다시 로돌프와 팔짱을 꼈다. 그는 혼잣말처럼 계속 중얼거렸다.

"그래요. 저에게는 부족한 게 많아요. 언제나 혼자지요. 만약 제 인생에 어떤 목표라도 있었으면, 만약 진정한 사랑을 할 수만 있다면, 누군가를 찾아낼 수 있다면 저는 있는 힘껏 모든 것을 극복하고, 어떠한 어려움도 뚫고 나가며 모든 것을 부숴 버릴 수 있었을 거예요."

"하지만 제가 보기에는."

엠마가 말했다.

"당신은 동정을 받을 만한 사람이 아닌 것 같아요."

"그렇게 보십니까?"

로돌프가 말했다.

"왜냐하면 당신은 무엇이든 마음대로 할 수 있잖아요."

엠마는 잠깐 머뭇거리다가 말을 덧붙였다.

"부자시고요."

"놀리지 마세요."

엠마는 자신이 놀리는 것이 결코 아니라고 말했다. 그때 대포 소리가 들려왔다. 여기저기 뒤섞인 사람들은 재빨리 마을 쪽으로 달려갔다.

하지만 그 소리는 착오로 말미암아 발생한 것이었다. 도지사는 아직 도착하지 않았다. 심사 위원들은 회의를 개최할 것인지 더 기다려야 하는지 몰라 무척 난감해했다.

드디어 광장 너머로 말라 빠진 두 마리의 말이 끄는 커다란 마차가 나타났다. 흰 모자를 쓴 마부가 계속 채찍질하고 있었다. 비네는 때맞추어 "받들어 총!" 하고 큰 소리로 말했고, 국민군 대장도 그를 흉내 내며 소리쳤다. 사람들은 총들을 걸어 놓은 곳으로 달려갔다. 서두르는 바람에 칼라를 잃어버린 사람도 생겼다. 도지사의 마차도 이런 혼잡함을 알아차렸는지 두 늙은 말이 쇠사슬을 당기고 몸을 흔들면서 잰걸음으로 면사무소의 둥근 기둥 앞에서 멈추었다. 그때 마침 국민군과 소방대가 북소리에 맞추어 행진하고 있었다.

"제자리 걸어 가!"

비네가 소리쳤다.

"제자리에 서!"

대령이 소리쳤다.

"좌로 나란히!"

그리고 '받들어 총'의 구령에 따라 소총 고리들이 덜그럭거리는 소리가 주변에 울려 퍼졌다. 그것은 마치 계단으로 굴러 떨어지는 구리 냄비가 내는 소리 같았다. 이윽고 모든 총이 다시 제자리에 있게 되었다.

그때 은으로 수놓은 짧은 예복을 입은 신사 하나가 마차에서 내리는 것이 보였다. 앞머리가 벗겨지고 뒤통수에만 머리가 조금 남아 있으며, 얼굴이 창백하고 온화해 보이는 인물이었다. 두꺼운 눈꺼풀에 덮인 커다란 두 눈은 군중을 바라보기 위해 반쯤 잠겨 있었다. 그는 뾰족한 콧날을 위로 추어올리면서 오목하게 오므린 입가에 미소를 짓고 있었다. 그는 장식 혁대를 한 면장을 알아보고는 지사님은 오지 못했다고 설명했다. 그리고 자신은 이 도의 참사관이라고 말했다. 그러고 나서 그는 서너 마디 변명의 말을 했다. 튀바슈가 그에게 공손하게 인사하자, 그는 송구스럽다고 말했다. 두 사람은 마주선 채 이마가 거의 맞닿을 것 같은 모습으로 서 있었다. 그 주위를 심사 위원들과 지방 유지들, 경비대와 일반 군중이 둘러싸고 있었다. 참사관은 작고 까만 삼각모를 가슴에 대고 인사를 되풀이했고, 튀바슈도 몸을 구부리고 웃기도 하고 말을 더듬거리면서 문장을 만들어 왕국에 대한 충성을 맹세하기도 했다. 그리고 용빌에 주어진 명예를 기뻐하기도 했다.

여관집 심부름꾼인 이폴리트가 마부에게서 말고삐를 받아들고 절뚝거리면서 황금 사자의 현관까지 말을 끌고 갔다. 많은 사람이 마차를 구경하려고 모여들었다. 북소리가 울리고, 대포 소리도 났다. 드디어 한 줄로 서 있던 신사들은 단상으로 올라가 튀바슈 부인이 빌려준 빨간 위트레흐트 산 벨벳으로 만든 안락의자에 앉았다.

이들은 모두가 비슷한 모습이었다. 볕에 약간 그을린 얼굴은 부드러운 사과주와 같은 빛이었고, 풍성한 수염은 넓은 매듭의 흰 넥타이를 받쳐 맨 크고 단단한 옷깃 밖으로 삐져나와 있었다. 또한 한결같이 벨벳 조끼를 입었고, 깃은 넉넉하게 접혀 있었다. 차고 있는 회중시계는 모두 긴 리본 끝에 타원형의 홍옥 도장 같은 것을 달고 있었다. 그들은 모두 바짓가랑이를 벌리고 두 손을 양쪽 무릎 위에 올려놓았다. 아직 윤기가 흐르는 그들의 바지는 투박한 장화의 가죽보다 더 반짝거렸다.

그 뒤로 상류층 부인들이 현관 기둥들 사이에 자리를 잡았고, 평범한 사람들은 그 맞은편에 서 있거나 의자에 앉아 있기도 했다. 풀밭에서 의자를 전부 이곳으로 옮겨 놓은 레스티부드와는 다른 의자들을 가지러 쉴 새 없이 성당으로 달려갔다. 그로 말미암아 혼잡은 한층 더해져 연단으로 통하는 조그마한 계단까지 가는 것조차 힘들었다.

"내가 생각하기에."

뢰르가 약제사에게 말했다.

"저기에다 베네치아 식의 기둥 한 쌍을 세웠어야 했어요. 거기에 약간 소박하면서도 멋진 유행품들을 설치해 놓았더라면 훨씬 아름다웠을 거예요."

"그래, 맞아요."

오메가 대답했다.

"그러나 어쩔 수 없지요. 모두가 면장의 머리에서 나온 것이니 말이에요. 별로 취향 같은 것이 없는 양반이잖아요. 아무튼 예술 같은 것에 대한 감이라곤 하나도 없는 인물이니까요."

그 와중에 로돌프는 보바리 부인과 함께 면사무소 2층 회의실로 올라갔다. 사무소에는 아무도 없었기 때문에 그는 편안히 축제를 구경하기에 적당하다고 말했다. 그는 국왕의 흉상 밑에 있는 탁자 주변에서 접는 의자 세 개를 가지고 와서 창가에 놓은 다음, 그녀와 나란히 앉았다.

그때 단상 위가 떠들썩하더니, 오랫동안 의논을 거듭하는 소리가 들려왔다. 마침내 참사관이 자리를 박차고 일어섰다. 사람들은 그제서야 그의 이름이 리외뱅이라는 것을 알게 되었고, 그의 이름을 입에서 입으로 전하면서 모든 사람이 알게 되었다. 그는 여러 장의 연설문을 점검한 다음 좀 더 글이 잘 보이도록 눈 가까이에 두고 말을 시작했다.

"여러분! 우선 이 모임의 목적을 말씀드리기 전에 저의 기분을 여러분은 다 알고 계실 겁니다. 우선 여러분의 허락 아래 상급 관청, 정부의 수장, 경애하는 군주이신 국왕께 경의를 표하도록 합시다. 여러분, 국왕 폐하께서는 공적인 번영과 마찬가지로 사적인 번영도 중요하다고 말씀하셨습니다. 또한 폐하께서는 관심을 두지 않는 일이 없고, 확고하고 현명하신 판단으로 바다와 같은 끊임없는 위기를 극복하면서 국가의 어려운 일을 이끌고 가십니다. 더욱이 전쟁, 평화, 공업, 상업, 농업, 그리고 예술에 이르기까지 모든 것을 중요시하십니다."

"저는 조금 더 물러서야겠어요."
로돌프가 말했다.
"왜 그렇지요?"
엠마가 물었다.

그때 참사관의 목소리가 이상하게 한층 높아지면서 연설이 계속되었다.

"여러분! 지금은 내란으로 말미암아 거리의 광장을 피로 물들였던 시대와는 거리가 멉니다. 그 시대에는 자주, 상인 노동자 할 것 없이 밤중에 평안히 잠들었다가도, 갑자기 화재를 알리는 소리에 잠을 설치는 건 아닌가 하는 걱정을 했습니다. 무엇보다 파괴적인 말들이 오가면서 사회의 기초를 뒤집으려던 과거의 난동은 이제 사라졌습니다."

"왜냐하면……."

로돌프가 다시 이어 말했다.

"저 아래에 있는 사람들이 우리를 알아볼까 봐서요. 그럴 경우 거의 보름쯤은 변명해야 하는 일이 생기기 쉬워요. 특히 저는 평판이 좋지 않거든요."

"당신은 당신 자신에게 인색하시군요."

엠마가 말했다.

"아닙니다. 제 평판은 정말 안 좋아요."

"하지만 여러분, 우리는 예전의 비참했던 기억에서 벗어나 현재의 아름다운 상태를 유지하고 있습니다. 곳곳에서 상업과 예술이 꽃피우고, 가는 곳마다 새로운 교통수단이 발전해 국가의 새로운 동맥으로써 새로운 인간관계가 맺어졌습니다. 우리 공업의 중심지는 활기를 띠고 있으며, 종교는 기반을 굳힌 상태에서 모든 사람의 마음에 행복을 전하고 있고, 항구에서는 배들이 가득 차 있고, 신용이 또다시 회복되어 드디어 프랑스는 한숨을 돌리게 된 것입니다."

"하긴."
로돌프가 말했다.
"세상 사람들의 관점에서야 그럴 수도 있어요."
"왜 그런 말씀을 하시나요?"
엠마가 물었다.
"그렇지 않나요? 당신은 이 세상에는 끊임없이 고통받는 영혼들이 많다는 걸 알지 못하나요? 그러한 사람들에게는 꿈과 희망, 순수한 정열, 그리고 격렬한 환락이 필요합니다. 그래서 끝없는 공상을 하고, 광기를 부리는 것입니다."

그러자 그녀는 여러 나라를 두루 다녀 본 나그네를 바라보듯 그를 바라보면서 말했다.

"우리 여자들은 불쌍하게도 그런 즐거움을 누릴 수조차 없는걸요."

"따분한 즐거움이겠지요. 거기에서 행복을 찾을 수 없다면 말입니다."

"행복 같은 것도 찾을 수 있는 건가요?"

"물론입니다. 언젠가는 찾을 수 있을 겁니다."

창밖에서는 여전히 참사관이 연설하는 소리가 들려왔다.

"여러분도 잘 아시겠지만 농민과 농촌 노동자 여러분! 여러분이야말로 진정한 문명 사업의 선구자이십니다. 진보와 도덕의 주체이신 여러분. 여러분은 정치적인 폭풍우가 불순한 기후보다 무섭다는 것을 잘 알고 계실 겁니다."

"언젠가는 행복을 얻을 것입니다."

로돌프는 반복해서 말했다.

"어느 날 갑자기 절망에 빠졌을 때 돌연 눈이 열리면서 '행복은 여기에 있어요.' 하는 목소리가 들릴 것입니다. 당신은 그 사람에게 자신의 지난간 삶에 대해 털어놓고, 모든 것을 바치고 희생하고 싶어지는 것이지요. 설명도 필요 없이 서로 다 알게 됩니다. 서로가 꿈속에서 만나고 있는 것입니다."

로돌프는 엠마를 바라보았다. 그러고 나서 잠시 후 말을 이어 나갔다.

"아주 간절히 원했던 보물, 그것이 여기에 있는 거예요. 당신 눈앞에 있다고요. 그것은 아름다운 빛을 내고 있지만, 그래도 그걸 믿을 용기는 없어요. 마치 어둠 속에서 밝은 빛의 세계로 나왔을 때처럼 눈이 멀어 버리고 마니까요."

로돌프는 말을 끝내면서 자기 말에 몸짓을 더했다. 그가 현기증을 일으키는 사람처럼 자신의 얼굴에 댄 것이다. 그리고 엠마의 손 위에 자신의 손을 올려놓았다. 그녀는 곧 손을 거두었다. 참사관은 연설을 이었다.

"그렇다면 여러분, 누가 이것을 이상하게 여기겠습니까. 물론 구시대적 편견에 사로잡혀 농촌 사람들의 정신을 인정하려 하지 않는 사람도 있습니다. 하지만 농촌 이외에 더 큰 애국심, 대의에 대한 헌신, 지성의 위대함을 발견할 수 있는 곳은 없습니다. 저는 아무 쓸모도 없는 불필요한 장식품과 같은 천박한 지성을 말하려는 게 아닙니다. 무엇보다 유익한 목적을 추구하기 위해 개개인의 행복, 사회적 개량, 국가를 유지하는 데 공헌하는 깊이 있고 온전한 이성에 대해 말하는 것입니다. 이것은 법을 존중하고, 의무를 실천한 데서 나오는 성과에서 나옵니다."

"또 저 소리, 정말 지루하군."

로돌프가 말했다.

"언제나 변함없이 의무, 의무 타령이군요. 플란넬 조끼를 입은 영감들과 화로와 염주를 끼고 사는 할망구들이 쉴 새 없이 '의무, 의무' 하고 부르짖지요. 하지만 천만의 말씀. 의무란 것은 위대한 것을 느끼는 것이고, 아름다운 것을 귀중하게 여기는 것이에요. 온갖 사회적 인습을 우리에게 강요하는 대로 굴욕 속에서 받아들이는 것이 아니란 말입니다."

"그렇지만."

엠마는 항변하고 싶었다.

"그만하세요. 정열에 반대하는 까닭을 모르겠네요. 정열이야말로 지상에서 가장 아름다운 것입니다. 영웅적인 행동과 감격, 시, 음악, 예술 같은 것들의 원천이잖아요."

"하지만 어느 정도는 사회적 의견에 따라야 하고, 도덕을 지켜야지요."

엠마가 말했다.

"그래요. 도덕은 두 가지로 나누어집니다. 아주 사소한 것, 그러니까 서로를 의지하기 위한 도덕, 끊임없이 변하고 귀찮을 정도로 떠들어 대는 도덕은 저기 보이는 바보들이 하는 짓거리입니다. 그야말로 속된 도덕이지요. 그러나 다른 하나는 영원하고 모든 것에 통용되어 있는 한 층 더 높은 도덕입니다. 또한 우리를 비춰 주는 창공 같이 우리 주위에 있고, 우리 위에 있습니다."

밖에서는 여전히 리외뱅 씨가 손수건으로 입을 닦은 뒤 말을 계속 이어 나갔다.

"그리고 여러분, 제가 이 자리에서 농업의 효용에 대해 구구절절 설명할 필요는 없습니다. 우리의 욕구를 충족시켜 주는 것은 누구일까요. 누가 우리에게 식량을 공급해 줍니까. 바로 농민입니다. 농민은 부지런히 손을 놀려, 전원의 경작지에 씨를 뿌리고 밀을 키웁니다. 그 밀은 섬세한 기계로 빻아서 밀가루라는 이름으로 도회지로 운반되고, 빵집으로 배달되어, 그곳에서 가난한 사람이나 부유한 사람 모두를 위해 빵을 만듭니다. 또한 우리가 옷을 입을 수 있도록 목장에서 많은 가축을 키우는 사람은 누구입니까? 농민입니다. 만약 농민이 없다면 우리는 옷을 입을 수도, 음식을 먹을 수도 없습니다. 그렇지만 여러분, 그렇게 먼 데서 예를 찾을 필요는 없습니다. 우리가 잘 수 있는 베개를 만들고, 식탁에서 자양분이 충분한 고기나 달걀을 동시에 공급해 주는 농가의 동물들에서 얻을 수 있는 이익을 가끔이라도 생각해 보지 않는 사람은 없을 겁니다. 잘 경작된 대지가 자애로운 어머니처럼 어린아이들에게 공급하는 갖가지 산물들을 하나하나 언급하려면 한이 없을 것입니다. 여기에는 포도나무가 있고, 저기에는 사과나무가 있고, 채소의 종자, 더 멀리에는 치즈 또는 아마(亞麻)가 있습니다. 여러분, 아마를 잊어서는 안 됩니다. 이것이야말로 근래에 와서 크게 증산된 것으로 여러분은 특별히 이 작물을 주목해야 합니다."

구태여 주목을 촉구하지 않아도 상관없었다. 청중이 그의 말을 받아먹으려는 듯 입을 벌리고 있었으니 말이다. 참사관 옆에서는 튀바슈가 눈을 크게 뜨고 그의 말에 귀를 기울였다. 가끔 참사관은 눈을 감기도 했다. 조금 떨어진 곳에서는 약제사가 아들 나폴레옹을 무릎 사이에 두고, 한마디도 놓치지 않겠다는 듯이 손을 귀에 대고 있었다. 심사 위원들은 공감의 뜻으로 조끼 속으로 턱을 파묻고는 고개를 끄덕였다. 소방대는 단상 밑에서 총검에 기대어 쉬고 있었다. 하지만 비네는 칼끝을 공중으로 향한 채 꼼짝도 하지 않고 서 있었다. 아마 그는 귀로는 듣고 있었겠지만, 모자 차양이 코끝까지 덮여 있어 아무것도 볼 수 없었다. 면장 튀바슈의 둘째 아들인 부대장의 모자는 그보다 더 컸다. 크기가 엄청나게 큰 모자는 머리 위에서 흔들리는 데다가 얇은 인도산 옥양목 목도리 끝이 비어져 나와 있었다. 그는 모자 밑에서 어린애 같은 미소를 지었고, 땀이 줄줄 흐르는 창백한 얼굴에는 기쁨과 피로, 졸음이 가득 담겨 있었다.

광장은 인가(人家)에 이르기까지 사람들로 북적거렸다. 집마다 창문에 팔꿈치를 괴고 밖을 내다보는 사람이 있었고, 문가에 서 있는 사람도 보였다. 약국 문 앞에서 있던 쥐스탱은 눈앞의 광경에 정신이 팔려 있었다. 모두들 조용히 있었지만, 참사관의 음성은 공중으로 흩어져 잘 들리지 않았다. 그나마 군중의 의자 끄는 소리에 섞여 토막토막 끊어지는 소리만이 들릴 뿐이었다. 그때 갑자기 뒤쪽에서 황소의 울음소리와 거리 모퉁이에 있는 어린 양들의 울음소리가 들려왔다. 소몰이꾼과 양치기가 몰고 온 것이었다. 가축들은 코앞에 늘어져 있는 나뭇잎 몇 쪽을 혀로 핥으려고 울음소리를 내고 있었다.

로돌프는 엠마에게 다가가 낮은 목소리로 재빠르게 말했다.

"당신은 이렇게 한통속이 되어 꾸미는 음모에 화가 나지 않습니까? 세상을 비난하지 않는 감정이 있습니까? 가장 고귀한 본능도, 무엇보다 순수한 공감도 박해를 받고 중상을 당합니다. 예를 들어 두 개의 외롭고 불행한 영혼이 서로 겨우 만났다면, 그것이 결합할 수 없도록 모든 일이 흘러갑니다. 그래도 두 영혼은 기를 쓰면서 날갯짓하고, 서로를 부릅니다. 물론 상관없습니다. 빠르든 늦든, 반년 후든, 10년 후든, 결국 둘은 사랑하게 됩니다. 운명이 그렇게 정해져 있고, 두 사람은 서로를 위해 태어난 것이니까요."

로돌프는 두 팔을 맞잡아 무릎 위에 올려놓고는 엠마를 향해 고개를 돌려 그녀를 쳐다보았다. 엠마는 그의 두 눈 속에서 조그마한 금빛 광선이 눈동자로부터 퍼져 나가는 것을 볼수 있었다. 심지어 그가 바른 포마드 냄새도 맡았다. 그러자 온몸이 나른해지고, 보비에사르에서 함께 왈츠를 추던 자작이 떠올랐다. 그의 턱수염에도 머리카락 냄새와 똑같은 바닐라와 레몬 향이 배어 있었다. 엠마는 그 향기를 좀 더 잘 맡기 위해 눈을 감았다. 하지만 의자에서 몸을 젖히면서 눈을 가늘게 떴을 때 지평선 너머로 합승 마차인 제비가 보였다. 제비는 흙먼지를 일으키면서 천천히 뢰 언덕에서 내려오고 있었다. 레옹이 자주 저 노란 마차를 타고 그녀에게 왔었다. 또 레옹이 눈앞에서 사라지는 것을 바라본 곳도 저 큰길이었다.

엠마는 레옹의 모습이 맞은편 창가에서 보이는 것만 같았다. 모든 것이 한데 섞여 구름 같은 것이 눈앞을 쓱 지나갔다. 그녀는 아직도 샹들리에 밑에서 자작과 함께 왈츠를 추고 있는 것 같았다. 레옹이 가까이에 있어서 당장이라도 달려올 것 같은 생각에도 빠졌다. 옆에 있는 로돌프의 머리카락 냄새가 코로 들어왔다. 감미로운 그 냄새는 과거의 욕망을 되뇌게 했고, 그 욕망은 바람에 날리는 모래알같이 그녀의 영혼 속으로 퍼지는 향기의 숨결 속에서 으르렁거렸다. 그녀는 여러 번 콧구멍을 벌름거리며 기둥에 엉켜 있는 담쟁이덩굴의 깨끗한 냄새를 들이마셨다. 이내 장갑을 벗고 손을 씻은 그녀는 손수건으로 얼굴을 부채질했다. 그녀의 관자놀이가 뛰는 소리를 뒤로하며, 군중의 웅성거림과 지루하게 글을 낭독하는 참사관의 목소리가 들렸다.

"계속해서 이러한 마음으로 전진하십시오. 인습에 젖은 말이나 경험주의자들의 충고에도 귀를 기울이지 마십시오. 토지의 개량이나 비료의 질을 좋게 만들고 말, 소, 양, 돼지 등을 키우는 데 전념해 주시기 바랍니다. 아무튼 이 농업 공진회가 여러분의 평화로운 각축장이 되기를 바랍니다. 그리하여 이긴 사람이 이곳을 벗어날 때, 진 사람에게 손을 내밀어 보다 나은 성공을 할 수도 있는 그들과 친교를 맺으십시오. 그리고 여러분, 위대하고 겸허한 충복 여러분. 오늘날에 이르기까지 어떤 정부도 여러분의 노동에 대해 보상해 주지 않았습니다. 여러분은 이제 말 없는 미덕에 대한 보상을 받으러 오시기 바랍니다. 앞으로는 국가가 여러분에게 눈을 떼지 않은 채 격려하고 보호해 줄 것입니다. 또한 여러분의 정당한 요구에 답하고, 될 수 있는 한 여러분의 희생의 무거운 짐을 조금이나마 덜도록 노력에 노력을 더할 것을 믿어 주십시오."

이렇게 말한 리외뱅 씨는 자리에 앉았다. 그다음에는 심사위원장인 드로즈레 씨가 연설했다. 그의 연설은 참사관의 연설처럼 미사여구로 가득 차 있지 않았고, 좀 더 성실한 말투로 더욱 전문적인 지식과 수준 높은 생각을 드러냈다. 그는 정부에 대한 찬사는 거의 보내지 않았고, 종교와 농업에 대해 이런저런 이야기를 들려주었다. 종교와 농업의 관계를 설명하고, 어떻게 해서 이 둘이 문명의 발전에 기여했는지 말했다.

로돌프와 엠마는 꿈과 예감과 자기 작용에 관해 이야기를 나누었다.

단상 위에서 연설하는 사람은 여러 사회의 기원으로 거슬러 올라가 인간이 나무 열매를 따먹으면서 살았던 야만적인 시대에 대해 말문을 열었다. 그 후 드로즈레 씨는 다음과 같은 문제를 제기했다. 인간은 짐승 가죽을 버리고 섬유로 된 옷을 입었으며, 밭을 갈고 나무도 심었다. 이것이 과연 행복해진 것일까? 이러한 발전에는 이로움보다 그렇지 못한 점이 더 많이 드러난 것이 아닐까?

로돌프는 자기 작용에 대한 이야기에서 친화력에 대한 이야기로 화제를 바꾸었다. 공진회 위원장은 쟁기를 든 독재자 신시나투스와 양배추를 심은 디오클레티아누스 황제, 그리고 씨를 직접 뿌렸던 중국 황제에 대해 이야기했다. 그러는 와중에 젊은 남자는 젊은 여자의 치명적인 매혹이 전생의 인연에서 비롯되었음을 설명했다.

"그러니까 우리 역시 어떻게 서로 알게 되었을까요? 그저 우연에 불과할까요? 이는 의심할 여지없이 두 개의 냇물이 흘러 하나를 이루듯, 서로가 개성에 떠밀려 이렇게 가까워진 것입니다."

로돌프는 이렇게 말하면서 엠마의 손을 잡았다. 엠마는 손을 떼지 않았다.

"전체 경작 우수상." 심사 위원이 큰 소리로 말했다.

"예를 들어 조금 전에 제가 댁에 갔을 때⋯⋯."

"수상자 캥캉프와의 비제 씨."

"이렇게 함께 있게 될지 몰랐습니다."

"상금 70프랑."

"몇 번이나 나는 되돌아가려고 했어요. 그러면서도 당신을 쫓아 당신 곁으로 돌아왔습니다."

"퇴비 부문."

"그리고 이대로 오늘도 내일도, 아니 한평생 당신 곁에 머물러 있을 겁니다."

"아르괴이유의 카롱 씨에게 금메달."

"누구와 함께 있어도 이런 매혹을 지닌 사람은 당신이거든요."

"지브리 생 마르탱의 뱅 씨에게."

"그래서 저는 당신을 평생 추억할 것입니다."

"메리노 숫염소 상."

"그러나 당신은 저를 잊을 거예요. 저 같은 것은 그림자 같은 것이 되겠지요."

"노트르담의 블로 씨에게."

"절대 아닙니다. 제가 당신 마음속에서, 그리고 당신이 살아가는 동안 제가 적어도 아무것도 아니지는 않다고 믿게 해주세요."

"돼지 부문에서는 르에리세 씨와 퀼랑부르 씨에게 각각 상금 60프랑."

로돌프는 엠마의 손을 잡고 있었다. 그는 그녀의 손이 너무 따뜻해 마치 사로잡은 비둘기가 달아나려는 듯이 떨고 있다는 것을 느꼈다. 하지만 손을 놓아 달라는 건지, 아니면 움켜쥔 손의 힘에 대응하려는 것인지 그녀는 손을 꼼지락거렸다. 로돌프는 조금 소리 높여 말했다.

"고맙습니다. 당신은 저를 거절하지 않는군요. 정말 다정한 분이십니다. 제가 온전히 당신 것이라는 것도 알아주세요. 얼굴 좀 보여 줘요. 좀 더 자세히 보게요."

바람이 창으로 들어와 탁자 위의 상보에 주름을 남겼다. 아래의 광장에서는 시골 여인들의 큰 머릿수건이 흰 나비가 날갯짓하듯 한꺼번에 펄럭였다.

"함유 종자 활용상." 하고 회장이 말했다.

그는 서둘러 호명했다.

"플랑드르 비료 부문 상, 아마 재배 부문 상, 배수 부문 상, 장기 임대차 부문 상, 고용인 근무 부문 상."

로돌프는 더 아무 말도 하지 않았다. 두 사람은 서로의 얼굴을 쳐다보았다. 격렬한 욕망 때문에 그들의 입술이 떨려 왔다. 서로 모르는 사이에 두 사람의 손가락이 얽혔다.

"사스토 라 게리에르의 카트린느 니케즈 엘리자베트 르루, 동일 농장에 54년간 근속 표창. 25프랑 상당의 은메달 한 개."

"어디 있어요, 카트린느 르루?" 참사관이 물었다.

그녀는 나오지 않았다. 여기저기서 수군대는 소리가 들렸다.

"자, 나가."

"싫어요."

"왼쪽이야."

"겁낼 거 없어."

"아이, 이 바보 같은 여자야."

"도대체 있는 거야, 없는 거야?" 튀바슈가 외쳤다.

"있어요, 여기."

"그러면 이리로 나와요."

그때 겁먹은 태도로 허름한 옷 속에 가냘프게 웅크린 노파가 단상을 향해 조심조심 나아갔다. 두툼한 나막신을 신은 그녀는 허리에 푸른색 앞치마를 두르고 있었다. 가장자리를 감추지 않은 머릿수건에 드러난 여윈 얼굴은 시들어 버린 레네트 종 사과보다 쭈글쭈글했다. 붉은 윗도리 소매 밖으로 마디가 굵은 손이 드러나 있었다. 광 속의 먼지와 세탁용 탄산칼라와 양털에 묻어 있는 기름기 때문에 거칠고 단단한 손은 더러워 보였다. 너무 오랫동안 일을 많이 한 데다가 무수한 고통에 시달린 것을 증명하듯 손가락은 벌어져 있었다. 수도자 같은 완고함 때문인지 노파의 표정이 두드러져 보였다. 두 눈은 어떤 감동이나 슬픔으로도 부드럽게 해 주지 못할 것 같았다. 너무나 오랫동안 가축들과 함께 지낸 노파는 가축들처럼 말이 없고 덤덤해 했다.

그녀는 이렇게 많은 사람 앞에 처음 나섰다. 그래서 무수한 깃발과 북과 검정 예복을 입은 신사들과 참사관의 훈장에 놀라, 그녀는 앞으로 나아가야 할지 도망쳐야 할지 판단이 서지 않았다. 왜 군중이 자기를 앞으로 떠밀어 내는지, 왜 심사위원들이 미소를 보내는지 알 수 없어서 노파는 가만히 서 있었다. 반세기 동안 헌신해 온 노예 생활을 한 이가 활짝 웃고 있는 마을 유지들 앞에 서 있는 것이었다.

"좀 더 가까이 오세요. 존경하는 카트린느 니케즈 엘리자베스 할머니."

참사관이 말했다. 그는 위원장에게 받은 수상자 명단을 건네받아 들고 있었다.

명단과 노파를 번갈아 보면서 다정한 목소리로 그는 다시 말했다.

"가까이 오십시오."

"앞으로 좀 나오세요. 귀라도 먹었나요?"

뒤바슈가 의자에서 일어나면서 말했다. 그러고는 노파의 귀에 대고 크게 말했다.

"54년 동안 근속, 은메달 한 개, 25프랑. 당신이 받을 것입니다."

마침내 상을 받아 든 노파는 가만히 그것을 바라보았다. 그러더니 노파의 얼굴에 미소가 떠올랐다. 그러고는 이렇게 중얼거렸다.

"마을 본당 신부님께 들러야겠어. 그리고 미사를 올려 달라고 말해야지."

"대단한 광신자군."

약제사가 공증인에게 나지막이 말했다.

이제 모든 식이 끝났다. 군중은 뿔뿔이 흩어졌고, 연설문 낭독도 끝났다. 모두 자신의 위치로 되돌아갔고, 모든 것은 원래의 모습을 되찾았다. 주인들은 하인들을 거칠게 대했고, 하인들은 가축들에게 분풀이했다. 아무것도 모르는 승리자들은 뿔과 뿔 사이에 푸른 잎사귀로 만든 면류관을 쓰고는 외양간으로 이끌려 갔다.

그 와중에 국방군 경비대는 총검 끝에 빵을 꽂고 포도주병이 든 바구니를 안은 대대의 고수(鼓手)와 면사무소 2층으로 올라갔다. 보바리 부인은 로돌프의 팔짱을 꼈다. 그는 그녀를 집까지 바래다주는 중이었다. 두 사람은 문 앞에서 헤어졌다. 그 후 그는 연회 시간을 기다리면서 홀로 들판을 거닐었다.

연회는 사람들로 북적거리기만 할 뿐 음식은 형편이 없었다. 연회장에는 너무 사람이 많아서 팔꿈치를 움직이는 것조차 힘겨웠다. 의자 대신 내놓은 좁은 나무판자는 너무 손님이 많아서 부러질 것만 같았다. 사람들은 실컷 먹었다. 자신에게 할당된 것을 모두 먹었다. 램프 불 사이로 가을 아침에 피어오르는 강 안개 같은 뿌연 김이 감돌았다. 로돌프는 천막에 등을 기댄 채 엠마 생각만 했기 때문에, 아무 소리도 귀에 들어오지 않았다. 그의 뒤편에 있는 잔디밭에서는 하인들이 지저분해진 접시들을 쌓아 올리고 있었다. 그는 사람들이 말을 걸어와도 아무 말도 하지 않았다. 그의 잔에 포도주를 부어 주어도 사람들이 큰 소리로 떠들어 대도 그의 머릿속은 백지장 같았다.

로돌프는 그녀가 이야기를 들려주면서 입술을 달싹거리던 것을 떠올렸다. 그녀의 얼굴은 마법에 걸린 거울에 비친 것처럼 군모의 계급장의 휘장 속에서 빛나 보였다. 그녀의 옷주름이 벽을 타고 흘러내렸고, 사랑의 나날은 미래를 함께 꿈꾸는 두 사람에게 끊임없이 전개되고 있었다.

그날 밤 불꽃놀이가 진행될 때, 로돌프는 또 엠마를 보았다. 그녀는 남편과 함께 오메 부부와 자리를 잡고 있었다. 오메 씨는 불꽃의 불발탄이 위험하다면서 걱정을 많이 했다. 그러고는 연신 자리에서 일어나 비네에게로 가서 여러 가지 주의할 점을 이야기해 주었다.

튀바슈 씨에게 도착한 불꽃 재료는 조심스럽게 지하실에 두었기 때문에 화약이 축축해져 잘 터지지 않았다. 그래서 제 꼬리를 물고 있는 용의 모습을 보여 주려 했던 것이 물거품으로 돌아갔다. 이것은 사람들이 가장 기다리던 것이었다. 가끔 초라한 불꽃이 터지기도 했지만, 입을 벌리고 있던 사람들은 탄성을 질렀다. 간혹 어둠 속에서 누군가로부터 간지럽힘을 당한 여인이 큰 소리를 내기도 했다. 엠마는 아무 말도 하지 않고, 샤를의 어깨에 기댄 채 몸을 웅크리고 있었다. 그녀는 어두운 하늘로 올라가는 아름다운 불꽃을 눈으로 좇았다. 로돌프는 희미한 빛을 내는 장식 등 아래서 엠마를 바라보았다.

장식 등이 점차 꺼져 가고, 별들은 찬란하게 빛나기 시작했다. 마침 비가 한두 방울 떨어지기 시작했다. 엠마는 숄을 머리 위에 올렸다. 그때 참사관의 마차가 여관에서 밖으로 나왔고, 술에 취한 마부는 꾸벅꾸벅 졸기 시작했다. 멀리에서 포장 위 두 개의 등불 사이로 마부의 거대한 몸뚱이가 차체를 매단 가죽 띠의 움직임에 따라 이리저리 움직이고 있었다.

"정말로 주정뱅이는 엄하게 다룰 필요가 있어요. 매주 마을 면사무소 문 앞에 걸려 있는 특별 게시판에 한 주 동안 술에 취한 사람들의 이름을 적어 놓았으면 좋겠어요. 게다가 통

계학적 견지에서 1년 동안 이름이 적힌 사람을 알 수 있게 될 테니까요."

이렇게 말한 약제사는 황급히 소방 대장에게로 갔다. 그는 집으로 돌아가려 하는 중이었다. 그는 자신의 녹로 선반을 볼 참이었다.

"부하 중 하나를 보내거나 당신이 직접 가 보아야 할 거 같아요."

"크게 걱정하지 마세요."

세무 관리사가 말했다.

"아무 일도 없을 거예요."

약제사는 다시 자기의 자리로 돌아왔다.

"걱정들 하지 마세요. 비네 씨가 조처했다면서 걱정하지 말라고 하네요. 불티 같은 것은 하나도 떨어질 염려가 없답니다. 펌프에도 물이 충분히 있고요. 자, 그럼 우리는 돌아갑시다."

"정말 너무 졸려요. 아무튼 오늘 축제 때는 날씨가 좋았어요."

입을 크게 벌리고 하품을 하면서 오메 부인이 말했다.

"맞는 말이에요. 정말 날씨가 좋았어요."

로돌프는 다정한 시선을 던지며 조그맣게 말을 반복했다.

이틀 후에 〈루앙의 등불〉에는 농사 공진회에 관한 좋지 않은 기사가 실렸다. 그것은 오메가 그다음 날 열변을 토하면서 쓴 것이었다.

이 꽃 레이스, 이 꽃 장식은 왜 필요했는가? 우리의 경작지 위에 열을 보내는 타는 듯한 햇빛 아래서 성난 파도와 같았던 이 군중은 어디로 가는 것일까.

계속해서 그는 농민들이 현재 처해 있는 상황에 대해 말했다. 그는 '확실히 정부가 많은 공을 들이기는 했지만, 이걸로 충분하지 않다. 용기를 내라.'라고 말했다. '이것저것 개혁하는 것은 불가피하다. 그것들을 완성할 필요가 있다.' 그리고 참사관의 입장 장면과 연관 지어 '우리 국민군의 위용'이라든가 '쾌활하고 발랄한 마을의 여성'들에 대해서도 빼놓지 않고 말했다. '고대의 족장처럼 회의에 나온 머리 벗겨진 노인'들도 잊지 않고 언급했으며, 그 노인 중 '몇몇은 이 나라의 국군으로서 싸움에서 살아남은 이들로, 북소리를 들으며 아직도 가슴이 설레는 사람들'이라고도 했다. 그는 자신의 이름을 심사 위원 중 가장 위에 쓰고는 그곳에 주를 달아 약제사 오메 씨가 사과주에 대한 논문을 농사협회에 제출한 것을 강조했다. 상품 수여에 대해서는 열광적인 찬미 시처럼 묘사했다.

아버지는 아들을 안고 형은 동생을, 남편은 아내를 얼싸안고 좋아했다. 수상하게도 보잘것없는 메달을 자랑스러워하는 사람도 있었는데, 아마도 그는 아내가 기다리는 집으로 돌아가서 눈물을 흘리며 초라한 초가집 벽에다가 그것을 걸어 놓았을 것이다.

6시경 리에자르 씨의 목장에서 준비한 연회에는 식에 참석했던 주빈들이 모여 있었다. 분위기는 화기애애했고, 여기저기에서 건배를 외쳤다. 리외뱅 씨는 국왕을, 튀바슈 씨는 지사를, 드로즈레 씨는 농업을, 오메 씨는 자매와도 같은 공업과 미술을, 레플리셰 씨는 개량을 위해 건배한 것이었다. 밤이 되자 무수한 불꽃들이 하늘에서 빛났다. 그야말로 진정한 만화경, 그리고 오페라의 무대라고 할 수 있을 만큼 아름다웠다. 그래서 우리의 마을은 『아라비안나이트』에 나오는 꿈 같은 세계로 나가는 것 같았다.

특이한 사항은 이 가족 모임 같은 축제를 즐기면서 아무런 불상사가 일어나지 않았다는 것이다.

그는 덧붙여 말했다.

다만 성직자가 참석하지 않은 것은 아쉬웠다. 성직자들은 진보에 대한 견해가 우리와 다른 듯하다. 아무튼 성직자 여러분, 그대들이 무엇을 하든 그건 자유다.

9

6주가 지났다. 하지만 로돌프는 오지 않았다. 그러던 어느 날 저녁, 그가 드디어 모습을 보였다. 농사 공진회가 있던 다음 날, 로돌프는 생각했다.

"너무 일찍 찾아갈 필요는 없어. 그것은 서툰 사람이나 하는 짓이야."

그러고는 주말에 사냥을 떠났다. 하지만 사냥에서 돌아왔을 때 시간을 잡아먹었다는 생각이 들었다. 그러면서 다음과 같은 생각을 했다.

"만약 우리가 처음 만난 날부터 그녀가 날 좋아했다면, 반드시 내가 보고 싶어 마음을 졸이고 있을 거야. 그렇다면 방문을 늦춰야지."

그래서 그는 현관문을 들어서면서 엠마의 얼굴이 창백해지는 것을 보고는 자기 생각이 옳았다고 생각했다.

그녀는 혼자 있었다. 해가 저물어 가면서 유리창에 걸려 있는 모슬린 커튼 때문에 저녁노을은 더 황금빛으로 빛났다. 청우계에 둘린 금박에는 햇살이 반사되어 울퉁불퉁한 산호 가지 사이로 거울 속에서 어른거리고 있었다.

로돌프는 그냥 서 있었다. 그녀는 그가 인사말을 전하자 겨우 인사를 받았다.

"나는 공진회 때부터 지금까지 너무 바빴습니다. 몸도 불편했고요."

"많이 아프셨나 봐요."

엠마가 목소리를 높이며 말했다.

"아니, 사실 그게 아니고……. 다시는 찾아오지 않으려고 했어요."

"왜지요?"

"이유를 모르시겠나요?"

로돌프는 다시 한번 그녀의 얼굴을 바라보았다. 그 시선이 부담스러워 그는 얼굴을 붉히고 머리를 숙였다.

"엠마."

"선생님."

엠마는 조금 뒤로 물러섰다. 그러자 그는 말했다.

"그것 보세요."

그는 침울하게 말했다.

"제 생각이 맞네요. 다시는 오지 않으려던 생각이. 왜냐하면 엠마라는 이름이 내 영혼을 가득 채워 당신의 이름을 나도 모르게 불렀는데, 불러서는 안 된다고 하네요, 당신은. 보바리 부인, 사람들은 당신을 그렇게 부르지요. 그러나 그건 당신 이름이 아니에요. 다른 남자의 이름인걸요."

로돌프는 다시 한번 반복했다.

"다른 남자의 이름이잖아요."

그러고는 양손으로 자신의 얼굴을 가렸다.

"나는 그동안 당신 생각만 했어요. 당신을 생각만 해도 나는 견딜 수가 없었어요. 미안해요. 그만 돌아가겠습니다. 멀리 가 버릴 거예요. 아주 멀리, 당신이 내 소식을 전해 들을 수 없는 그런 곳으로요. 대체 무슨 생각으로 이곳에 떠밀려 왔는지는 모르겠어요. 하늘의 뜻을 거스를 수는 없는 일이잖아요. 천사의 미소는 거역하기 어렵잖아요. 아름답고 매력 넘치며 멋있는 것에는 끌릴 수밖에 없지요."

엠마는 자신에게 하는 로돌프의 말 같은 것을 다른 데서 들어본 적이 없었다. 마치 증기 욕탕에서 피로가 풀린 사람처럼 엠마의 자존심은 맥없이 늘어졌다.

"하지만 제가 그 전까지 당신을 찾아오지는 않았지만, 아니 당신을 만나지 않았더라도 언제나 당신 주위를 둘러싸고 있는 것들은 늘 눈여겨보았지요. 매일 밤 저는 이곳에 오곤 했습니다. 당신의 집을, 달빛 아래의 지붕을, 당신 방 창가에서 흔들거리는 램프의 작은 빛까지 바라보았습니다. 당신은 이렇게 가까이에 있었던, 그리고 멀리서 온 가엾은 내가 서 있었던 것을 모를 거예요."

로돌프가 흐느끼면서 하는 말에 엠마는 그가 있는 쪽으로 얼굴을 돌렸다.

"당신은 참 다정한 분이군요."

그녀가 말했다.

"아닙니다. 그저 당신을 사랑하고 있을 뿐입니다. 한 마디만 해 주세요. 단 한 마디만."

로돌프는 의자에서 마룻바닥으로 조금씩 내려갔다. 그때 부엌 쪽에서 나막신 소리가 났다. 그리고 보니 거실문을 잠그지 않았다.

"부탁이 하나 있어요."

의자에서 일어나면서 로돌프가 말했다. 그 말은 집 안을 돌아보고 싶다는 생각에서 나왔다. 그러자 보바리 부인인 별 무리 없을 거라 생각하고 이를 허락했다. 이내 두 사람은 일어섰다. 그때 샤를이 들어왔다.

"안녕하십니까. 박사님."

로돌프가 말했다.

의사는 뜻밖의 박사님 소리를 듣고 기분이 좋아 더없이 상냉하게 로돌프를 대했다. 그러는 사이 로돌프의 마음은 좀 가라앉았다.

"부인께서는 제게 건강에 대해 말하고 있었습니다.

이때 샤를은 그의 말을 가로막고 자신도 그게 늘 걱정이라고 말했다. 그러고는 아내가 가슴이 답답하다는 증세가 나타났다고 말했다. 그때 로돌프는 승마를 하는 것은 어떠냐고 물었다.

"물론 좋지요. 괜찮은 생각입니다. 여보, 그러는 게 좋겠어."

이 말에 그녀는 말이 없는데 어떻게 승마를 할 수 있겠냐고 물었다. 그러자 로돌프는 자신이 한 마리 사 주겠다고 말했다. 그러고는 다시 찾아올 구실을 만들기 위해, 예전에 피를 뽑았던 적이 있는 하인이 아직도 어지럼증에 시달리고 있다고 말했다.

"제가 댁에 한 번 들르지요."

샤를이 말했다.

"아닙니다. 제가 데리고 오겠습니다. 그러는 게 좋아요."

"네, 그렇다면 정말 고맙고요. 아무튼 감사합니다."

샤를과 엠마만이 남게 되자 그는 말을 이었다.

"왜 블랑제 씨가 친절하게 배려하는데 거절했소? 친절하게 잘 해 주는데 말이오."

엠마는 조금 화난 표정으로 여러 가지 변명을 늘어놓고 나서, 그게 샤를에게 이상해 보일 것 같아서 거절했다고 말했다.

"참, 별걱정을 다 하고 있군. 아무튼 당신 건강이 제일 중요해. 그런 생각할 필요 없소."

샤를은 발뒤꿈치로 빙그르르 돌면서 말했다.

"게다가 나는 승마복도 없고요."

"한 벌 맞추면 될 거 아니오?"

샤를이 대답했다. 승마복 문제가 해결되자 그녀는 마음의 결정을 내렸다.

샤를은 복장이 다 마련되고 나서 블랑제 씨에게 아내를 잘 부탁한다는 편지를 썼다.

다음 날 정오, 로돌프는 승마용 말 두 필을 끌고 샤를의 집에 도착했다. 그중 한 필의 귀에는 장밋빛 술이 달려 있었고, 사슴 가죽으로 만든 부인용 안장을 부착하고 있었다.

로돌프는 가죽 장화를 신고 왔다. 그는 엠마가 이런 것을 본 일이 없을 거라고 생각했다. 그가 벨벳으로 만든 저고리에 하얀 저지 바지를 입고 계단 위에 나타났을 때, 엠마는 그의 풍채에 매혹되었다. 그녀는 모든 준비를 다 하고 나서 그를 기다리던 참이었다.

쥐스탱은 그녀를 보기 위해 약국에서 나왔다. 약제사도 일손을 멈추고 나왔다. 약제사는 로돌프 씨에게 여러 주의 사항을 알려 주었다.

"눈 깜짝할 사이에 불행이 닥치는 겁니다. 주의하십시오. 말들이 너무 힘에 넘쳐서요."

그때 엠마는 무슨 소리가 나는 것을 느꼈다. 펠리시테가 어린 베르토를 달래기 위해 유리창을 두드리는 소리였다. 아기가 멀리서 키스를 보내자 엠마는 승마용 채찍 손잡이를 흔들어 보였다.

"다녀오십시오. 조심하고 또 조심해야 할 겁니다."

두 사람이 멀어지는 것을 바라보면서 그는 들고 나온 신문을 흔들었다.

흙냄새를 맡은 엠마의 말이 달리기 시작했다. 로돌프는 그녀 옆에 붙어서 달렸다. 가끔 두 사람은 말문을 열었다. 그녀는 머리를 약간 숙이고 고삐를 짧게 쥐고는 오른팔을 똑바로 뻗은 채 안장 위에서 흔들리는 대로 몸을 맡겼다.

로돌프는 언덕 아래에 이르러 말고삐를 늦추었다. 그러자 두 사람의 말은 나란히 달리게 되었다. 이윽고 꼭대기에 다다르자 갑자기 말들이 멈춰 섰고, 그녀의 크고 푸른 베일이 늘어져 내렸다.

때는 10월 초여서 들판에는 안개가 아른거렸다. 야산들의 윤곽 사이로 안개는 길게 뻗어 있기도 했고, 또는 높이 올라갔다가 사라졌다. 가끔 안개가 사라진 곳만 햇빛이 들어 저 멀리 용빌이 보였다. 마을의 지붕들, 물가의 정원과 마당, 담장들 그리고 성당의 종루도 보였다. 엠마는 자신의 집을 찾으려고 눈을 가늘게 떴다. 자신이 살고 있는 이 마을이 그렇게 작게 보인 적은 없었다. 언덕 위에서는 산골짜기 전체가 대기 속으로 증발하는 허옇고 넓은 호수처럼 보였다. 군데군데 우거진 나무 덤불들이 까만 바위처럼 튀어나와 있었고, 안개를 뚫고 머리 위로 솟아 있는 미루나무들은 바람에 흔들리는 모래밭 같았다.

전나무들 사이의 잔디 위에는 갈색 햇빛이 미지근한 공기

속에서 감돌고 있었다. 담뱃재처럼 불그스레한 흙을 밟는 말발굽 소리가 부드럽게 들렸다. 말들은 편자 끝으로 굴러다니는 솔방울을 앞으로 걷어차면서 나아갔다.

로돌프와 엠마는 숲 기슭을 따라 움직였다. 엠마는 이따금 그의 시선에서 벗어나기 위해 얼굴을 돌리곤 했다. 한 줄로 늘어선 전나무 밑동만이 눈에 들어왔고, 그것이 너무 길에 이어져 있어 그녀는 현기증을 느꼈다. 말들은 숨을 헐떡거렸고, 안장의 가죽은 삐걱 소리를 냈다.

"하느님이 우리를 지켜 주셨네요."

로돌프가 말했다.

"그렇게 생각하나요?"

엠마가 물었다.

"앞으로 전진!"

그가 대답 대신 말했다. 로돌프가 혀를 차자 두 필의 말이 달리기 시작했다.

길가의 고사리가 엠마의 등자에 걸릴 때마다, 로돌프는 말을 달리면서 몸을 굽혀 그것들을 빼 주었다. 또 나뭇가지를 쳐 주기 위해 그녀 곁으로 다가가기도 했다. 그때 엠마는 그의 무릎이 자신의 다리에 살짝 닿는 것을 느꼈다. 하늘은 파랗고 나뭇잎들은 미동도 하지 않았다. 히스 꽃이 만발해 공터를 가득 채우고, 융단 같은 제비꽃이 가득 피어 있었으며, 들판과 나무가 우거진 숲이 번갈아 모습을 보였다. 나무들은 잎사귀의 색깔에 따라 회색, 갈색, 황금색의 자태를 뽐냈다. 때로는 관목이 우거진 숲속에서 새가 자그마하게 날갯짓하는 소리와 떡갈나무 숲에서 날아오르는 까마귀들의 목쉰 소리가 여러 번 들려왔다.

두 사람은 말에서 내렸고, 로돌프가 말을 잡아 매었다. 엠마는 앞장서서 마차 바퀴 자국 사이에 난 이끼를 밟으면서 나아갔다.

하지만 그녀의 옷이 너무 길어서 옷자락이 끌리는 바람에 이를 들어 올려도 제대로 걸을 수가 없었다. 그녀 뒤를 따르던 로돌프는 까만 나사 옷자락과 검은 반장화 사이로 보이는 우아한 흰 양말을 바라보았다. 마치 그녀가 옷을 모두 벗고 있는 것 같았다.

엠마는 걸음을 멈추었다.

"피곤해요."

"조금만 더 힘을 냅시다."

그녀는 100걸음 정도 걸어가다가 다시 멈추었다. 그녀가 쓰고 있던 남자용 모자에서 허리 위까지 늘어진 베일을 통해 하늘빛 물결 속에 감겨 파닥거리는 것처럼 그녀의 얼굴은 투명하게 파르스름해 보였다.

"어디까지 가는 건가요?"

로돌프는 아무런 대답도 하지 않았다. 엠마는 가슴이 아픈 것처럼 숨을 몰아서 쉬었다. 로돌프는 주위를 둘러보면서 수염 끝을 잘근잘근 씹었다.

두 사람은 좀 더 넓은 공간으로 나왔다. 그곳에는 어린나무들이 베어져 있었다. 둘은 나무 밑동에 앉았고, 로돌프는 그녀에게 자신의 사랑 이야기를 하기 시작했다. 그는 정다운 말투로 말하지 않았고, 상대방이 당황하지 않도록 조용하고 진지했으며, 우울해 보이기도 했다.

엠마는 고개를 숙이고 한쪽 발끝으로 널려 있는 나뭇잎들을 툭툭 건드리면서 귀를 기울였다.

"우리의 운명이 이미 하나가 된 것 같습니다."

로돌프가 말했다.

"아니에요."

엠마가 말을 받았다.

"당신도 잘 아실 텐데요. 그런 일은 있어서는 안 된다는 걸."

그녀는 일어서서 돌아가려고 했다. 그때 로돌프가 그녀의 손목을 잡았고, 그녀는 그 자리에 섰다. 한동안 애정이 담긴 젖은 눈으로 그를 바라보면서 엠마는 또렷하게 말했다.

"인제 그만해요, 그런 이야기는. 말은 어디 있나요? 우리, 돌아가요."

로돌프는 화가 난 것처럼 보였다. 그녀는 되풀이해서 말했다.

"말은 어디 있나요? 어디에."

그러자 그는 야릇한 미소를 띠고 눈을 똑바로 뜬 채 이를 악물고 두 팔을 벌리면서 다가왔다. 엠마는 놀라 뒤로 돌아서고는 더듬더듬 말했다.

"그러지 마세요. 무서워요. 그만 돌아가요."

"그렇게 말씀하시면……."

로돌프는 표정을 바꾸고 말했다. 그러고 나서 점잖고 상냥하며 수줍은 태도를 보였다. 그러자 엠마는 그에게 팔을 맡겼고, 두 사람은 돌아오기 시작했다.

"어떻게 된 거지요? 왜 그런 것입니까? 당신을 알 수가 없군요. 아마 착각하신 모양입니다. 내 마음 안의 당신은 대좌 위에 모셔 놓은 성모처럼, 높고 확고하며 때 묻지 않은 깨끗한 곳에 있는 거예요. 하지만 나는 살기 위해 당신이 필요합니다. 저에게는 당신의 눈, 목소리, 마음이 필요해요. 제 친구, 동생, 아니 천사가 되어 주세요."

로돌프가 말했다. 그런 후 팔을 뻗어 그녀의 허리를 안았다. 엠마는 몸을 빼려고 했다. 그는 그렇게 그녀를 안고 걸었다. 곧 두 필의 말이 풀을 뜯어 먹고 있는 소리가 들렸다.

"제발 조금만 더. 돌아가지 말고 여기에 좀 있자고요."

로돌프가 말했다. 이에 엠마가 말을 이었다.

"다 제 잘못이에요. 제 잘못이라고요. 당신이 하는 말을 듣다니, 미쳤지."

"왜요, 엠마?"

"아, 로돌프!"

엠마는 그의 어깨에 기대면서 천천히 말했다.

그녀의 옷자락이 그의 벨벳 옷에 엉겼다. 엠마는 하얀 목덜미를 뒤로 젖혔다. 아찔해진 그녀는 온통 눈물에 젖은 채 전율에 휘말리면서 얼굴을 당기고 나서 그에게 몸을 맡겼다.

어둠이 다가오고 있었다. 저물어 가는 햇빛이 나뭇가지 사이로 비쳐 들어와 눈이 부셨다. 그녀 주위의 나뭇잎 속, 혹은 땅 위에 벌새들이 날아다니며 깃털이 빠진 것처럼 빛의 반점이 흔들리고 있었다. 주위는 조용했다. 나무들 사이에서 무엇인가 달콤한 것이 발산되는 것 같았다. 그녀는 다시 심장이 뛰기 시작했고, 피가 몸속에서 강물처럼 순환하는 것이 느껴졌다. 그때 아주 멀리 숲 너머에서 길고 정체 모를 외침 소리가, 말꼬리를 길게 끄는 목소리가 들려왔다. 그 목소리는 흥분에서 벗어나지 못한 신경의 마지막 떨림에 녹아들었다. 로돌프는 시가를 물고 두 개의 고삐 중 부서진 것을 주머니칼로 다듬고 있었다.

두 사람은 용빌로 돌아왔다. 그들은 진흙에 나란히 박힌 그들의 말 발자국을 보았다. 그리고 갈 때 보았던 관목과 풀숲의 조약돌들을 다시 보게 되었다. 주변은 무엇 하나 달라진 것이 없었다. 하지만 그녀에게는 산이 움직인 것보다 더 엄청난 일이 일어나고 있었다. 로돌프는 가끔 몸을 숙여 그녀의 손에 키스했다.

말을 탄 그녀의 모습은 아름다웠다. 날씬한 몸을 곧게 세우고 말갈기 위에 무릎을 굽힌 채 바깥 공기를 쐬어 조금 발그레한 얼굴은 붉은 저녁 노을빛에 빛났다.

용빌에 들어서자 그녀는 말을 탄 채 포장된 보도 위를 거닐었다. 사람들이 창문을 통해 그녀를 내다보았다.

저녁 식사 때 남편은 그녀의 얼굴색이 좋아졌다고 말했다. 그러나 그가 말 탄 소감을 묻자 못 들은 체했다. 그러고는 실내를 밝히는 촛대 사이의 접시 옆에 팔꿈치를 괸 채 앉아 있었다.

"엠마."

그가 불렀다.

"왜요?"

"사실 오늘 오후에 알렉상드르 씨한테 갔더니 그 집에 나이가 좀 있는 암말이 있더라고. 무릎에 조금 상처가 있지만 아주 참해. 100에퀴 정도면 팔아 줄 것 같은데, 당신 생각은 어때?"

그는 덧붙여 말했다.

"당신이 좋아할 것 같아서 그 말을 맡아 놓았어. 아니 이미 사 버렸어. 잘한 일이야?"

그녀는 머리를 끄덕거렸다. 잘했다는 표시였다. 15분 가량 이 지나자 그녀는 그에게 물었다.

"당신, 혹시 오늘 밤 외출하세요?"

"응. 왜?"

"아니, 그냥."

그렇게 샤를에게서 해방된 그녀는 2층으로 올라가 방 안에 틀어박혔다.

처음에는 현기증인 줄 알았다. 나무, 길, 도랑, 로돌프가 보였다. 그리고 아직도 로돌프와 포옹했던 것이 느껴졌다. 나뭇잎들이 흔들리고, 골풀들은 살랑거리는 데 말이다.

그녀는 거울을 비친 자신의 얼굴을 보고는 놀랐다. 그녀의 눈이 이렇게 크고 까맣고 젖어 있었던 적은 없었다. 미묘한 무언가가 그녀의 온몸에 퍼져 이전과는 분명 달라 보였다.

그녀는 혼잣말했다.

'내게 애인이 생긴 거야, 애인이. 사랑하는 사람이 생긴 거

라고.'

그녀는 이런 생각을 하자 갑자기 또 한 번의 사춘기를 맞은 것처럼 기쁨에 온몸이 떨렸다. 그녀는 마침내 사랑의 기쁨을, 이미 포기했던 열병 같은 행복감을 느꼈다. 그녀는 이제 황홀한 그 무엇을 가지게 된 것이었다. 그녀는 영묘하며 황홀하고도 열정적인 경지에 이르렀고, 푸르스름한 빛을 발하는 거대한 세계가 그녀를 휘감고 있었다. 그녀의 마음 깊은 곳에는 고조된 감정이 뛰놀고 있었다. 평범한 일상은 이제 저 어둠 속에서 나뒹굴 뿐이었다.

그때 그녀는 예전에 읽었던 책 속의 여주인공을 떠올렸다. 불륜에 빠진 서정적인 여자들이 그녀의 기억 속에서 공감을 일으켰고, 마음을 사로잡았다. 엠마 자신도 상상 속의 인물로 변하면서 자신이 그리도 선망했던 사랑에 빠진 여자의 전형이 된 것 같았다. 그리하여 젊은 시절의 긴 몽상이 현실이 된 것이다. 또한 그녀는 설욕한 것만 같았다. 그녀도 그동안 많은 고통을 당했다. 하지만 지금의 승자는 자기 자신이었다. 오랫동안 억눌렀던 사랑의 기쁨은 폭발이라도 하듯 한꺼번에 쏟아져 나오는 듯했다. 그녀는 이미 자책이나 번민도 없이 그 사랑을 음미하고 있었다.

다음 날은 새로운 기쁨을 만끽하며 보냈다. 그들은 서로 맹세했다. 엠마는 자신의 슬픔을 이야기했다. 로돌프는 키스로 그녀의 말을 막았다. 눈을 반쯤 감은 엠마는 그의 얼굴을 바라보면서 다시 한번 자신의 이름을 불러 달라고 말했다. 그러고는 자기를 사랑한다고 말해 달라고 했다. 나막신을 만드는 직공의 오두막에서의 일이다. 그곳은 짚으로 쌓은 벽은 지붕이 낮아 몸을 웅크리고 있어야만 했다. 그들은 가랑잎으로 만든 자리에 딱 달라붙어 있었다.

그날 이후 그들은 매일 밤 규칙적으로 편지를 주고받았다. 엠마는 자기가 쓴 편지를 뜰 냇가 끝에 있는 바위틈에 끼워놓았다. 그러면 로돌프는 그것을 가지러 와 자신의 편지를 놓고 갔다. 그녀는 늘 그의 편지가 너무 짧다고 투덜거렸다.

어느 날 샤를이 해가 뜨기도 전에 외출하자 엠마는 로돌프를 만나고 싶은 충동에 사로잡혔다. 위세트와는 거리가 가까웠고, 한 시간쯤 있다가 용빌로 돌아와도 모두 자고 있을 것이었다. 그녀는 욕정에 사로잡혀 숨이 막힐 듯했다. 그래서 바로 목장 한가운데로 나와 뒤도 돌아보지 않고 빠른 걸음으로 길을 걸었다.

날이 밝기 시작했다. 엠마는 애인의 집을 찾았다. 제비 꼬리 같은 두 개의 바람개비가 아직은 뿌연 새벽, 하늘을 배경으로 윤곽을 드러냈다.

농장 뜰을 지나자 저택으로 보이는 건물 하나가 있었다. 가까이 가자 벽이 저절로 열리거나 한 것처럼 그녀는 안으로 빨려 들어갔다. 기다란 계단이 2층 복도를 통하고 있었다. 엠마는 한쪽 문고리를 잡아당겼다. 그때 방 안쪽에서 자고 있는 남자가 보였다. 로돌프였다. 그가 외마디 소리를 질렀다.

"당신이 어떻게 여기에?"

그는 되풀이해서 말했다.

"어떻게 여기까지 왔나요? 옷은 이렇게 젖고."

"전 당신을 가장 사랑해요."

엠마는 그의 목에 매달리면서 대답했다.

이렇게 대답한 행동은 샤를이 아침 일찍 외출할 때마다 이루어졌고, 엠마는 서둘러 강가로 통하는 돌계단을 소리 없이 내려가곤 했다.

하지만 암소가 건널 수 있게 대놓은 널빤지가 떨어져 있을 때는 강을 따라 담장을 끼고 돌아가야만 했다. 강둑이 미끄러웠기 때문에 그녀는 시든 풀더미를 잡고 길을 갔다. 밭을 가로지를 때는 발이 빠져 비틀거렸고, 화사한 반장화가 벗겨질 것만 같았다. 목에 두른 얇은 비단 스카프가 잡초 목장에서 불어오는 바람에 한들거렸다. 그녀는 황소가 무서워서 뛰어가기도 했다. 그러고는 숨을 몰아쉬면서 두 뺨이 장밋빛으로 물들었고, 온몸으로 나무 냄새와 풀과 신선한 대기의 냄새를 풍기며 도착했다. 로돌프는 그때까지 자고 있었다. 마치 봄날 아침이 방에 들이닥친 것 같았다.

창문을 따라 늘어진 노란 커튼에 짙은 금빛 햇살이 스며들었다. 엠마는 눈을 깜빡거리면서 손으로 더듬으며 나아갔다. 그녀의 머리카락에 맺힌 이슬방울이 황옥의 후광처럼 얼굴 가장자리를 에워싸며 반짝거렸다. 로돌프는 웃으면서 그녀를 끌어당겨 꼭 안아 주었다.

그녀는 방 안을 이리저리 둘러보았다. 가구의 서랍을 열어 보거나 로돌프의 빗으로 자기 머리를 빗기도 했고, 수염 깎는 거울에 자신의 모습을 비춰 보기도 했다. 또한 머리맡에 놓인 탁자 위의 레몬이나 사탕을 먹기도 했고, 물 주전자 옆에 놓여 있는 커다란 파이프를 장난삼아 입에 가져다 대기도 했다.

헤어지는 데는 거의 15분이나 걸렸다. 그때마다 엠마는 울었다. 로돌프 곁을 떠나기 싫었기 때문이었다. 알 수 없는 무언가가 자신을 로돌프에게로 떠미는 것만 같았다.

이런 일이 되풀이되던 어느 날, 생각지도 못하게 로돌프는 그녀가 찾아온 것을 꺼리는 기미가 보였다.

"왜 그러세요? 몸이 아픈가요? 아니면 뭐라고 좀 해 봐요."
엠마가 물었다.

그러자 로돌프는 상기된 채 이렇게 자주 찾아오는 것은 경솔한 짓이라고 말했다. 그는 남의 이목도 생각해야 하지 않겠냐고 분명하게 말했다.

10

걱정은 이제 로돌프가 아닌 엠마의 몫이 되었다. 처음에는 사랑에 취해, 그녀는 그 이상은 아무것도 바라지 않았었다. 하지만 이제 사랑은 그녀에게 없어지면 안 되는 것이 되어 버렸다. 심지어 당장이라도 사랑을 잃거나 방해물이 생길까 두려웠다.

로돌프의 집에서 돌아올 때, 그녀는 불안한 눈길로 주위를 두리번거렸고, 지평선 위를 지나가는 것에 신경을 썼으며, 누군가 내다보고 있을지도 모른다는 두려움 때문에 괴로웠다. 발소리, 누군가가 외치는 소리, 쟁기질하는 소리 하나하나도 놓치지 않고 들었다. 때로는 바람에 흔들리는 미루나무보다 더 파랗게 질려 오들오들 걸음을 멈추었다.

어느 날 아침, 그렇게 집으로 돌아오고 있을 때 엠마는 갑자기 커다란 총신이 자신을 겨누고 있다는 것을 느끼고는 숨을 들이켰다. 총신은 도랑가 풀숲에 절반쯤 파묻힌 조그만 통 속에서 비죽이 나와 있었다. 엠마는 겁에 질려 정신이 없었지만, 그래도 걸어야만 했다. 그러자 마치 용수철이 달린 장난감 도깨비가 상자에서 튀어나오듯 한 남자가 불쑥 나타났다. 그는 무릎까지 졸라맨 각반을 차고 모자를 푹 눌러쓴 채 입술을 떨고 있었다. 그는 물오리를 잡기 위해 숨어 있던 비네 씨였다.

"좀 더 멀리서 소리를 지르지 그랬어요. 총을 보면 반드시 소리를 질러야 합니다."

그러면서 비네는 자신이 방금 겁을 먹고 있었던 것을 감추려고 애썼다. 배를 타고 들오리 사냥을 하는 것 외에는 사냥을 금한다는 도지사 명령이 있었기 때문에, 비네는 법을 존중한다면서도 법을 어기고 있었다. 그래서 그는 매 순간 전원 감사관의 발소리가 아닌가 하고 놀라곤 했다. 하지만 이러한 불안감은 쾌감을 동반했다. 그래서 이렇게 혼자 통 속에 들어앉아 자신의 기막힌 아이디어에 스스로 놀랐다.

엠마를 발견하자 그는 무거운 짐을 내려놓은 듯 그녀에게 말을 걸었다.

"날씨가 매우 춥네요. 살을 에는 것 같아요."

하지만 엠마는 아무 대답도 하지 않았다.

"그런데 부인께서는 왜 이렇게 일찍 나오셨나요?"

비네가 다시 말했다.

"네, 아기를 맡긴 유모 집에 갔다 오는 중이었어요."

엠마는 더듬거리며 말했다.

"아, 그렇군요. 저는 보시다시피 새벽마다 이러고 있습니다. 하지만 안개가 지독하게 껴 새가 총구 앞으로 오면 모를까……."

"안녕히 계세요, 비네 씨."

그녀는 상대의 말이 끝나기도 전에 돌아섰다.

"부인, 안녕히 가세요."

그는 쌀쌀맞게 대답했다. 그러고는 통으로 다시 들어갔다.

엠마는 비네와 그렇게 헤어진 것을 후회했다. 그는 아마도 그녀에게 불리한 추측을 할지도 모른다. 유모 이야기를 꺼낸 것도 서툰 변명에 불과했다. 보바리의 아기가 1년 전부터 부모와 함께 지낸다는 것을 모르는 사람은 없었다. 게다가 이 근처에는 아무도 살지 않았다. 그 길은 위세트의 별장으로만 통해 있었다. 그러니 비네 씨가 그녀가 어디에 갔다 오는지 알게 될 상황도 무시할 수 없었다. 그는 가만히 입을 다물고 있지 않을 것이다. 의심의 여지가 없었다. 그녀는 저녁때까지 꼼짝도 하지 않은 채 변명거리를 궁리했다. 사냥 망태기를 뗀 찬 그 남자를 떠올리면서 말이다.

샤를은 저녁 식사 뒤에 아내가 수심에 차 있는 것을 보고 기분을 풀어 주기 위해 약제사의 집으로 데리고 갔다. 그런데 약국에서 제일 먼저 눈에 들어온 사람은 비네였다. 그는 붉은 유리병의 빛을 받으며 카운터 앞에 서 이렇게 말했다.

"유산 반 온스만 주세요."

"쥐스탱."

약제사가 소리쳤다.

"유산염을 가지고 오너라."

그때 오메 부인 방으로 올라가려는 엠마에게 말했다.

"아닙니다. 그냥 계세요. 아내가 내려올 겁니다. 난롯불을 쬐면서 기다리세요. 실례합니다. 그리고 안녕하세요, 박사님…… . 약그릇을 엎지르지 않도록 해. 우선 먼저 작은 방에 가서 의자를 가져와. 객실의 안락의자는 건드리면 안 된다고 일렀잖아."

안락의자를 다시 제자리에 놓으려고 오메가 카운터에서 급히 뛰어나오려 하자, 비네가 당산을 반 온스 주문했다.

"당산?"

약제사는 말했다.

"그게 뭐지요? 수산을 말씀하시는 거 아닌가요? 찾는 게 수산 맞지요?"

비네는 사냥 도구의 녹을 빼는 약을 만들려면 부식제가 필요하다고 말했다. 엠마는 흠칫 놀랐다.

"사실 요즘은 날씨가 좋지 않아요. 습기가 너무 많아요."

약제사가 말했다.

"하지만 날씨 따위는 개의치 않는 사람도 있지요."

비네가 음흉스러운 표정으로 말했다. 엠마는 숨이 막힐 것만 같았다.

"그리고 또 뭐가 필요한가요?"

'저 사람 쉽게 돌아갈 것 같지 않아.'

엠마는 생각했다.

"송진하고 테레빈유 반 온스, 황납 4온스, 골탄 1온스 반만 주세요. 이것은 사냥 도구의 에나멜가죽을 깨끗하게 닦기 위해서 필요해요."

약제사가 밀랍을 자르기 시작했을 때 오메 내외가 나폴레옹과 아탈리를 데리고 나타났다. 그러고는 창 옆에 있는 벨벳 의자에 앉았다. 그러자 사내아이는 접는 의자 위에 웅크리고 앉았고, 큰딸은 아버지 옆의 대추즙으로 만든 기침약 상자 주변을 서성거렸다. 아버지는 깔때기를 가득 채우기도 하고, 병의 마개를 막은 다음 이름표를 붙이고 나서 포장하기도 했다. 주변 사람들은 모두 잠잠했다. 가끔 저울 접시에 닿는 추의 달그락거리는 소리와 조수에게 뭔가 말하는 약제사의 나지막한 목소리만 들렸다.

"댁의 따님은 잘 자라고 있나요?"

오메 부인이 말했다.

"조용!"

장부에 숫자를 적고 있던 남편이 소리를 높였다.

"왜, 데리고 오지 그랬어요."

그녀는 조그만 소리로 계속 말했다.

"쉬! 쉬!"

엠마는 약제사를 가리키며 그녀의 말을 막았다.

하지만 비네는 계산서를 들여다보는 데 집중하고 있어 아

무 소리도 못 들은 듯했다. 마침내 그는 밖으로 나갔다. 그러
자 엠마는 안도의 한숨을 쉬었다.

"숨소리가 왜 그렇게 커요?"

오메 부인이 말했다.

"네, 좀 덥군요."

그녀가 대답했다.

다음 날, 엠마와 로돌프는 밀회 방법에 대해 의견을 나누
었다. 엠마는 자기 집의 하녀에게 어떤 선물이든 주어서 자기
뜻대로 움직이도록 만들겠다고 했다. 하지만 용빌 안에서 눈
에 띄지 않는 집을 찾는 쪽이 더 쉬운 일이었다. 로돌프는 방
법을 알아보겠다고 말했다.

겨울 동안 밤이 이슥해지면 매주 서너 번씩 그가 정원으로
들어왔다. 엠마는 일부러 목책의 자물쇠를 빼놓았다. 샤를은
그것을 잃어버린 것으로만 알고 있었다.

로돌프는 뜰 안으로 들어오면 그녀에게 알리는 신호로 덧
문에 모래를 한 줌 끼얹었다. 그러면 그녀는 벌떡 일어났다.
하지만 때로는 잠시 기다려야 할 때가 있었다. 샤를이 벽난로
가에서 이야기를 늘어놓는 경향이 있어서 좀처럼 이야기를
멈추지 않는 것이었다. 그녀는 초조하고 애가 탔다. 할 수만
있다면 그녀는 두 눈의 에너지로 그를 창밖으로 내던져 버리
고 싶었다. 결국 그녀는 잘 준비를 했다. 그녀는 책 한 권을 들
고 앉아 매우 재미있어서 못 견디겠다는 듯이 침착하게 책을
읽기 시작했다. 그러면 먼저 잠자리에 들어간 샤를이 그만 읽
고 자자고 말했다.

"어서 이리로 와, 엠마. 꽤 늦었는걸."

"네, 곧 갈게요."

엠마는 대답했다.

샤를은 촛불에 눈이 부시는지 벽 쪽으로 돌아누워 곧 잠들어 버렸다. 그러면 그녀는 숨소리를 죽이고 미소 지으면서 두근대는 가슴을 안고 잠옷 바람으로 방을 빠져나갔다.

로돌프는 커다란 망토를 입고 있었다. 그는 자신의 망토로 엠마를 덮어 주고 두 팔로 허리를 안은 채 말없이 그녀를 뜰 안쪽으로 데리고 갔다.

그곳은 예전에 여름 저녁이면 레옹이 정겨운 눈으로 그녀를 바라보던 곳이었다. 푸른 잎으로 덮인 선반 밑 썩은 통나무로 만든 의자에 앉아서 말이다. 이제 그녀는 레옹을 생각조차 하지 않았다.

잎이 떨어진 재스민의 나뭇가지 사이로 별들이 반짝거리고 있었다. 그들의 등 뒤에서 시냇물 흐르는 소리가 들렸고, 이따금 강둑에서 마른 갈대가 서걱거리는 소리도 들렸다. 여기저기서 시커먼 그림자가 어둠 속에서 어른거리면서 그들을 집어삼키려는 검은 파도처럼 일제히 일어서기도 하고 쓰러지기도 했다. 추위 때문에 두 사람은 더욱더 꼭 부둥켜안았다. 그들의 입술에서 새어 나오는 한숨 소리는 점점 심해졌고, 희미하게 보이는 서로의 눈은 더 커 보였다. 정적 속에서 소곤거리는 말은 수정 같이 낭랑한 소리를 내며 여러 개의 울림이 되어 마음속에 메아리쳤다.

비가 내리는 밤이면 그들은 헛간과 마구간 사이에 있는 진찰실로 숨어 들어갔다. 그녀는 책 뒤에 감추어 두었던 부엌용 촛대에 불을 켰다. 로돌프는 이제 제집이라도 되는 양 편안하게 자리를 잡았다. 그는 책장과 책상과 방 전체의 모습을 바라보는 것이 즐거운지 엠마가 무안하리만큼 샤를에 대한 농담을 늘어놓았다. 그녀는 그가 좀 더 진지하고, 좀 더 극적인 모습을 보여 주기를 바랐다. 언젠가 뜰 쪽에서 발소리가 가까워져 오는 것처럼 느껴질 때 엠마가 말했다.

"누가 와요."

그는 촛불을 훅 불어서 껐다.

"권총 있어요?"

"왜?"

"방어해야지요."

엠마가 말했다.

"당신 남편을 상대로? 참으로 한심한 작자."

그러고 나서 로돌프는 '한 손가락으로 퉁겨서 없애버려야겠다'는 뜻의 몸짓을 했다.

그녀는 그의 용기에 놀랐다. 그와 동시에 무례함과 야비함이 그 몸짓에 들어 있어 불쾌하기도 했다.

로돌프는 이 권총 이야기에 대해 심각하게 생각했다. 만약 그녀의 말이 심각한 것이라면, 그것은 패씸하고 추악한 말이라고 생각했다. 그로서는 사람 좋은 샤를을 미워해야 할 이유가 없었다. 그는 흔히 말하는 질투심에 타오르는 사람이 아니었다. 이와 관련해 엠마는 요란스러운 다짐을 받기 원했지만, 그것이 그에게는 고상한 취미 같지 않아 보였다.

이제 그녀는 매우 감성적인 사람이 되었다. 조그마한 초상화를 주고받기도 했고, 서로의 머리카락을 한 줌씩 잘라 바꿔 가지기도 했다. 영원한 인연이라는 징표로 결혼반지를 받고 싶다고도 말했다. 종종 엠마는 그에게 만종이나 자연의 소리에 대해 이야기했다. 그리고 그녀는 자기 어머니와 로돌프의 어머니에 대해 이야기하고 싶어 했다. 로돌프는 20년 전에 어머니를 여의었다. 그런데도 엠마는 버림받은 아기를 달래듯 달콤한 말로 그를 위로했다. 때로는 달을 쳐다보면서 이런 말까지 했다.

"틀림없이 우리 어머니들이 저 높은 곳에서 우리의 사랑을 허락하실 거예요."

하지만 엠마는 정말 아름다웠다. 로돌프는 여태껏 이렇게 순진한 여자를 가진 적이 없었다. 장난이 아닌 이 사랑은 그에게 있어 뭔가 새로운 것이었다. 그것은 그를 지금까지의 방탕한 습관에서 벗어나게 했고, 그의 자존심과 정욕을 동시에 만족시켜 주는 매력이 되었다. 그녀가 흥분하곤 하는 것도 그의 부르주아적 상식으로 보면 쓸데없는 것이었다. 하지만 그 흥분의 대상이 자신이 된다는 것 때문에 마음속으로 기뻐하는 것도 사실이었다. 그래서 사랑받고 있다는 확신이 들자 더는 거리낄 것이 없었다. 그리고 자신도 모르는 사이에 태도가 달라졌다.

로돌프는 이제 그전처럼 그녀를 자극할 만한 달콤한 말을 하지 않았고, 그녀를 미치게 할 만큼 열렬히 애무하지도 않았다. 하지만 엠마는 여전히 두 사람이 사랑 속에 푹 빠져 지내고 있는 줄 알고 있었다. 그런데 언제부터인지 그 사랑은 냇물 밑바닥의 흙 속으로 빨려 들어가는 강물처럼 그녀의 발밑에서 줄어들어 가는 것 같았고, 마침내 그녀의 눈에 밑바닥의 흙이 보였다. 그녀는 그것을 믿으려 하지 않았고, 더 자상하게 애정을 쏟았다. 그러자 로돌프는 점점 더 자신의 냉담을 숨기려고 하지 않았다.

엠마는 이 남자의 유혹에 넘어간 것을 후회하는 것인지, 반대로 더 강렬하게 그를 사랑하고 싶은 것인지 알 수 없었다. 자신이 연약하다고 느끼는 굴욕감이 원한으로 바뀌어 갔지만, 육체의 쾌락이 그것을 무마시켰다. 그것은 애착이 아니라 끊임없는 유혹 같은 것이었다. 로돌프는 엠마를 정복한 것이었다. 엠마는 그것에 대해 말할 수 없는 두려운 마음이 들었다.

그러면서도 로돌프가 이 간통을 자신이 좋은 대로 교묘하게 끌고 나갔기 때문에 표면상으로는 그 어느 때보다 평온했다. 그리하여 반년이 지나 봄이 왔을 때 그들은 안정된 살림을 하는 부부 같았다.

때마침 친정아버지인 루올이 다리를 치료받은 기념으로 칠면조를 보내오는 계절이었다. 선물은 꼭 편지와 함께 도착했다. 엠마는 편지를 매달아 놓은 바구니 끈을 자르고, 다음과 같은 내용의 글을 읽었다.

사랑하는 딸에게
이 편지를 받을 때는 두 사람 다 건강하기를 바란다. 또 이 칠면조도 예전 것보다 못하지 않으리라 믿는다. 사실 이번에 보내는 놈은 비교적 살이 연하고 살집도 더 많은 것이다. 그러나 다음번에는 물건을 바꾸어 수탉을 보낼까 싶다. 하지만 그래도 칠면조가 좋다면 그대로 하겠다. 그리고 바구니는 먼젓번 것들과 함께 돌려주길 바란다. 지난번 밤에 돌풍이 심하게 불어 닥쳐 지붕이 숲속으로 날아가 버려 큰일이다. 올해에는 추수가 신통치 못했단다. 이런 형편 때문에 너희들을 만나러 가기 어려울 것 같구나. 내가 홀로 된 이후로는 집을 비우고 다니기가 이렇게 힘이 드는구나, 귀여운 엠마야!

여기까지 쓰고 두어 줄이 떨어져 있는 것은 노인이 펜을 놓고 한동안 깊은 생각에 빠져 있었음을 말해 주는 것 같았다.

나는 매우 건강하단다. 다만 며칠 전에 이브토 시장에 갔다가 감기에 걸렸을 뿐이다. 거기에 간 이유는 내 집에 양치기 녀석이 너무 음식 타박을 하기에 내보내고, 다른 사람을 데려오려고 했기 때문이다. 그런 녀석을 상대하려면 귀찮아서 말이다. 게다가 지난번 녀석은 나쁜 짓을 했단다.

이번 겨울에 너희들 지방으로 장사하러 갔다가 이를 하나 뽑고 온 어떤 행상이 하는 말을 들으니 보바리도 여전히 열심히 집안일을 돌본다고 하더구나. 참 다행스럽다. 그런데 그 행상이 자기 이를 보여 주더구나. 우리는 커피도 함께 마셨지. 그에게 너를 보았느냐고 물으니 너는 못 보았지만 외양간에 말 두 마리가 있다고 대답하더라. 그것으로 보아 장사가 잘되는 것 같구나.

대단히 바람직한 일이다. 사랑하는 아이들아, 자비로우신 하느님께서 너희들에게 행복을 베풀어 주시길 빌겠다.

내가 아직 귀여운 손녀 베르트 보바리를 보지 못한 것은 유감이구나. 나는 그 애를 위해서 네가 예전에 쓰던 방 아래 뜰에 살구나무 한 그루를 심었다. 그리고 그 열매가 열리면 손수 잼을 만들어 그 애가 올 때까지 벽장에 간직해 두겠다.

잘 있거라. 나의 사랑하는 아이들아. 너에게 키스를 보낸다. 내 딸, 그리고 사위에게도 그리고 귀여운 손녀딸, 너의 두 뺨에도 입을 맞춘다.

— 너를 사랑하는 아버지, 테오도르 루올

엠마는 질이 좋지 않은 종이에 쓴 편지를 한동안 들고 있었다. 철자법이 틀린 곳이 많았지만, 그녀는 마치 가시나무 울타리에 몸을 반쯤 감추고 꼬꼬댁거리는 암탉처럼 그 글들 사이에 들어 있는 다정한 마음을 포근하게 품었다. 난로의 재로 잉크를 말렸는지, 약간의 잿빛 먼지가 그녀의 옷 위로 떨어졌다. 몸을 구부리고 부젓가락을 집은 아버지의 모습이 보이는 것만 같았다.

햇빛이 강하게 비추던 날에 불꽃이 이글거리는 장작불 옆 아버지 곁에서 접이의자에 앉아 있었던 것은 얼마나 먼 날의 이야기가 되었는가! 그녀는 햇빛 찬란했던 지난여름 저녁이 생각났다.

'망아지는 사람이 지나가면 펄쩍 뛰면서 달아났었지. 내 방 유리창 밑에는 꿀벌의 벌통이 있었어. 가끔 꿀벌들이 햇빛을 쫓다가 유리창에 부딪혀 황금 구슬처럼 튀었지, 그때는 얼마나 행복했던가! 얼마나 자유롭고 얼마나 자유롭고 희망차있었으며 꿈도 많았지.'

지금은 이미 그런 느낌은 사라지고 없었다. 처녀 시절, 결혼, 연애 이런 일들이 차례로 닥쳐와 여러 가지 일이 일어났고, 마음의 동요를 겪는 동안 이러한 꿈은 다 사라지고 없었다. 마치 길가 여관에 묵을 때마다 돈을 조금씩 흘려 놓고 온 나그네처럼 그녀는 하나둘, 그러한 것을 잃어버리고 말았다.

그럼 도대체 누가 그녀를 이렇게 불행하게 만든 것일까? 그녀는 마음을 뒤엎어 놓은 엄청난 비극은 도대체 어디서 나타났단 말인가? 엠마는 그 원인을 찾으려는 듯이 고개를 들어 주위를 찬찬히 둘러 보았다.

4월의 햇빛이 선반 위의 도자기에 반사되어 여러 빛을 뿜어냈다. 난로 불을 활활 타오르고 있었다. 그녀는 실내화 바닥으로 융단의 감촉을 느꼈다. 햇빛은 밝고 동기는 따스했다. 딸아이가 깔깔 웃어 대는 소리가 들려왔다.

마침 딸아이는 베어 말려 놓은 풀 위에서 뒹굴고 있었다. 쌓아 놓은 풀 위에 배를 깔고 엎드려 있고, 하녀는 아기의 치맛자락을 모으고 있었다. 레스티부드와가 그 옆에서 갈퀴로 풀을 긁어모으고 있었다. 그가 가까이 올 때마다 아기는 헤엄치는 사람처럼 두 팔을 휘저으며 몸을 앞으로 굽히곤 했다.

"아기를 데려와."

엠마는 아기에게 뛰어가 키스했다.

"강아지 같은 아가야, 엄마는 네가 세상에서 제일이란다."

그러고는 아기의 귀 뒤쪽이 좀 더러워진 것을 보고 하녀더러 물을 가져오게 한 뒤 깨끗하게 닦아 주었다. 속옷과 양말, 그리고 신발까지 갈아 주고 마치 여행에서 돌아온 듯 아이의 건강 상태를 묻고 흐느껴 울었다. 그러더니 아기에게 한 번 더 키스하고 하녀에게 건넸다. 하녀는 지금까지와는 다른 모습을 보고 깜짝 놀랐다.

로돌프는 그날 밤 평소보다 차분한 엠마의 모습을 보았다. 그러고는 생각했다.

'곧 나아지겠지. 한때의 변덕이니까.'

그는 그렇게 판단했다.

그러고는 세 번이나 밀회 장소에 나오지 않았다. 그 후 그가 나타나자 엠마는 쌀쌀맞고 로돌프를 경멸하는 듯한 태도를 보였다.

'흠, 저러는 것은 모처럼의 즐거운 시간을 낭비할 뿐이야.'

그는 엠마가 우울하게 한숨을 쉬는 것도, 손수건을 꺼내는 것도 못 본 척했다.

이때 엠마는 후회했다.

'왜 나는 샤를을 그렇게도 싫어하는 것일까. 만약 샤를과 사랑한다면 그편이 더 낫지 않을까?'

엠마는 스스로에게 물었다.

하지만 샤를은 이렇게 되돌아온 감정을 표현할 만한 계기를 만들어 주지 않았다. 그녀는 자신의 마음을 어떻게 추슬러야 하는지 몰라 망설이기만 했다. 그때 마침 약제사가 그에게 기회를 만들어 주었다.

11

최근 약제사는 새로운 안짱다리 치료법을 칭찬하는 기사를 읽었다. 그는 원래 진보주의자였기 때문에 '용빌도 뒤떨어지지 않으려면 이 수술도 해 봐야 한다.'라는 생각을 가지게 되었다.

"손해 볼 일이 없다고요. 잘 생각해 보십시오."

그는 그러면서 이 수술로 얻을 수 있는 것들을 손으로 꼽아 보았다.

"의심할 여지없이 성공할 것이고, 환자 본인은 수술하면 모양도 좋아지고, 수술한 사람은 명성을 얻을 것입니다. 그러니 댁의 선생께서도 황금 사자 집의 이폴리트를 고쳐주고 싶지 않겠습니까? 그의 병이 나아 보십시오. 그는 이 손님들에게 자신의 치료 결과를 알려줄 것이고, 게다가 말입니다."

그는 목소리를 낮추고 주위를 둘러보더니 말했다.

"제가 또 그 사실을 신문사에 제보하지 말라는 법도 없지요. 그리하여 신문에 나게 되면 이건 보통 일이 아니지요. 아마도 사람들 입에 오르내릴 것입니다. 그리고 어찌 될지는 모르는 법입니다."

사실 샤를은 수술에 성공할 만한 실력을 갖추고 있었다. 엠마가 보기에도 수술 능력은 아주 좋았다. 게다가 명성을 떨치고 돈도 벌 수 있는 일을 남편에게 권하면 그녀로서도 기분 좋은 일이었다. 이제는 사랑보다 좀 더 생산적인 일에 매달릴 수 있기를 바라온 그녀였다.

샤를은 약제사와 엠마의 권유에 끝내 설득을 당했다. 그는 루앙에서 뒤발 박사의 저서를 구해 저녁마다 머리를 싸매고 열심히 책을 읽었다.

말굽형 다리, 안짱다리와 밭장다리, 즉 스트레포카토포디, 스트레펜도포디, 스트레펙소포디, 그리고 스트레피포디와 스트레파노포디 등을 샤를이 연구하는 동안 오메 씨는 여관집 하인에게 별별 소리를 다 하면서 수술받기를 권했다.

"그저 조금 아플 정도야. 나쁜 피를 뽑을 때처럼 따끔할 정도일 뿐이라고, 물집 터뜨리는 것보다 더 쉬운 수술이란 말일세."

이폴리트는 생각에 빠져 얼빠진 사람처럼 두 눈을 굴렸다.

"게다가 이 일은 나와 아무런 상관이 없어. 다만 자네를 위해 권하는 거야. 인정상 말이지. 나는 말일세, 보기 흉하게 절름거리고 허리가 흔들거리는 증세가 낫는 것을 보고 싶다네. 자네가 뭐라 하더라도 그런 허리로 일하는 건 아주 불편할 거야."

그러고는 약제사는 수술을 받고 나면 튼튼해지고 건강한 다리를 가지게 되어 힘이 날 것이라 말했다. 또 발이 얼마나 건강해지는지도 잇달아 말했다. 심지어 여자들에게도 인기가 많아질 거라고 했다. 그러자 그는 미소를 띠었다. 약제사는 이제 이폴리트의 허영심을 건드렸다.

"자네도 사내 아닌가? 만일 자네가 군대에서 복무해 적과 싸우게 된다면 어떻게 될까?"

약제사는 과학의 혜택을 거부하는 고집과 무지를 이해할

수 없다는 말을 덧붙이고는 가 버렸다.

결국 가엾은 이 남자는 수술을 승낙했다. 마치 모든 사람이 한통속이 된 것 같았다. 절대로 남의 일에 끼어들지 않았던 비네, 르프랑수와 부인, 아르테미즈, 이웃 사람들, 그리고 튀바슈 면장까지 나서서 수술하라고 설교하거나 면박을 주기 일쑤였다. 하지만 그가 수술을 받기로 한 결정적 계기는 수술이 무료라는 것에 있었다. 샤를은 수술을 받게 될 기구까지 자신이 제공하겠다고 말했다. 이는 엠마의 박애적인 생각이 한몫했다. 샤를은 진심으로 아내야말로 천사라고 생각하면서 그 제안을 받아들인 것이다.

샤를은 약제사의 충고에 따라 목공과 자물쇠 제작 업자에게 의뢰해 세 번 만에 약 8파운드나 되는 나무 상자 같은 것을 만들게 했다. 첫조각 같아 보이는 그것은 나무, 영철, 가죽, 나사 등을 이용해 만든 것이었다.

하지만 이폴리트의 어느 힘줄을 잘라야 할지 알기 위해서는 우선 그의 안짱다리가 어떤 종류의 것인지 알아내야 했다.

그의 한쪽 발은 종아리와 거의 일직선을 이루고 있었지만, 안쪽으로 굽혀 있었다. 즉, 말발굽형 다리에 약간 안짱다리가 섞인 것, 혹은 가벼운 안짱다리가 기형으로 굽어진 것이었다. 이 말발굽형 다리는 말 다리만큼 커서 피부는 우툴두툴하고, 힘줄은 질기고, 발가락은 굵고, 검은 발톱은 말의 편자 같았다. 그는 이러한 기형적인 다리로 아침부터 밤까지 사슴처럼 뛰어다녔다. 그가 한쪽 짧은 다리를 앞으로 내뻗치면서 짐마차 주위를 도는 것은 익숙한 광경이었다. 또한 불구인 다리보다 다른 쪽 성한 다리가 오히려 기운 차 보였다. 그 다리는 너무나 많은 일을 해서 인내심과 정력이라는 정신적인 것이 들어 있었다. 그는 힘든 일을 부탁받았을 때면 곧잘 이쪽 다리로 몸을 떠받쳤다.

어쨌든 그의 다리는 말발굽형 다리였기에 우선 아킬레스건을 절단하고 안쪽 다리를 고치기 위해 며칠 뒤 정강이와 근육을 수술하기로 결정이 났다. 샤를이 한꺼번에 두 가지 수술을 해치울 용기가 나지 않으셨다. 게다가 그는 알지도 못하는 소중한 부분을 건드려 상처를 내지 않을까 두려웠다. 켈수스 이래 15세기를 거쳐 처음으로 동맥의 결합 수술을 한 앙브르와즈 파레, 뇌의 두꺼운 층을 절개하고 농양을 제거하려고 했던 뒤퓌트랑, 처음으로 위턱뼈 절제 수술을 한 장술, 이들은 샤를이 힘줄을 끊을 칼을 잡고 이폴리트에게 다가갔을 때처럼 심장이 떨리거나 긴장을 크게 하지는 않았을 것이다. 그리고 마치 병원에서처럼 테이블 위에는 거즈와 밀초를 먹인 실더미, 그리고 약제사의 집에서 가져온 붕대가 피라미드처럼 쌓여 있었다. 약제사는 많은 사람을 깜짝 놀라게 만들고, 우쭐한 기분을 느끼기 위해 아침부터 애썼던 것이다.

샤를이 피부를 찔렀다. '쑥' 하는 소리가 났다. 이것으로 힘줄을 절단했고, 수술은 끝이 났다. 이폴리트는 어리둥절했다. 그는 샤를의 두 손을 끌어 얼굴에 대고 키스를 퍼부었다.

"진정해. 선생님께 인사는 나중에 천천히 하게."

약제사는 이렇게 말하고는 정원에서 기다리고 있는 대여섯 명의 사람들에게 수술의 결과를 알려 주려 내려왔다. 이 사람들은 이폴리트가 똑바로 서서 걸어 나올 것으로 생각하고 있었다. 샤를은 환자를 보행기에 단단히 고정해 놓은 다음 집으로 돌아왔다. 집에서는 엠마가 걱정스러운 표정으로 기다리고 있었다. 그녀는 그의 목에 매달렸다. 그들은 식탁에 마주 앉았다. 샤를은 많은 양의 음식을 먹었고, 식후에는 커피를 한 잔 마셔야겠다고 말했다. 커피는 일요일에 손님이 찾아왔을 때만 내는 귀중한 것이었다.

그날 밤은 아주 즐거웠다. 주고받은 이야기가 많았고, 또 같이 여러 가지 생각을 공유했다. 그들은 앞날의 행운과 수리해야 할 집안 살림에 대한 이야기 따위를 했다. 샤를은 자신의 명성이 쌓여 생활 수준이 높아지고, 아내가 항상 자신을 사랑해 주기를 바랐다. 그리고 엠마는 지금까지보다 더 건전하고 더 나은 감정을 맛보면서 기분이 상쾌해지자 자기를 이토록 사랑하는 이 불쌍한 남자에 대해 애정을 가지게 되어 기뻤다. 문득 그녀는 로돌프 생각이 떠올랐다. 하지만 그녀의 눈길은 이제 샤를에게로 돌려졌다. 그녀는 샤를의 이가 그다지 보기 흉하지 않은 것을 깨닫게 되어 새삼 놀랍기도 했다.

이미 보바리 부부가 잠자리에 들었을 때, 갑자기 오메 씨가 하녀의 만류에도 자신이 쓴 기사를 들고 침실 안으로 들어왔다. 그것은 그가 〈루앙의 등불〉에 보내려는 기사로, 이들 의사 부부에게 읽어 주기 위해 가지고 온 것이다.

"당신이 읽어 주세요."

샤를이 말했다. 오메 씨는 이내 읽었다.

여러 가지 편견이 오늘날까지 유럽 한구석을 그물처럼 덮고 있는 수많은 편견이 있음에도 이제 우리의 전원 속으로 광명이 비쳐 들기 시작했다. 그리하여 우리의 조그마한 이 용빌은 지난 화요일 어떤 외과적 수술이 행해지는 의학적 실험의 무대가 되었다. 이 실험이야말로 숭고한 박애적 행위였다. 우리 지방에서 가장 탁월한 개업의인 보바리 씨는······.

"아니, 이건 너무 난처해요. 너무 과장이 심했네요."
샤를은 감동에 빠져 숨이 막힐 것만 같았다.
"절대 그렇지 않습니다. '절름발이 수술을 했다.' 같은 학술상의 용어는 쓰지 않습니다. 아시다시피 기사의 내용은 누구나 다 아는 것이 아닐 테니까요."
"그렇겠지요. 계속 읽어 주세요."
샤를이 말했다.
"네, 그러겠습니다."

우리 고장에서 가장 탁월한 개업의인 보바리 씨는 안짱다리 수술을 했다. 환자는 과부인 르프랑수와 부인이 경영하는 황금 사자 여관에서 25년 동안 마부 노릇을 하고 있는 이폴리트 토탱이라는 사람이다. 새로운 시도를 하는 수술의 환자에 대한 관심은 많은 주민의 주의를 끌어 여관 문 앞은 큰 혼잡을 이루고 있다. 게다가 수술은 성공적으로 이루어져서 마치 완고한 힘줄도 기술의 힘에 굴복하듯 몇 방울의 피가 흐른 것으로 마무리되었다. 이상하게도 환자는 (목격자로서 확언하지만) 아무런 고통도 호소하지 않았다. 현재까지의 경과는 매우 이상적이다. 회복도 빨라질 것으로 보인다. 다가오는 마을 축제 때, 환자는 쾌활한 합창이 불릴 동안 바커스 춤을 추는 사람으로서 흥겹고 절묘한 동작으로 모든 사람 앞에서 완쾌된 모습을 보여 줄 것이다. 바라건대 관대한 학문의 사도들에게 영광이 있기를! 인류를 개선하고 그들의 고통을 구제하기 위해 밤새워 노력하는 이와 같은 불굴의 지성에 영광이 있기를! 세 번 거듭 영광이 있기를! 이제 '장님은 눈을 뜨고 귀머거리는 듣게 되고 절름발이는 걸을지어다.'라고 말할 수 있지 않을까. 옛날에는 광신이 소수의 선택된 사람들에게만 약속했던 것을 오늘의 과학은 만인을 위해 이행하는 것이다. 이 주목할 만한 치료의 경과에 대해서는 계속 독자들에게 보도할 예정이다.

그로부터 닷새 뒤 하얗게 얼굴이 질린 르프랑수와 주인이 소리를 지르면서 뛰어들었다.

"큰일 났어요. 이폴리트가 다 죽어 가요. 어떻게 해야 할지 모르겠어요."

샤를은 황금 사자로 달려갔다. 그는 모자도 쓰지 않은 채 광장을 달렸고, 이 모습을 본 약제사도 약국에서 나왔다. 그는 숨을 헐떡이며 얼굴이 벌게졌고, 불안한 표정이었다. 그리고 층계를 올라가 사람마다 붙잡고 물었다.

"아니, 그 안짱다리 환자에게 무슨 일이 생겼지요?"

그 안짱다리 환자는 심한 경련을 일으키면서 발에 끼운 보행기를 때려 부술 듯이 벽에 부딪치면서 몸부림을 치고 있었다.

다리의 위치가 비뚤어지지 않도록 조심하면서 상자를 떼어 보니 차마 눈 뜨고 보기 어려울 만큼 참혹했다. 발은 알아볼 수 없을 만큼 부어올라 다리의 형태도 알아볼 수 없을 지경이었다. 샤를이 만든 기구 때문에 피하 출혈을 일으키고 있었다. 이폴리트는 이전부터 고통을 호소했지만, 아무도 귀담아듣지 않았다. 상태를 보니 그가 틀린 말을 하는 것 같지는 않아 보였다. 그래서 몇 시간 동안 기계를 떼어 내기로 했다. 부기가 조금 가라앉자 두 선생은 다시 다리를 기계 속에 넣고 고정하는 것이 좋겠다고 판단해 상자를 좀 더 단단히 잡아맸다. 하지만 사흘 뒤 이폴리트가 고통을 참지 못하자, 두 사람은 다시 기계를 떼어 놓고 결과를 살폈다. 두 사람은 정신을 잃을 만큼 놀랐다. 납빛의 부기가 다리 전체에 번졌고, 다리 여기저기에 물집이 잡혀 검은 물이 흘러나오고 있었다. 그야말로 심각한 상태였다. 이폴리트는 비관했다. 르프랑수와 부인은 그의 기분을 달래 주기 위해 부엌 옆에 있는 조그마한 방으로 옮겨 주었다.

하지만 매일 저녁, 이 방에서 식사하는 세무 관리가 환자 옆에 있는 것이 싫다고 투덜거렸다. 그리하여 이폴리트는 당구장으로 옮겨졌다.

이폴리트는 그 방에서 해진 이불을 덮고 신음했다. 그의 얼굴은 창백하고 수염이 덥수룩한 채 눈은 움푹 파였으며, 파리가 덤벼드는 더러운 베개 위에서 땀에 젖은 머리를 흔들어 대고 있었다. 엠마는 그를 보러 찾아오곤 했다. 그녀는 찜질용 헝겊을 가지고 와서 위로도 하고 용기도 북돋아 주었다. 그는 말동무가 부족하지는 않았다. 특히 장이 서는 날에는 농부들이 그의 옆에서 당구를 치고 당구채로 검술하는 흉내를 냈으며, 담배를 피우거나 술을 마시고 노래하는 등 큰 소리를 지르거나 떠들어 댔다.

"좀 어떤가? 기운이 하나도 없군그래. 이게 다 자네 잘못일세. 이렇게도 해 보고 저렇게도 해 보아야지."

그러고는 그들은 그의 어깨를 치면서 말을 걸었다. 한편으로는 다른 치료법으로 거뜬히 나은 사람들의 이야기를 해 주었다. 그러고는 위로하듯 덧붙였다.

"자네, 몸을 너무 아끼는 거 아닌가? 좀 일어나 보라고. 마치 대감님처럼 몸을 사리고 있으니 말이야. 그건 그렇게 자네 몸에서 고약한 냄새가 나는군."

사실 상처 부위가 썩어 가고 있었기 때문에 샤를은 비위가 상할 지경이었다. 그는 아무 때나 시간이 나는 대로 자주 환자에게 들렀다. 이폴리트는 겁에 질린 눈으로 샤를을 쳐다보고 흐느껴 울면서 말했다.

"언제 낫게 되는 겁니까? 저 좀 살려 주세요. 이렇게 될 줄은 정말 몰랐습니다."

그럴 때마다 샤를은 그에게 음식을 줄여서 먹으라고 말하고는 돌아갔다.

"저 의사 얘기는 들을 것도 없어. 그 사람들이 너를 이렇게 골탕 먹였어. 먹지 않으면 더 힘이 약해질 거야. 자 먹어, 어서!"

르프랑스와 주인은 맛있는 수프와 양의 넓적다리 고기 등을 양껏 가져다주었다. 때로는 작은 컵에 브랜디를 넣어 권하기도 했지만, 이제 환자는 음식을 먹을 힘도 없었다.

부르니지앙 신부는 그의 병세가 나빠졌다는 소문을 듣고 그를 만나고 싶다고 했다. 우선 신부는 그의 고통에 대해 동정하고, 그러나 이것도 하느님의 뜻이라며 이를 기쁘게 생각해야 한다고 말했다. 그리고 이 기회를 인연으로 신심이 더 깊어질 거라 했다.

"알겠나? 자네는 평소 의무를 소홀히 했어. 미사 때 좀처럼 나오지 않고 말이야. 지난번 성체를 받고 나서 벌써 몇 해가 지났나? 자네의 일이 바쁘고, 세속의 번잡한 일에 얽매여 영혼의 구제에 대해 생각할 만한 겨를이 없다는 것은 나도 알아. 하지만 지금은 그에 대해 생각해 볼 수 있는 최선의 기회야. 그렇다고 낙심해서는 안 되네. 아무리 악인이라 할지라도 하느님 앞에 불려 나갈 때 자비를 내려 주십사 하고 열심히 빈 예는 많다고. 자네 또한 이 사람들처럼 훌륭한 본보기가 되어 주기 바라네. 만약의 경우를 대비해서 경건한 마음으로 '성총이 깊으신 마리아님'과 '하늘에 계신 우리 아버지' 하고 매일 아침저녁으로 외워 보게나. 그렇게 해, 나를 위해서. 나를 기쁘게 해 주기 위해서라고 생각하면서 말일세. 어때, 나랑 약속할 텐가?"

신부는 자식을 타이르듯이 말했다. 이폴리트도 맹세했다. 그 후로는 매일 본당 신부가 다녀갔다. 신부는 여관집 주인과 이폴리트가 알아들을 수 없는 농담을 했고, 여러 가지 이야기들을 했다. 그러다가 기회가 닿으면 갑자기 진지한 표정을 짓고, 이야기를 신심과 관련한 이야기로 화제를 돌렸다.

신부의 열성은 성공한 것 같았다. 얼마 지나지 않아 안짱다리 환자가 병이 나으면 봉스쿠르로 순례를 떠나고 싶다고 말했다. 부르니지앙 신부는 좋은 생각이라고 대답했다. 두 가지를 조심하는 것이 한 가지를 조심하는 것보다 좋다는 말도 했다. 절대로 손해는 없을 거라는 것이었다.

약제사는 '사제의 술책에 분개했다. 그는 쓸데없는 짓을 하며 오히려 이폴리트의 회복을 방해하고 있다.'고 주장했다. 그는 르프랑수와 부인을 여러 번 찾아가 이 말을 되풀이했다.

"가만히 놔 두세요. 상관하지 말라고요. 당신네는 이상한 신앙 때문에 저 남자의 마음을 혼란스럽게 만들고 있어요."

하지만 여주인은 그의 말을 들으려고 하지 않았다. 모든 것이 그 때문에 생긴 일이라고 생각한 그녀는 오히려 약제사의 심기를 건드리기 위해, 성수를 가득 담은 성수반에 회양목 가지를 곁들여 환자의 머리 맡에 매달아 놓았다.

하지만 외과 수술은 완전히 실패했는지 이폴리트는 다리에서부터 몸이 썩어 들어가 마침내 배까지 올라왔다. 물약을 바꿔 보거나 찜질을 달리해 보았지만 살은 매일매일 썩어 들어갔다. 보다 못한 르프랑수와 주인은 다른 방법이 없으니 뇌샤텔에 있는 유명한 카니베 선생을 불러오면 어떻겠냐는 의견을 내놓았고, 샤를도 이에 동의했다.

의학 박사로 나이는 쉰 살이고, 높은 지위에 명성이 자자한 이 자신만만한 의사는 무릎까지 썩어 가고 있는 다리를 보자, 무례하게 경멸 섞인 냉소를 숨기지 않았다. 그는 다리를 절단해야 한다고 말하고는 약제사에게 불쌍한 사내를 그 지경으로 만들어 놓은 사람들을 마구 욕했다. 그는 오메 씨의 프록코트의 단추를 쥐고 흔들면서 고함을 쳤다.

"이런 것이 파리의 발명품이라는 거예요? 이게 바로 수도 나리들의 생각이란 말이오? 사팔뜨기를 치료한다거나 클로로폼, 아니 방광 쇄석술 같은 것은 정부에서 금지해야 할 엉터리 요법이란 말이오. 그런데 저런 사람들은 혼자 똑똑한 체하고, 결과에 대한 생각은 해 보지도 않은 채 함부로 온갖 요법을 쓰는 것입니다. 하지만 우리는 그렇게 잘나지 않았어요. 우리는 학자도 아니고, 보란 듯이 문화인인 체하는 사람과 다르단 말입니다. 나는 의사요. 치료하는 사람이란 말이에요. 멀쩡하게 잘 지내는 사람을 수술할 생각은 안 한단 말이오. 안짱다리를 교정한다고요? 절름발이를 고친다고요? 그건 마치 곱사등이를 똑바로 세우겠다는 생각과 똑같은 거라고요."

오메는 이런 험한 말을 듣는 것이 불편했다. 그러나 카니베 선생의 처방전은 이따금 용빌에도 오기 때문에 그의 기분을 상하게 만들 수 없었었다. 그는 거북한 심사를 아첨하는 웃음으로 얼버무려 버렸다. 그래서 그는 샤를을 변호하지 않았고, 아무런 토도 달지 않았다. 심지어 평소의 진보주의에 대한 신조를 버리고, 소중한 장사와 이익을 위해 체면까지 버렸다.

카니베 박사가 집도한 넓적다리 절단 수술은 마을에서는

대사건이었다. 모든 사람이 이날은 다른 날보다 일찍 일어났다. 큰길에 사람들이 가득 찼으며, 무슨 사형 집행이라도 있는 듯 무거운 공기가 감돌았다. 식료품 가게에서는 모두가 이 폴리트의 병에 관해 이야기를 나누었다. 어느 가게나 모두 문을 닫았다. 하지만 튀바슈 면장 부인만은 수술하러 오는 의사를 보려고 창가를 떠나지 않고 있었다.

카니베는 직접 삼륜 마차를 끌고 왔다. 하지만 그는 살이 너무 쪄서 오른쪽 용수철이 납작해져 마차는 조금 기운 채로 달려왔다. 그의 옆자리 쿠션 위에는 빨간 양피로 덮인 커다란 상자가 보였고, 그곳에 달린 세 개의 구리 장식이 요란하게 번쩍거렸다.

그는 황금 사자의 현관으로 들어가면서 말을 풀어 놓으라고 큰 소리로 명령했다. 그러고는 직접 마구간으로 가서 말이 귀리를 잘 먹고 있는지 확인했다. 그는 어느 환자의 집에 가든지 제일 먼저 자신의 말과 마차에 신경을 많이 썼다. 그 때문에 사람들은 이렇게 말했다.

"카니베 씨는 좀 특이한 사람 같지?"

하지만 요지부동이며 안하무인격인 이 모습 때문에 그는 오히려 신용을 얻었다. 세상이 무너져 내려 모든 사람이 죽어 버린다고 해도 그는 자신의 습성을 조금도 바꿀 것 같지 않았다.

이때 오메가 나왔다.

"잘 부탁해. 준비는 다 되었는가? 그렇다면 가세."

박사가 말했다. 그러나 약제사는 얼굴이 빨개지면서 자신은 신경이 너무 예민해서 수술에 입회하기는 어려울 것 같다고 말했다.

"그저 단순한 입회인의 입장입니다만 곁에서 수술을 보기만 하는 것은 편할 거 같지만, 제 자신이 멋대로 상상한 것에 이끌리는 경향이 있어요. 게다가 제 신경 조직이라는 게 아무래도……."

"지금 무슨 소리를 하는 거요?"

카니베가 말했다.

"그게 아니라 당신은 지금 중풍이라도 일으킬 것 같군. 하긴 그것도 이상스러울 건 없지. 약제사는 언제나 조제실에 틀어박혀 있기 때문에 결국 체질이 바뀌지. 자, 나를 봐요. 나는 매일 아침 4시에 일어나서 찬물로 수염을 깎지만 조금도 차다는 것을 느끼지 않아요. 나는 플란넬 내의를 입지 않지만 감기에도 걸리지 않지. 뼈대가 튼튼해서 그런 거요. 먹는 것도 가리지 않고, 투정 같은 것도 부리지 않아요. 그러니까 당신들처럼 징징거리는 소리는 하지 않지. 사람 다리 하나 자르는 것이나 닭 한 마리 잡는 것과는 나에게 전혀 다를 바가 없어. 그리고 중요한 것은 뭐니 뭐니 해도 습관이 문제야. 알겠소?"

두 사람은 이불 속에서 땀을 흘리며 고통스러워하는 이폴리트는 안중에도 없고 자기들 멋대로 계속해서 떠들었다. 약제사는 외과의의 냉철한 태도를 장군에 비유했고, 이에 기분이 좋아진 카니베는 의술이 얼마나 까다로운 것인지 이야기를 늘어놓기 시작했다. 비록 많은 의사가 의술의 명예를 떨어뜨리고 있기는 하지만 자신은 의술을 신성한 직업이라고 생각한다고 했다. 그러고 나서 환자 옆으로 되돌아온 의사는 오메가 가지고 온 붕대를 검사하고 나서 누구든 손발을 붙들어 줄 사람이 필요하다고 말했다. 그래서 레스티부드와를 부르러 사람을 보냈다. 그리고 그가 불려 왔다. 카니베 선생은 소매를 걷어 올리고 당구장으로 들어갔다. 한편 약제사는 아르테미즈와 여관의 주인과 함께 뒤에 남아 있었다. 두 사람 다여자들이 걸치는 앞치마보다 더 하얗게 얼굴이 변해 있었고, 방문 쪽으로 귀를 기울였다.

그러는 동안 샤를은 집 안에서 한 발짝도 나갈 용기가 없었다. 아래층 거실의 불도 없는 난로 앞에 앉아 고개를 숙이고 두 손을 움켜쥔 채 한군데를 응시하고만 있었다.

'이 얼마나 큰 실패인가!'

샤를은 생각했다. 그렇지만 생각을 할 만큼 하고 나서 수술을 진행했다는 생각이 지배적이었다.

'운이 나빴어. 그래도 어찌 됐든 만일 나중에 이폴리트가 죽기라도 한다면 영락없이 내가 죽인 거나 마찬가지야. 혹여나 왕진을 다닐 때 사람들이 물어보면 뭐라고 변명할 수 있을까? 혹시 내가 무슨 실수를 저지른 것 아닐까?'

그는 아무리 생각해 보아도 짐작이 가지 않았다.

'명의라도 실수는 하게 마련이지. 하지만 이를 아무도 이해해 주지 않아. 모두 나를 비웃으며 욕할 거야. 그리고 소문이 포르주에까지 나겠지. 다른 의사들이 나를 공격하는 글을 쓸지도 몰라. 그러면 논쟁이 벌어지겠지. 그럴 경우 신문에

뭐라고 변명이라도 해야 할 거야. 이폴리트가 소송을 걸지도 몰라.'

그는 명예를 잃고 파산하는 등 몰락해 버린 자신의 모습이 보이는 것 같았다. 그는 무수한 억측에 시달리며 바다에 던져진 빈 통의 물결을 따라 뒹굴듯이 괴로워했다.

엠마는 남편과 마주 앉아 그를 물끄러미 바라보았다. 그녀는 남편의 굴욕을 이해해 주기는커녕 자신이 굴욕감에 시달렸다. 자신이 남편의 무능함을 수없이 겪었음에도 그가 잘할 수 있으리라 생각한 것이 부끄러웠다.

샤를은 방 안을 서성거렸다. 구두가 마룻바닥 위에서 삐걱거리는 소리를 냈다.

"그냥 앉아 있어요. 시끄럽다고요."

엠마의 말에 샤를은 자리에 앉았다.

'또 남편을 잘못 보다니, 이 영리한 내가 말이야. 도대체 이건 무슨 경우인가 말이다. 게다가 그의 한심한 고집에 희생만 하면서 내 생활을 이렇게 엉망진창으로 만들어 버리다니, 이 무슨 경우란 말인가!'

사치를 좋아하는 자신의 본능, 여러 불만, 형편없는 결혼 생활, 집 안 꼴, 상처 입은 제비처럼 진창 속에 떨어진 많은 꿈, 자신이 바라던 모든 것, 체념해 버린 모든 것, 가질 수도 있었을 것들을 그녀는 떠올렸다.

'왜 나는 그렇게 희생만 했지? 도대체 왜?'

조용한 마을의 침묵을 깨뜨리고 갑자기 찢어지는 듯한 비명이 공기를 가르며 솟아올랐다. 샤를은 기절이라도 할 듯 얼

굴이 창백해졌다. 엠마는 신경질적으로 이마를 찌푸리며 또
다시 이 남자, 아무것도 못 느끼는 이 남자에 대해 생각했다.
그는 태연하게 가만히 있지 않은가! 이제 자신이 사람들의
비웃음거리가 되고, 그뿐만 아니라 그녀 자신까지 부끄러워
해야 한다는 것을 그는 알지 못했다. 이런 남자를 사랑하려고
그토록 애썼단 말인가! 그녀는 다른 남자에게 몸을 주었던
것을 울면서 후회하지 않았던가!

"어쩌면 그가 밭장다리였을지도 몰라."

생각에 깊이 잠겨 있던 샤를이 갑자기 큰 소리를 질렀다.
은 접시에 날아든 납덩이처럼 그녀의 의식 위에 떨어진 이
말의 충격으로 엠마는 몸을 부르르 떨면서 그 의미를 알아내
려 했다. 두 사람은 침묵 속에서 서로의 얼굴을 쳐다보기만
했다. 이것이 의외인 듯했지만, 그만큼 서로의 마음은 멀리
떨어져 있었다.

샤를은 다리가 잘린 이폴리트의 마지막 비명이 귓가를 맴
도는 것을 느끼면서 술 취한 눈으로 멍하니 엠마를 바라보았
다. 비명은 마치 목을 잘린 짐승이 먼 데서 울부짖는 것처럼
날카로운 목소리가 뒤섞여 높았다가 낮아졌다가 하면서 들
려왔다

엠마는 핏기가 가신 자신의 입술을 깨물었다. 그리고 깨진
산호의 작은 가지를 손가락으로 만지작거리면서 두 개의 불
화살처럼 불타는 눈초리를 샤를을 향해 던졌다. 이제는 남편
의 모든 면이 싫었다. 얼굴, 옷, 침묵, 그의 온몸, 그의 인격, 나
아가 그의 존재 자체가 너무 싫었다. 그녀는 자기 자신이 과

거 남편에게 바쳤던 정절을 죄라도 저지른 것처럼 후회했다. 그나마 남아 있던 정절은 그녀의 맹렬한 자존심의 상처로 깨져 버렸다. 그녀는 떳떳한 간통이라는 아이러니 속에서 쾌감을 느꼈다. 또 여러 애인과의 현기증이 날 것 같은 매력적인 추억이 되살아났다. 엠마는 새로운 감격으로 그 환영 속에 끌려 감격을 느끼며 사랑의 추억 속에 온 정신을 쏟아부었다. 그리고 샤를이라는 남자는 그녀의 눈앞에서 숨을 거두면서 마지막 신음을 내는 것처럼, 그녀의 생활과 동떨어져 영원히 자취를 감추어 더는 존재하지 않는 것, 그녀의 삶에서 떨어져 나간 것처럼 느껴졌다.

그때 문밖에서 발소리가 들려왔고, 샤를은 그쪽을 바라보았다. 그러자 덧문 너머로 시장 어귀에 햇빛을 받고 있는 카니베 박사가 수건으로 이마를 닦는 모습이 보였다. 그 뒤에서는 붉은 상자 하나를 손에 든 오메가 있었다. 두 사람은 약국 쪽으로 갔다.

샤를은 갑자기 마음이 약해져서 아내에게 매달리고 싶은 심정으로 말했다.

"여보, 키스해 줘! 제발."

"무슨 소리예요?"

엠마는 얼굴을 붉히면서 화를 냈다.

"왜 그러오, 왜 그러오."

깜짝 놀란 샤를은 말을 반복했다.

"진정해. 이럴 때일수록 침착해야지. 내가 얼마나 당신을 사랑하는지 알지 않소? 자, 이리 와요."

"싫다니까요!"

엠마는 무서운 표정으로 소리를 질렀다. 그리고 방에서 뛰쳐나가면서 문을 너무 세게 닫아 벽에 걸려 있던 청우계가 마루 위에 떨어져 산산조각이 났다.

샤를은 정신이 혼미한 듯 안락의자에 털썩 주저앉았다. 엠마가 도대체 어떻게 된 건지 이해할 수 없었다. 신경성 발작을 일으킨 건 아닐까. 그는 이렇게 생각하다가 곧 눈물을 흘리면서 뭔가 불길한 것이 자기 주변을 감돌고 있다는 것을 막연하게 느꼈다.

그날 밤, 뜰 안으로 들어온 로돌프는 그의 정부가 맨 아래 계단에 서서 자신을 기다리고 있는 것을 보았다. 두 사람은 서로 끌어안았다. 엠마의 원망스러웠던 마음은 뜨거운 키스로 녹아 버렸다.

생각뿔 | 세계문학 미니북 클라우드 라이브러리

거장의 숨소리를 만나는 특별한 여행

*** | 도리언 그레이의 초상 1~2 × 오스카 와일드 Oscar Wilde
- 미국 대학위원회 SAT 추천 도서 • 〈동아일보〉 선정 '우리나라 명사들의 추천 도서'

*** | 로미오와 줄리엣 × 윌리엄 셰익스피어 William Shakespeare
- 미국 대학위원회 SAT 추천 도서 • 서울대학교 선정 '동서 고전 200선'

*** | 에드거 앨런 포 단편선 × 에드거 앨런 포 Edgar Allan Poe
- 미국 대학위원회 SAT 추천 도서 • 노벨 연구소 선정 '세계 문학 100대 작품'

*** | 적과 흑 1~2 × 스탕달 Stendhal
- 국립중앙도서관 선정 '청소년 권장 도서'

*** | 폭풍의 언덕 × 에밀리 브론테 Emily Bronte
- 미국 대학위원회 SAT 추천 도서 • BBC 선정 '반드시 읽어야 할 고전'
- 〈옵서버〉 선정 '인류 역사상 가장 훌륭한 책' • 국립중앙도서관 선정 '청소년 권장 도서'

*** | 독일인의 사랑 × 프리드리히 막스 뮐러 Friedrich Max Müller
- 한국출판문화산업진흥원 선정 '대학 신입생 추천 도서'

*** | 이상한 나라의 앨리스 × 루이스 캐럴 Lewis Carroll
- BBC 선정 '영국인이 즐겨 읽은 책 100선' • 영국 최고 아동 도서 50선

*** | 두 도시 이야기 × 찰스 디킨스 Charles John Huffam Dickens
- 미국 대학위원회 SAT 추천 도서 • 미국 하버드대학교 선정 '신입생 추천 도서'

*** | 오페라의 유령 × 가스통 르루 Gaston Leroux
- 세계 4대 뮤지컬인 〈오페라의 유령〉 원작

*** | 월든 × 헨리 데이비드 소로 Henry David Thoreau
- 미국 대학위원회 SAT 추천 도서

*** | 킬리만자로의 눈 × 어니스트 헤밍웨이 Ernest Hemingway
- 1954년 노벨 문학상 수상 작가

*** | 오즈의 마법사 × 라이먼 프랭크 바움 L. Frank Baum
- 미국 대학위원회 SAT 추천 도서 • 연세대학교 선정 '필독 도서'

*** | 레 미제라블 1~5 × 빅토르 위고 Victor Marie Hugo
- 세계 4대 뮤지컬인 〈레 미제라블〉 원작 • WTO 북클럽 추천 도서

*** | 파우스트 1~2 × 요한 볼프강 폰 괴테 Johann Wolfgang von Goethe
- 미국 대학위원회 SAT 추천 도서 • 서울대학교 선정 '권장 도서 100선'
- 국립중앙도서관 선정 '청소년 권장 도서'

*** | 바냐 아저씨 × 안톤 체호프 Anton Pavlovich Chekhov
- 서울대학교 선정 '동서 고전 100선'

*** | 세 가지 질문 × 레프 니콜라예비치 톨스토이 Leo Nikolayevich Tolstoy
- 영어권 문학가들이 뽑은 '가장 좋아하는 작가'

*** | 맥베스 × 윌리엄 셰익스피어 William Shakespeare
- 미국 대학위원회 SAT 추천 도서 • 서울대학교 선정 '권장 도서 100선'
- 연세대학교 선정 '필독 도서 200선' • 국립중앙도서관 선정 '청소년 권장 도서'

*** | 외투 · 코 × 니콜라이 바실리예비치 고골 Nikolai Vasilievich Gogol
- 러시아 단편 소설의 모태가 된 작품

*** | 리어왕 × 윌리엄 셰익스피어 William Shakespeare
- 미국 대학위원회 SAT 추천 도서 • 〈뉴스위크〉 선정 '세계 100대 명저'
- 〈가디언〉 선정 '권장 도서'

*** | 좁은 문 × 앙드레 지드 Andr-Paul-Guillaume Gide
- 1947년 노벨 문학상 수상 작가

*** | 벚꽃 동산 × 안톤 체호프 Anton Pavlovich Chekhov
- 세계 3대 단편 소설 작가의 극장품 • 1888년 푸시킨상 수상 작가

*** | 벤자민 버튼의 시간은 거꾸로 간다 × F. 스콧 피츠제럴드 Francis Scott Key Fitzgerald
- 영화 〈벤자민 버튼의 시간은 거꾸로 간다〉 원작

*** | 눈의 여왕 × 한스 크리스티안 안데르센 Hans Christian Andersen
- 노벨 연구소 선정 '세계 문학 100대 작품' • 세계를 움직인 100권의 책

*** | 개를 데리고 다니는 여인 × 안톤 체호프 Anton Pavlovich Chekhov
- 노벨 연구소 선정 '세계 문학 100대 작품' • 서울대학교 선정 '고전 200선'
- 1888년 푸시킨상 수상 작가

*** | 이솝 이야기 × 이솝 Aesop
- 서울 독서교육연구회 권장 도서 • 어린이 독서위원회 권장 도서

*** | 무기여 잘 있거라 × 어니스트 헤밍웨이 Ernest Hemingway
- 1954년 노벨 문학상 수상 작가

*** | 네 개의 서명 × 아서 코난 도일 Arthur Conan Doyle
- BBC 드라마 〈셜록〉 원작

*** | 배스커빌가의 개 × 아서 코난 도일 Arthur Conan Doyle
- BBC 드라마 〈셜록〉 원작

*** | 미녀와 야수 × 쟌 마리 르 프랭스 드 보몽 Jeanne-Marie Leprince de Beaumont
- 애니메이션 〈미녀와 야수〉 원작

*** | 공포의 계곡 × 아서 코난 도일 Arthur Conan Doyle
- BBC 드라마 〈셜록〉 원작

*** | 주홍색 연구 × 아서 코난 도일 Arthur Conan Doyle
- BBC 드라마 〈셜록〉 원작

*** | 제인 에어 1~2 × 샬럿 브론테 Charlotte Bronte
- 〈옵서버〉 선정 '인류 역사상 가장 훌륭한 책' • 〈가디언〉 선정 '세계 100대 최고의 책'

- BBC 선정 '반드시 읽어야 할 고전' • 미국 대학위원회 SAT 추천 도서

*** | **피아노 치는 여자**×엘프리데 옐리네크 Elfriede Jelinek
- 2004년 노벨 문학상 수상 작가

*** | **왼손잡이**×니콜라이 레스코프 Nikolai Semyonovich Leskov
- 러시아 사람들이 가장 좋아하는 소설

*** | **마음**×나쓰메 소세키 Natsume Sosek
- 서울대학교 선정 '권장 도서 100선'

*** | **실낙원 1~2**×존 밀턴 John Milton
- 단테의 『신곡』과 함께 '최고의 기독교 서사시'로 꼽히는 작품

*** | **테스 1~2**×토머스 하디 Thomas Hardy
- 미국 대학위원회 SAT 추천 도서 • BBC 선정 '영국인이 사랑한 도서 100선'
- 서울대학교 선정 '고등학생 권장 도서 100선'

*** | **어머니 이야기**×한스 크리스티안 안데르센 Hans Christian Andersen
- 1846년 덴마크 단네브로 훈장 수상 작가

*** | **야간 비행**×앙투안 드 생텍쥐페리 Antoine Marie Roger De Saint Exupery
- 1931년 페미나 문학상 수상 작가

*** | **톰 소여의 모험**×마크 트웨인 Mark Twain
- 1876년 출간 이후 절판된 적이 없는 스테디셀러

*** | **인공호흡**×리카르도 피글리아 Ricardo Piglia
- 1997년 플라네타상 수상 작가
- 아르헨티나 작가 선정 '아르헨티나 역사상 가장 위대한 10대 소설'

*** | **정글북**×조지프 러디어드 키플링 Joseph Rudyard Kipling
- 1907년 노벨 문학상 최연소 수상 작가 • 애니메이션, 영화 〈정글북〉 원작

*** | **신곡-연옥**×단테 알리기에리 Alighieri Dante
- 미국 대학위원회 SAT 추천 도서 • 〈뉴스위크〉 선정 '세계 100대 명저'
- 서울대학교 선정 '권장 도서 100선' • 국립중앙도서관 선정 '고전 100선'

*** | **황금 물고기**×J.M.G. 르 클레지오 Jean-Marie-Gustave Le Clezio
- 2008년 노벨 문학상 수상 작가

*** | **판탈레온과 특별봉사대**×마리오 바르가스 요사 Mario Vargas Llosa
- 〈포린 폴리시〉 선정 '가장 영향력 있는 지식인 100인' • 1994년 세르반테스상 수상 작가

*** | **잠자는 숲속의 공주**×샤를 페로 Charles Perrault
- 애니메이션 〈잠자는 숲속의 공주〉 원작

*** | **나귀 가죽**×오노레 드 발자크 Honore De Balzac
- 작가의 '철학 연구'의 첫 번째 자리에 배치된 작품

옮긴이 | 이재호

연세대학교를 졸업했다. 출판사에서 다년간 외서 기획자 및 편집장으로 일했다. 현재는 단행본 편집과 번역 업무를 병행하고 있다. 옮긴 책으로는 『사양』, 『인형의 집』, 『프랑켄슈타인』, 『체호프 단편선』 등이 있다.

옮긴이 | 이한준

한림대학교에서 언론정보학을 전공했다. 대중과 괴리되지 않는 어휘로 옮기기 위해 노력하고, 부전공으로 공부한 사회학을 토대로 사회적 소수자를 배려하는 번역을 위해 공을 들였다. 옮긴 책으로는 『사양』, 『인형의 집』, 『도리언 그레이의 초상』 등이 있다.

해설 | 엄인정

국민대학교 국어국문학과를 졸업하고 동 대학원에서 국어교육학을 전공했다. 현재 단행본 편집과 영프 번역 업무를 병행하며 프리랜서로 활동 중이다. 옮긴 책으로는 『데미안』, 『톨스토이 단편선』, 『오만과 편견』, 『카프카 단편선』, 『그리스인 조르바』 등이 있다.

마담 보바리 1

1판 1쇄 발행 2019년 3월 15일

지은이 귀스타브 플로베르
옮긴이 이재호, 이한준
해설 엄인정
펴낸이 생각투성이
편집 안주영, 임수현
디자인 생각을 머금은 유니콘
마케팅 김사랑

발행처 생각뿔
주소 서울시 서초구 반포동 66-1 코렐빌딩 102호
등록번호 제233-94-00104호
전화 02-536-3295
팩스 02-536-3296
커뮤니티 www.facebook.com/tubook2018(페이스북)
e-mail tubook@naver.com
ISBN 979-11-89503-48-2(04860)
     979-11-964400-8-4(세트)

생각뿔은 '생각(Thinking)'과 '뿔(Unicorn)'의 합성어입니다.
신화 속 유니콘의 신성함과 메마르지 않는 창의성을 추구합니다.